與大師
對話

In Conversation
encounters with 40 great writers

Ben Naparstek
班·納帕斯堤克 著
黃建功 譯

〈導讀〉

智慧火花

　　讀完班‧納帕斯堤克的《與大師對話》，會讓人有如逛了一次文學、文化與政治知識圈的大觀園，四十位大師級的知識份子就他們的人生哲學與政治理念侃侃而談，雖然讀者不盡然完全同意他們的想法，但是也不得不讚嘆他們顯露出的自信光芒。

　　更令人驚訝的是這四十篇短文都是由一個二十出頭的年輕人所撰寫的。2009年納帕斯堤克出版英文原文時年僅二十三歲，若按照各個訪談中所附的時間推算，有些訪問是在納帕斯堤克不到二十歲時就已完成。這讓人不禁要問：是怎樣一個早慧的文人可以這樣從容訪談世界各地領袖級的知識份子？一個成功訪談之必要條件就是事前充分的準備，不但要了解被訪者的生平大事，也要細讀其作品，了解其想法，方能問出能夠撞擊得出智慧火花的問題。書中所羅列的四十位大師訪談，每一位都是赫赫有名之人，來自歐美亞非的頂尖知識份子，而且作品五花八門，從文學、政治、傳記、文化批評到學術著作，鮮少有人能夠如此博學，充分掌握每位訪談人學識的精髓，並與之對話，更何況是個年歲極輕之人。

　　不過如果對這位澳洲作者稍事了解，就可以知道他在十五歲就已經在報章發表書評，現在也是墨爾本一家政治雜誌的主編，的確屬於天才型的文化人。

　　但即使他年紀尚輕，面對這些重量級的知識份子卻絲毫不

卻步,甚至讓讀者感覺到他與這些訪談人保持某種嘲諷式的距離(ironic distance),因此在好幾篇訪談中都可以看到他不但引用訪談人之言,也援引其他人對訪談人的評語,使得訪談不再是兩造對話,而有了多語雜音的空間,在相互扞格、矛盾的話語之間讓讀者必須自己設法了解被訪談人的真正性格。例如談到支持以色列復國運動的小說家亞伯拉罕‧約書亞時,納帕斯堤克會引用約書亞最嚴厲的批評者、或是年輕以色列作家對手挖苦的評論,俾使讀者聆聽到關於以色列國族主義不同的論點。

在閱讀本書時不只是要注意不同的聲音,也需要注意作者透過文字所試圖描寫出的非語言部份。某種程度上《與大師對話》有如人物素描,透過被訪談人的衣著言談使其性格躍然紙上。例如他形容愛爾蘭詩人與普林斯頓教授保羅‧穆爾頓「穿著休閒西裝外套,留著亂蓬蓬的長髮,外型看起來介於教授與年華漸老的搖滾歌星之間」(頁123),意象鮮明。在他筆下,法國的「巨富左派」貝爾納-亨利‧李維的招牌穿著則是「黑西裝,白襯衫,而且襯衫上面幾顆扣子一向不扣,胸口微露」(頁288),生動地刻畫出李維低調奢華的公子氣息。

納帕斯堤克也喜歡在極短的空間之內呈現受訪人深度的心理狀態,並做出警語式的結論。例如談到墨西哥作家卡洛斯‧富安蒂斯時,他在訪談後段以許多篇幅討論其女納塔莎的生平與早逝悲劇,將範圍擴大到家族兩代的故事,以先失焦再聚焦的方式刻畫富氏喪失兒女的「哀慟」(頁38)。或是透過大衛‧葛特森的小說論及他與拒絕傳統母職的母親之間的情結,然後道出或許葛特森表面上諒解母親,其實心靈深處

「或許掩飾著一個憤怒的兒童」這種驚人的推斷（頁45）。

最有趣的是納帕斯堤克明明收錄了四十篇訪談，第一部份有二十三位文學家，第二部分則是十七位非文學作者，然而英文書名卻是《對談：班·納帕斯堤克與三十九位偉大作家對話》（*In Conversation: Ben Naparstek talks with 39 Great Writers*）。作者在〈自序〉中提到本書是在2001年以來所發表過的百餘篇訪談文章中「選出四十篇綴輯而成」（頁8），所以書名中數字上的錯誤絕對不可能是無心之過，出版社的編輯也絕對不會犯此錯誤。因此這三十九的數字饒有趣味。如果以頑童心態揣摩之，或許是有意挑動作家之間為了屬於那「偉大作家」之列而挑起爭端，但是納帕斯堤克所訪問之人都早已成名，毋須依靠外在頭銜得到自我肯定，因此筆者大膽假設他是故意誤植數字，以自我解構的方式提醒讀者要注意訪談文類也可能不可全然信賴。

實際上納帕斯堤克在〈自序〉中就已經故意將不可信賴性（unreliability）放上檯面。他開宗明義就提到在向那些傑出作家提問時，「總是努力維持懷疑的眼光……試圖避免被他們的智慧或魅力所折服，以便理解那些挑起他們的智識與創作執著的個性與感情背景究竟為何」（頁7）。他隨即引用馬爾肯（Janet Malcolm）說明「訪問者在本質上是不可信賴的」（頁7）。馬爾肯也是書中受訪的四十位大家之一，因為被控捏造訪談內容與人纏訟多年。而馬爾肯備受爭議的名言即是：「記者應該壓縮、重新排列、並潤飾受訪者的說詞，忠於發言的語意，而非忠於發言的字句。」（頁298）然而語意卻是最令人捉摸不定之物，也因此給予馬爾肯這樣的訪談人極大的操

作空間。納帕斯堤克則是由馬爾肯的言行中領悟出訪談文章無可避免之主觀性：「無論我寫出什麼，都將是一篇強烈主觀的敘述。」（頁8）

他也提到書中有五篇文章是經過翻譯者以電子郵件進行訪談。換言之，與這些非英語作者進行問答之間已經經過兩次翻譯，至少有三人的主觀意識介入其中。納帕斯堤克更提醒讀者這些文章其實有其特殊的時間背景，往往是作者新書出版宣傳時刻，「因此讀者在閱讀時應該注意寫作的時間點」（頁8）。換言之，某些受訪談人在特定時間有其必要塑造某些公共形象以達到商業目的，這種時間向度的因素也再次降低了訪談客觀性與可信度。

不論訪談的本質為何，其主觀性又有多麼強烈，可信賴性又可能有限，對於許多讀者而言，成功的訪談文章仍然提供了一個極具吸引力的迷你傳記，讓讀者能在極短篇幅之內了解受訪人的生平與志趣。納帕斯堤克的訪談以鮮活的側寫與犀利的問題讓我們一窺這四十位偉大作家的心靈片段，呈現了從極右保守派到極左激進派的言論光譜，所提供的珠璣之言，讓人回味無窮。

國立交通大學外文系教授
馮品佳

自序

　　傳奇性的英國人物專訪作家林恩·巴伯爾（Lynn Barber）
曾作此指導：一個訪談者「在訪問開始時，應先擺出非常不喜
歡受訪者的姿態，然後迫使受訪者說服你改變」。關於訪談技
巧的評論，少有比巴伯爾此話更令我受益的了。我倒不是不喜
歡我所訪問的人──通常來說我喜愛他們，假若從訪談一開始
受訪者就使我惱火，隨著我與之相處的時間更長，情況也改變
無幾。但當我向那些遠比我傑出的人們提問時，我總是努力維
持懷疑的眼光。我試圖避免被他們的智慧或魅力所折服，以便
理解那些挑起他們的智識與創作執著的個性與感情背景究竟為
何。當我擔心自己對受訪者會不會太過苛刻時，想一想巴伯爾
的話，可以讓我安心。

　　根據《紐約客》的珍納·馬爾肯（Janet Malcolm），訪問
者在本質上是不可信賴的。翻開她對於記者這職業的經典研究
《記者與謀殺犯》（*The Journalist and the Murderer*, 1990），第一
句話是這麼說的：「每個記者（只要不是太笨或太自以為
是）都很清楚自己正在做的事情，在道德上是站不住腳
的。」當然，這是誇張的語法。但是馬爾肯說得對，無論訪問
者看似多麼聚精會神地聆聽，甚至與其獵物培養交情，訪問者
無可避免地會有他們自己的議題，而且將建構一篇與受訪者對
自己的理解不盡相同的敘述（即便比起記者，受訪者對自己的
理解是更為徹底的）。也許，我們反而可以預期，馬爾肯──
這位屢屢在她的著作中剖析記者與受訪者之間關係中諸多微妙

之處的作家──將會是我遭遇到最為警戒而語多保留不露的受訪者。她可能也最為熟知、最能深刻體會到，無論我寫出什麼，都將是一篇強烈主觀的敘述──如同世上所有的人物專訪文章，要把一兩個小時的對談內容，綜合為區區一千五百至二千字的文章，而文中既要敘述受訪者的生平，又要談論其生平與他所有著作的關係。

本書是我自2001年以來發表於報刊雜誌的逾百篇對各國作家的訪談文章中，選出四十篇綴輯而成。這些文章皆是以簡短的會面為基礎，對於受訪作家非常局部的建構。我居住於家鄉墨爾本期間所寫的訪談，大多以電話專訪。其餘，則是當面訪談，寫於2007至2009年我旅美期間（這段時間我先是就讀於紐約的哥倫比亞大學，後來轉到巴爾的摩的約翰・霍普金斯大學）。其中的五位作家──亦即，米榭・韋勒貝克（Michel Houellebecq），艾芙烈・葉利尼克（Elfriede Jelinek），凱薩琳・米雷（Catherine Millet），喬賽・薩拉馬戈（José Saramago）與伊斯邁・卡達雷（Ismail Kadare）──則是透過翻譯者以e-mail進行問答。

雖然事實不斷更新──例如，文中所述這些作家的年齡將以本書付梓的時間更新[1]──但由於這些文章在撰寫的時候，都是聚焦於某本特定的新書或該作者的新書宣傳，因此讀者在閱讀時應該注意寫作的時間點。大多數篇章，我都保留當初發表的原始面貌，只潤飾了一些風格上的怪癖，並收進某些訪談的較長版本（原初發表時，某些訪談因受限篇幅，而刊登了較

---

1 此書原文版於2009年初版。

短的版本）。

　　本書在編排上，分為「文學類」（fiction）與「非文學類」（non-fiction）兩部分，雖然有好幾位作家在兩個領域都兼有高知名度。約翰・厄普代克（John Updike）曾形容訪談文章「是一種令人憎惡的形式，是一種像蛆一般的半形式」。這些年來，我持續在腦海中重返我與這些傑出作家的對談，希望能使訪談這個文類，變得比厄氏所言的更加進化。

Contents

第一部分

文學類

十

保羅‧奧斯特
Paul Auster

保羅‧奧斯特（Paul Auster）還是忍不住接起電話。對一位深深著迷於命運之變幻無常的作家而言，這樣的習慣是合情合理的。一通隨機的電話，一次偶然的邂逅，很可能改變一個人的人生。

我和奧斯特閒聊期間，寇蒂（Frances Coady）是頭一個打電話來的人。他是奧斯特的編輯，亦是奧斯特的好友彼得‧凱瑞（Peter Carey）的搭檔。昨日，我打去找凱瑞時，支撐奧斯特小說結構的那種不可思議的巧合發生了。凱瑞在電話中回答我：「現在沒法跟你談，我正在跟保羅談事情。」

電話響到第二聲，奧斯特便接起來。此時，他的小說家太太喜瑞‧哈斯維德（Siri Hustvedt）在樓上大聲說：「親愛的，你不必接，是找我的。」

奧斯特夫婦以前都在家裡工作，但現在奧斯特在附近租了間工作室，沒幾個人知道那邊的電話。「他的產量變多

了。」哈斯維德說。

「一通打錯的電話，揭開了故事的序幕。」奧斯特的《玻璃城市》（*City of Glass*, 1985）如是開頭。他在1987年出版的三部曲架構的後設偵探小說《紐約三部曲》（*The New York Trilogy*），就是以《玻璃城市》為首部曲。敘事者是一位獨居的小說家丹尼爾‧昆恩（Daniel Quinn），他陸續接到三通打錯的電話，都是要找一位名叫保羅‧奧斯特的私家偵探。接到第三通時，昆恩佯裝自己就是奧斯特，並替委託人展開調查行動。

此刻，坐在我面前的這位保羅‧奧斯特向我解釋，這篇小說的靈感，是二通撥錯號碼、要找平克頓偵探社的電話所引發。待他誠實告知來電者打錯、且第二度掛上話筒後，奧斯特便後悔自己沒有假扮下去。

奧斯特是個目光炯炯有神、膚色黝黑的男子，一身黑色系衣服。儘管這天他喉嚨發炎，心情倒是很愉快，也阻止不了他抽起他招牌的Dutch牌小雪茄菸，吞雲吐霧一番。在他們這棟位於布魯克林的四層樓赤褐色砂岩建築的客廳裡，一塵不染，地板打過蠟，牆上掛有繪畫，家具時髦，井井有條，無一物有差錯。「喜瑞深受北歐式潔淨與秩序的精神影響。」他說：「要是我自己住，這裡會像個狗窩。」

牆上有三幅畫，畫的都是奧斯特愛用的Olympia牌打字機，皆由畫家梅瑟（Sam Messer）所繪。奧斯特曾與梅瑟合作，出版了《我的打字機的故事》（*The Story of My Typewriter*, 2002）。奧斯特寫作時，一向先用手寫，寫出若干段落後便立刻以打字機打出，以免連自己都辨識不出自己潦草的手書。

　　奧斯特的小說經常針對疏離的自我以及真實之難以捉摸，進行哲學性反思，並結合令人欲罷不能的情節。但他對於加諸於他的簡化標籤，諸如「後現代」、「貝克特式」（Beckettian）、「歐洲式」等，卻是氣得毛髮直豎。

　　現年六十一的奧斯特表示，他的作品變得著迷於老化與死亡。他形容《汀泊渡》（*Timbuktu*, 1999）（台版譯為《在地圖結束的地方》）、《幻影書》（*The Book of Illusions*, 2002）、《神諭之夜》（*Oracle Night*, 2004）、《布魯克林愚人錄》（*The Brooklyn Follies*, 2005）（台版譯為《布魯克林的納善先生》）、《書房裡的旅人》（*Travels in the Scriptorium*, 2007）是「關於受傷的人的書，描寫的人物各在不同的階段裡遭逢人生分崩離析。」

　　他在2008年推出的小說《黑暗中的人》（*Man in the Dark*），講述一位七十幾歲的主角在一場車禍後如何復原的故事。幾年前，奧斯特開車時與一輛飆得飛快的廂型貨車相撞，貨車撞進他太太哈斯維德所坐的副駕駛座。「當時我以為喜瑞沒命了。」他回憶道：「我以為她脖子斷了。現在光是講起這事，我還是能感覺到當時的撞擊力。」

　　《黑暗中的人》全書故事只發生於一夜。作者想像另有一個相似而並行的世界，在那個世界裡，2000年小布希當選總統後，美國有數州宣布脫離聯邦而獨立。

　　該書是《巨獸》（*Leviathan*, 1992）以來奧斯特最具政治性的作品。《巨獸》描述一位名叫彼得‧亞隆（Peter Aaron）的小說家（請注意這個姓名的首字母），正在撰寫一本以「巨獸」為題的書。亞隆想藉此書記錄已故友人班傑明‧沙克斯

（Benjamin Sachs）的一生。沙克斯原來亦是一位小說家，但後來變成恐怖分子，他周遊美國，炸掉各地的自由女神複製雕像，後來有一次意外炸死自己。

奧斯特的小說經常以作家為焦點，故事中有故事，並模糊現實與虛構之間的界線。奧斯特在柯慈（J. M. Coetzee）後期的小說中也看到類似的關懷：「他現在似乎也在探索現實與想像之間的邊界。」

光是奧斯特筆下人物的姓名，就交融著虛構與現實。《玻璃城市》中的私家偵探保羅・奧斯特的妻子名叫喜瑞（Siri）；《巨獸》的彼得・亞隆所娶的妻子名叫艾瑞斯（Iris）（Siri倒過來拼）；《神諭之夜》有位重要角色名叫約翰・特洛斯（John Trause），其姓氏就是奧斯特（Auster）的變位字。

但奧斯特筆下的人物並無自傳性色彩。關於《玻璃城市》，他解釋道：「我在嘲弄自己。那個叫奧斯特的角色，可說是個自以為是的蠢蛋。他口中說出的一切，幾乎都與我的信念相反。」

那些把奧斯特作品中種種不大可能發生的偶然巧合貶為矯揉造作的批評家們，應該讀一讀《美國人民真實故事選集》（*True Tales of American Life*, 1999）（台版分為二冊，譯為《週末小故事》和《我曾以為父親是上帝》）此書乃是奧斯特與國家公共廣播電台合作的「國民故事計畫」的產物。奧斯特徵求民眾投稿短篇真人真事，他將在空中朗讀播送。結果收到逾四千篇，這些故事儼然構成了「一座美國現實人生的博物館」。「如果你不把那些意料之外、原因不可知的、純屬僥倖的事件算進來，你怎能思考這個世界？」他說：「有時我們能

如願實現計畫，但十常八九不能如願。總是有什麼事從半路殺出，這裡正是一則則故事的起點。」

　　二十歲到三十出頭這些年間，奧斯特讓自己的人生非常隨順機緣，而過著一種「不顧後果而愚笨的生活，完全沒有任何計畫、也不刻意發展哪種真正的謀生技能」。1969年從哥倫比亞大學畢業後，他曾上一艘油輪工作，而後旅居法國四年，靠著當翻譯勉強糊口，同時追求他的文學志向。「當時我覺得上油輪工作比起當上班族能學到更多東西。那段時間，正是越戰打得慘烈、節節敗退的時期，一切都吵嚷不休，一切都被政治化，而我需要獨處，需要從遠方觀察自己的國家。」

　　在《糊口歲月》（*Hand to Mouth: a Chronicle of Early Failure*, 1997）（台版譯為《失・意・錄》），奧斯特寫道，他在那段時期經歷了「一種不間斷的、磨人的，幾乎讓人窒息的窮，害我心神不寧，陷入無休止的焦慮」。[2]出了幾本詩集後，奧斯特在1978年盪到人生的谷底。他與第一任妻子作家魯狄雅・戴維斯（Lydia Davis）的婚姻破裂，這時兒子丹尼爾出生才一年。「離婚後的一年裡，我什麼東西都沒寫。我既抽不出時間，心神也無法集中。」

　　這時的他需錢孔急，還試圖向玩具廠商推銷一套自己設計的紙上棒球遊戲，並寫了一本通俗的棒球驚悚懸疑小說《強迫取分》（*Squeeze Play*, 1982），以化名保羅・班傑明（Paul Benjamin）出版。1979年，奧斯特的父親無預警死去，激使他寫出回憶錄《孤獨及其所創造的》（*The Invention of Solitude*,

---

2 此處引用梁永安的譯文。

1982）。奧斯特竭力在書中處理這位冷漠的父親的缺席，他甚至連在世時，也未曾真正在場。奧斯特寫道：「他似乎不是一個佔據著空間的人，而是一個人形的、無法穿透的空間。」

奧斯特的文學抱負令父親感到困惑且焦慮。「他很困惑，一個他認為天資不錯的男孩，竟然如此拙於謀生。如今我自己當了爸爸，我完全能理解他為何會憂慮。」父親的死震驚了奧斯特，因為「有太多問題尚未被回答，太多對話我和他未曾進行」。

父親的亡故，帶給他一筆數目說大不大、說小不小的遺產，他得以在此後六年間全職寫作。這時，好運氣也以當時芳齡二十六的哈斯維德的形式降臨了。1981年，奧斯特在一場詩歌朗誦會認識她。他說，由於自己年長她八歲，彼此便無成為競爭對手的可能：「因為我已經出道多年，出版不少東西了。」六年後，女兒蘇菲出生，如今她已是一位頗有成就的歌手和電影演員。

當我問彼得・凱瑞，奧斯特寫作進行期間，東西給不給他看？凱瑞似乎頗為震驚地說：「你在生命中要聽誰的意見，是由你自己決定。保羅寫作期間，會把東西唸給喜瑞聽。他不需要我。」

奧斯特生命中另一件在半路殺出的機緣，於1990年的耶誕節降臨。當時，電影導演王穎（Wayne Wang）在《紐約時報》讀到奧斯特的小說〈奧吉的耶誕節故事〉（*Auggie Wren's Christmas Story*），遂決定以標題中這位叫做奧吉的菸草零售商的故事拍一部電影。奧斯特隨後便為《煙》（*Smoke*, 1995）撰寫劇本。這部片子講述圍繞著奧吉位於布魯克林的菸店所發生

的各種錯綜交會的人生，既平淡又離奇。奧斯特實際上也共同執導。「王穎說：『咱們就聯手導這部片吧。』我就是在那次學習怎麼拍電影的。我們共事了兩年。」在該片的續集《面有憂色》（*Blue in the Face*, 1995），奧斯特便正式掛名共同導演。

　　後來奧斯特拍攝了個人獨立執導的處女作《橋上的露露》（*Lulu on the Bridge*, 1998）（台譯《綠寶機密》）。這部如夢似幻的片子，由哈維‧凱托（Harvey Keitel）、米拉‧索維諾（Mira Sorvino）主演。故事講述一位憤世嫉俗的薩克斯風手意外遭到槍擊，之後他無意中發現一塊魔法寶石，並陷入一段戀情。原本，奧斯特的朋友魯西迪（Salman Rushdie）預定要演出片中一個小角色（追逐那顆寶石的邪惡的人類學家），但後來威廉‧達佛（Willem Dafoe）取代了他。這是因為當時伊斯蘭教對魯西迪發出追殺令，拍片團隊深怕魯西迪軋上一角，會連累他們喪命，遂要求巨額的保險理賠金。

　　2007年奧斯特推出他醞釀了將近十年的電影《馬丁‧佛洛斯特的內心世界》（*The Inner Life of Martin Frost*）。1999年，他的導演友人哈爾特利（Hal Hartley）接下一個電影計畫，要製作一部由十二段「色情小故事」短片集合而成的電影，邀請奧斯特貢獻其中一段。但奧斯特寫出劇本大綱後，哈爾特利提醒奧斯特，合約上他對拍片計畫沒什麼主控權。奧斯特遂撤出，把該劇本的創意轉而寫在《幻影書》裡頭。

　　這本小說裡，述及了一部有關小說家馬丁‧佛洛斯特的電影。佛洛斯特隱身到鄉間小屋，想獨自一人休息一段時日，卻突然發現他的繆思女神扮成一美麗女子睡在他床上。「幾年過去了，但想把它拍成電影的念頭仍不斷在我心中浮起。」奧斯

特說。

　　馬丁・佛洛斯特具有奧斯特的典型特徵。他在寫作中不斷探索真實之難以捉摸，現實與幻想之間的模糊地帶，以及被書寫下來的文字之力量。故事中甚至有一架飄浮的打字機。該片僅用了四名演員，其一由奧斯特的女兒蘇菲擔綱，其餘分別是大衛・休里斯（David Thewlis）、伊蓮・雅各（Irene Jacob）、麥可・英普雷歐里（Michael Imperioli）。

　　故事背景雖於美國，為節省經費，故前往葡萄牙拍攝。彼得・凱瑞點出奧斯特有一項矛盾。「保羅連電腦也不大願意使用，每當你言語間說到『Google』這類字眼，他便面露驚慌，但以拍電影的技術面來看，他卻達到很高造詣。」

　　奧斯特表示，電影並不影響他的小說，「我一點都不認為我的小說很電影化。它們的結構經營是不像電影的。」然而他在這兩種媒材的創作中，卻都瀰漫著離奇的機緣巧合，他自己的人生亦復如此。

　　奧斯特說起，波蘭某家翻譯他作品的出版社曾送他一本1938年的波蘭電話簿。那是一本「死者之書」。他在裡頭看見厄爾洛夫斯基（Orlowskis）這個姓氏，隨後便把《神諭之夜》的主角取名為西德尼・厄爾（Sidney Orr），「厄爾」即「厄爾洛夫斯基」的縮寫。奧斯特把電話簿的那一頁複印下來，並置於《神諭之夜》裡當插圖。後來，奧斯特接受一名波蘭記者的採訪。「那記者全身顫抖、冷汗直冒地走進來，他對我說：『我剛讀完您這本大作。您書中提到的那對厄爾洛夫斯基夫婦，正好是我的祖父母。』」

（2008年1月）

羅素・班克斯
Russell Banks

我正在紐約名聞遐邇的阿岡昆大飯店裡，和羅素・班克斯（Russell Banks）喝紅酒。二十世紀上半葉許多文壇巨擘喜歡來此互相交換八卦。左翼的作家，如海明威（Ernest Hemingway）與帕索斯（John Dos Passos），都曾混跡於富人的圈子，這些圈子距離他們小說中對工人階級的同情是很遙遠的。班克斯在2008年出版的以大蕭條時代為背景的小說《保護區》（*The Reserve*）也提到上面兩人。班克斯對我說：「他們名利雙收後，發現自己在跟一個非常不同的階級往來，一個非常不同於他們的出身或者他們筆下書寫的階級。我的情況也是這樣。」

班克斯現年六十八，體格粗壯，留著平頭、白鬍子，外形上很像海明威，其政治立場亦然。他有兩部小說，因改編為電影、並獲奧斯卡金像獎加持，而最為人所熟知：一部是《苦難》（*Affliction*, 1989），敘述一位小鎮警察與他的家暴父親之

間走向一場暴力攤牌；一部是《意外的春天》（*The Sweet Hereafter*, 1991），敘述在一個偏僻窮困的小鎮，當地小學的校車出了車禍、喪失了十四名孩童後，鎮民之間所發生的故事。[3]

簡言之，班克斯是美國文壇與影壇的大老。

但班克斯成長於新罕布夏州的一個貧窮的偏鄉，他的十一部小說，都是以中低階層為念而作。從他現在謹言深思的說話口吻，完全看不出他年少時曾經好勇鬥狠。他在二十出頭時，就不再對別人動粗，轉而把滿腔憤怒悶在肚子裡，直到他三十幾歲。班克斯懷疑，假如他沒有成為作家，他面臨到的人生，將充滿了酒吧喧嚷打鬧、拳腳惹禍等傷害罪，步上他父親厄爾（一個水管工人）酗酒與家暴的後塵。厄爾也是從他的父親繼承了酗酒與家暴的惡習。

班克斯的左眼皮略微塌垂，那是他兩歲時，被厄爾毆打所致。班克斯十二歲時，厄爾拋家棄子，此後他記憶中沒再看見父親有離開酒精的一天。他的母親名叫佛羅倫斯（一個簿記員），是一個貌美但情緒不穩定的自戀狂，酒也喝得很兇。班克斯是四個兄弟姊妹中的老大，兄代父職：「我負責做每週與每月的開支預算，並照管弟妹的起居。我必須去把爸爸找出來，向他索討撫養費。我大約在十歲之後就沒有童年了。」

十六歲時，班克斯偷了一輛車，在公路上流浪了三個

---

3 電影版《苦難》曾獲第七十一屆奧斯卡最佳男主角提名，並贏得男配角獎；電影版《意外的春天》曾獲第七十屆奧斯卡最佳導演與最佳改編劇本獎提名。

月，然後於洛杉磯遭警察逮捕。這段青少年時期的遊民經歷，後來成為他在《骨的規則》（*Rule of the Bone*, 1995）中，對於既是敘事者、也是主角的查皮（Chappie，一個染上毒品的中輟生）的描繪素材。「那時的我，是一個內心騷亂而憤怒的孩子。」班克斯說：「所以我要揣摩查皮的心意和感受並不困難。他是一個追尋者，一個想要進取的少年，他想要變得體面，變得正派。」

班克斯對這部小說的預設，是窮苦白人力爭上游的典型勵志故事，雖然如此，他歷來的小說對於美國夢多半是抱持懷疑態度的。他筆下的角色經常想努力白手起家，卻發現他們自己掙脫不出既有的經濟條件，因而重操偷拐騙搶的舊業。

十八歲時，班克斯獲得一筆提供清寒學生進入科爾蓋特（Colgate）大學就讀的獎學金，但他覺得置身於大企業老闆的子嗣之間，十分格格不入，以至於他念了八週後便輟學。「當時的我個性不夠成熟，不足以應付那種差異。」他迅速逃往佛羅里達州的邁阿密，懷著憧憬，想旅行到古巴加入卡斯楚的叛黨。「我在政治上鍾情於被壓迫的一方。我的所有熱情很輕易地就轉給了卡斯楚與他的人馬。」

苦於旅費不足，無法到古巴，班克斯於是留在佛州，在一家百貨公司打工，負責為假人模特兒穿衣服。「我初次在一個種族隔離的社會中工作與謀生。佛州有不成文的種族隔離制度。當時一窮二白的我，是可以看得出來的。」

班克斯在十九歲就結了婚，翌年便生下一女莉亞。但二十一歲時，他步上父親的後塵，拋棄了家庭。「這一生只有少數幾件事情令我懊悔，這是其中之一。但當時我完全不

懂。我被困在一個我沒有能力扛起的職責裡。」莉亞在大約
十五歲時，與母親鬧翻之後，重新進入了班克斯的人生。此時
的班克斯也剛返回新罕布夏州與父親重聚，並且不時跟著厄爾
一起做水管工人與管道安裝工。

　　班克斯於二十三歲時再婚，娶了一位南方女子，又生了三
個女兒。夫婦搬到教堂山（Chapel Hill），班克斯就讀於當地
的北卡羅萊納大學——這是南方的一流大學中，唯一黑白同校
並混班教育的。但班克斯初抵這座城市，就立刻參與反種族隔
離的示威抗議，並在活動中被捕而坐了一天的牢。「我能怎麼
做？開車經過，向他們揮揮手？不，到頭來你就是會跳下
車、拾起標語牌，跟著示威群眾一起走。」

　　他把自己對於民權運動的參與，解釋為「把我個人與家庭
問題中的憤怒，轉移到政治場域的一種替代。但這也一種表達
方式，表達我那十分浪漫、認同於受壓迫者的想法——也就是
早先渴望出走、加入卡斯楚的那種想法——並且更為一貫而有
用地體現這種想法」。

　　當四十五歲的傑克‧凱魯亞克（Jack Kerouac）因事途經
教堂山，班克斯為這位「垮掉的一代」（Beat）作家在家中舉
辦了歡迎派對，整整持續了一星期。「他是我們許多人的偶像
英雄，當時他輕微發瘋，身體有病，而且酗酒，已不久於人世
了。每過一會兒，他就會展現絕佳的風采，絕佳的記憶力，並
且妙語如珠——然後在下一分鐘，他又會吐出反猶太、種族主

義的話語。」[4]

　　反叛的垮掉世代作家們啓發了班克斯。「美國的一九五〇年代是一個非常壓抑的時代——身體上性壓抑，社會上因襲舊俗，政治上仍籠罩在麥卡錫主義的陰影。突然間，這些百無禁忌的奇人異士出現了，把那些障礙全都破壞了。」

　　三十三歲時，班克斯總算能透過教書與寫作來養家活口，而不再需要做藍領工作。他堅定地說，寫作並非用於宣洩情感，但寫作的嚴謹精確，有助於他心緒穩定。「如果是禪修或精神分析，或許也行得通。任何需要我格外專注、並持之以恆的紀律，都足以幫助我穩定心情。」

　　雖然父親對他的寫作生涯漠不關心，但對於兒子能當教授卻引以為榮。「他這輩子沒認識過一個教授。我想，我寫的東西他大概一個字也沒讀過。」班克斯回憶，當母親佛羅倫斯到他執教了十六年的普林斯頓大學來探視他時，看見兩個留鬍子、正抽著菸斗、穿著軟呢西裝外套的男子，她說：「羅素，快看，快看。他們應該是教授。」班克斯回應道：「媽，我自己就是教授呀。」

　　班克斯在快滿三十歲時，比較能用同情的眼光看待父親厄爾了：「我漸漸可以看出他歷經怎樣的困境，他原本想脫胎換骨成為一個不同的人，但嘗試過而失敗了。他是個右派、共和黨，終其一生都投票支持與他自身利益相背的政黨。但他腦筋

---

4 傑克・凱魯亞克（1922-1969），美國小說家，是一九五〇年代「垮掉的一代」作家的代表人物之一。他出身勞工家庭，對窮人特別關心。也追求生活刺激與藥物經驗。《在路上》是他最為人熟知的代表作。

非常聰明。他完全不碰書本，但他擁有照相般的記憶力。」

當年，班克斯在佛羅里達州初次體驗了他對種族歧視的憤怒，至今，把種族問題視為「美國人的想像與神話裡的中心故事」的他，仍懷抱著那股憤怒。他與家人在牙買加住了一年半，孕育出了《牙買加之書》（*The Book of Jamaica*, 1980）。此書的故事敘述一位白人美國教授旅行到牙買加去完成一本小說。「走到美國之外，然後回頭觀察，這對我來說是非常重要的。當年牙買加的白人很少。這趟牙買加之旅使我更瞭解西半球的種族歷史。」

班克斯在《大陸漂移》（*Continental Drift*, 1985），敘述一名出身於新罕布夏州的燒油器修理工，捲入海地難民困境的故事。在1998年出版的歷史小說《裂雲者》（*Cloudsplitter*），班克斯重新想像廢奴主義者約翰·布朗（John Brown）的一生。（布朗在1859年發動的哈潑斯渡口（Harpers Ferry）攻擊事件，有時候被認為是南北戰爭開打的導火線。）「大多數的非裔美國人視約翰·布朗為一等一的大英雄，為了解放奴隸，他奉獻了自己的生命，而大多數美國白人卻視他為恐怖分子與狂人。」[5]

寫出《裂雲者》後，班克斯的小說領域擴展了，涉入了更多的歷史。接下來的《心愛的人》（*The Darling*）與《保護區》二本書，皆以女性為主角。班克斯表示，他關心的不再只限於男性。「我不想再寫父子關係的故事，或者一個內心有著

---

5 約翰·布朗（1800-1859），為了提倡廢奴，發動武裝起義，1859年在維吉尼亞州的哈潑斯渡口之役，遭到鎮壓，同年即被判刑處死。

衝突的工人的人生了。我想要探索其他的謎團。」他的下一部
小說，將以網路色情與伊拉克戰爭為研究題材。

　　好萊塢肯定會急著搶下《保護區》的電影版權。這部以
1936年為背景的小說，對於早期的黑色懸疑經典，諸如為貝
蒂‧戴維絲（Bette Davis）量身打造的電影《化石森林》（*The
Petrified Forest*, 1936）與詹姆士‧肯恩（James M. Cain）的小說
《雙重理賠》（*Double Indemnity*, 1943）等，多所致意。黑色懸
疑類型皆以都會為場景，但班克斯做了移植，把故事場景搬到
了紐約州北部的阿迪倫達克山脈區域（Ａｄｉｒｏｎｄａｃｋ
Mountains）。他曾與第四任妻子詩人崔琦兒（Chase Twichell）
在那裡住了二十年。

　　《保護區》的故事在一個夏天展開，地點是特別為年老多
金的度假客設置的私人園地。情節圍繞著左翼藝術家葛洛夫
（Jordan Groves）與絕代美女凡妮莎‧柯爾（Vanessa Cole）之
間的感情。玩弄女性的葛洛夫，厭惡那個他賴以成名的財閥政
治世界。這個角色的部分原型是激進藝術家與冒險家羅克威
爾‧肯特（Rockwell Kent）。[6]至於凡妮莎，一個美麗但性情反
覆無常的女繼承人，部分原型是海明威的情婦之一〔*一個有夫
之婦，她使海明威獲得靈感，寫出小說《有錢‧沒錢》（To
Have and Have Not, 1937）。*〕。

　　對班克斯來說，創造凡妮莎這個人物，在技巧上和情感上
都深具挑戰性：「試圖要在小說中描繪一個全面發作的自戀

---

6 羅克威爾‧肯特（1882-1971），美國畫家，多次到遠離物質文明的地
　區旅行、寫生，以之為繪畫題材。

狂，是非常困難的。在一個自戀狂的意識裡，沒有內心。一切都被反映在外了。對她而言，關於要不要說謊、真實或虛假的問題，是不存在的。你必須知道何者為真，才有可能說謊。這有一點駭人。」之所以駭人，也許是因為凡妮莎召喚出班克斯對自己母親的形容吧？班克斯說，他傾向於不回答這個問題。

《保護區》書中描寫的社會分層，仍存在於今日的阿迪倫達克山區。當地居民（有時候住在拖車屋中）經常疲於奔命地維持基本生活；而有錢的外地人在夏日時來此度假，他們回家後，在地人就紛紛失業。在冬季，這裡的失業率高達百分之二十。

喝完第二杯酒時，班克斯便站起身來。這位庶民英雄與文壇巨擘，走出了這個昔日紐約重要的文人雅士聚會的場所，他要回飯店房間，去看足球比賽轉播。

（2008 年 2 月）

卡洛斯‧富安蒂斯
Carlos Fuentes

　　卡洛斯‧富安蒂斯（Carlos Fuentes）具有多重身分，他是小說家、評論家、前外交官，以及巡迴各地的墨西哥國際代言人，還包括驅邪師（富氏本人堅持納進這頭銜）。他的小說總會設想噩夢式場景，藉以避開迫近的凶險。他說：「我試著做巫醫的工作，例如『如果我提起某事，某事就不會發生』。」但是他的驅邪，往往反過來變成靈驗的預言。

　　富氏在1999年推出的小說《與蘿拉‧迪亞斯在一起的日子》（*The Years With Laura Diaz*）中，描寫了一名年輕作家的死亡，希望能藉此防止他罹患血友病的兒子卡洛斯‧富安蒂斯‧萊慕斯（Carlos Fuentes Lemus）死去。小卡洛斯是一位剛嶄露頭角的詩人、電影導演、畫家與攝影家，他在那一年稍晚便撒手人寰，得年僅二十五。「他明白自己會早逝，所以發憤創作了許多的作品。」

　　富氏在1987年的小說《未誕生的克里斯多夫》（*Christopher*

Unborn）中作法祈禱，不久的將來，墨西哥將被嚴重的環境污染、橫行的犯罪，以及貪污腐敗蹂躪到國不成國。他原本希望時間將證明他是錯的，但他的預視卻再次準確應驗。

裴琳（Sarah Palin）的聲望節節高升，富氏深怕美國不久將出現一位右翼的女總統，到時候，他恐怕又要在無意之間成為先知了。因為，他於2002年推出的小說《鷹的王座》（*The Eagle's Throne*）把時間背景設於2020年，想像萊斯（Condoleezza Rice）將在那一年當上美國史上首位女總統。「但比起裴琳，萊斯可說是個天才了！」富氏大聲説道。

他於2008年推出的《幸福家庭》（*Happy Families*）收錄了十六篇互相有連繫的短篇小説。富氏表示，此書可説是「『城市性的』（political，*以古希臘文的本義來理解*），因為這些故事都發生在城市，或説『城邦』（polis）」。富氏使用有如古希臘悲劇中的歌唱隊擔任過場，把故事與故事串聯起來，其內容令人想起福克納（William Faulkner）咒語般的文字。在富氏心目中，福克納是「最拉丁美洲的美國作家。他是非常巴洛克風格的作家，非常接近我們特有的風格。」

《幸福家庭》的書名，反諷地用了托爾斯泰《安娜・卡列尼娜》的開場句：「幸福的家庭都是相似的；不幸的家庭則各有各的不幸。」富氏與托爾斯泰都沒得過諾貝爾獎（他説：「哥倆好，對吧？」），雖然許多人認為他理應獲頒此獎。

電話上現年八十歲的富氏從倫敦傳來的聲音中，可聽出他是個長年習慣於站在演講台的人。他每年都在倫敦和墨西哥市的家各住一段日子。回墨西哥市居住期間，由於當地習慣午餐吃上四個小時，以及他龐大的社交網絡，使他剩沒多少時間可

以寫作。

他在倫敦與結縭了三十七年的妻子（墨西哥電視節目主持人西薇亞・萊慕斯）的生活，就相對安靜多了。他的行程一直排得很滿。這個月他將返回墨西哥市參加一場為他舉辦的富安蒂斯八秩壽慶學術研討會（富氏的生日是11月11日）。「到時候我會坐在第一排，盡力表現出一副睿智的樣子。」他嘲弄地說。

這場訪談的一個月前，富氏去了西班牙領取今年新成立的「唐吉訶德獎」（他與巴西總統魯拉共同獲獎）。富氏每年都會重讀一遍《唐吉訶德》，他認為塞凡提斯（Cervantes）創造出一位既引人入勝、又心地善良的虛構人物，沒幾個作家曾做到這樣的事。「我筆下的人物大多數都相當邪惡。」

富氏最近出版了六百頁的西班牙文版長篇小說新作，這位生涯著作逾三十種的作家，自覺正處於創作的顛峰狀態。「我的能量有增無減，」他說：「我想，最後只有死亡能讓我永遠停止，但不到大限之日我絕不會慢下腳步。」

富氏出生於巴拿馬市，童年時光大多於美國的華盛頓特區度過。他的父親是墨西哥駐美大使的法律顧問。當墨西哥在1938年將石油產業國有化，富氏在學校裡不再受到歡迎，而變成「外地人、壞人、外國人、老墨」。

小羅斯福總統不用正面衝突、而採取協商政策來因應，遂展開了至今仍被富氏視為是一項突破的墨、美關係。小時候，他曾有一次與小羅斯福握過手，他開玩笑說從那之後他就沒洗過手。「小羅斯福上任的那一年，便是德國的希特勒初掌權的那一年。你可以看出不同之處，小羅斯福有社會職志，他

對於公民社會可以解決美國問題深具信心。」

　　二十一歲時，在瑞士攻讀國際法期間，他親眼看見湯瑪斯・曼（Thomas Mann）在一家餐館裡用餐。富氏「看到景仰已久的人，驚得呆掉」，他沒有趨前攀談，但在那一刻下定決心要成為作家。為了收入，他在一九五○年代任職於墨西哥的外交部門，後來又擔任四年的墨西哥駐法國大使。但他缺乏專業外交官必備的圓融。

　　一九六○年代，富氏與同為「文學爆炸」（Boom）世代作家的尤薩（Mario Vargas Llosa）、科塔薩爾（Julio Cortázar）、馬奎斯（Gabriel García Márquez）一同領導拉丁美洲文學的文藝復興運動。他曾與馬奎斯短暫合力創作電影腳本，但他們的文學眼光阻礙了他們在這方面的成就：「我們花很多時間為腳本上的一些逗點在煩心。」

　　富氏的左翼政治主張，使他多年來被禁止入境美國。他曾支持1979年在尼加拉瓜的桑定革命；古巴的卡斯楚政權成立之初，他也是支持者。不過，他對卡斯楚的同情在1965年減弱，因為古巴當局把他與聶魯達（Pablo Neruda）貼上叛徒的污名標籤，理由是他們參加了在紐約舉辦的一場國際筆會的典禮。

　　女性主義評論家三不五時就批評富氏筆下的女性角色不是聖女，就是妓女，但他不願捲入與這些批評者的爭吵。「我不讀那些批評，所以我也不去回應。我不在乎。」

　　可是，當墨西哥的諾貝爾文學獎得主帕茲（Octavio Paz）在他辦的文學期刊《回歸》（*Vuelta*）刊出一篇克勞齊（Enrique Krauze）批判富氏的文章，富氏遂與帕茲絕交，終

止了將近四十年的友誼。1998年帕茲辭世，富氏也沒出席他的喪禮。「這個仇不是我挑起的。」富氏說：「所以我完全沒有理由去化解它或不化解它。」

克勞齊那篇文章在1988年成為《新共和》雜誌的封面故事。該文以「打游擊戰的時髦公子」為標題，抨擊富氏是一個身在祖國的外國人。「對富安蒂斯而言，墨西哥是一個記憶中的腳本，而不是一個待解的謎團或問題，不是任何真正鮮活生動的東西，不是個人切身的經驗。」

在富氏於1988年推出的自傳性散文集《我自己與他人》（*Myself with Others*）書中，他寫下自己早年曾決定要當「一個追尋深刻洞察力的流浪者」，他深知「無論我去哪裡，西班牙文都將是我書寫的語文，而拉丁美洲文化都將是我所使用的語文所屬的文化」。

他的第一任妻子是墨西哥電影明星麗塔・瑪西多（Rita Macedo），儘管期間他曾與女影星珍・西寶（Jean Seberg）和珍妮・摩露（Jeanne Moreau）傳過緋聞，這段婚姻還維持了十四年。他與瑪西多育有一女，西喜莉亞（Cecilia），是他的子女之中如今唯一存活者。富氏與第二任妻子萊慕斯（Lemus）在失去長子小卡洛斯後，又於2005年慟失第二個孩子納塔莎（Natasha），得年三十歲。

墨西哥媒體對納塔沙之死有數種不同版本的報導。一家報紙說，她在墨西哥市犯罪橫行的「特皮托」區的街上猝死，死因看似吸毒過量；另一家報紙則宣稱她的屍體是在一座天橋下被發現。還有謠言說她遭到綁架，被黑道分子持刀刺死。經我逼問，富氏只說了一句：「那是一件悲劇。」便要我問下一個

問題。

　　瑪莉安娜・庫克（Mariana Cook）於1994年出版的攝影書《父與女》（*Fathers and Daughters*）裡，有一張富氏與女兒納塔莎的黑白合照，十分令人難忘。照片中，作家的一隻手臂摟著納塔莎，有些慈愛、但又有些克制，她則有點抗拒地把頭別開。

　　照片下附了一段富氏所寫的文字，敘述納塔莎十一歲時被送到法國貴族女校的狀況：「她哭著要返回『我美麗的家庭』的保護。但當時，為了讓她學習教養、文化、語言，諸多的理由戰勝了情感。」

　　在那段文字裡，富氏還描述了她早熟的智力，現今讀來卻像是預先寫下的訃文：「她知道的東西很多，她用知識來保衛自己，既用光輝的知識，也用邪惡的知識。她沒能找到一條能在舞臺上發揮自己，或在紙片上寫作的道路，反之，她在暗夜之中表現自己，在人行道上寫東西。」

　　小說家阿瑞哲斯（Chloe Aridjis）是納塔莎最親近的朋友之一。她表示，納塔莎之死的真相被壓下了。她將在下一部小說《瓦哈卡》（*Oaxaca*）以書前題獻來紀念納塔莎。「她生命中有許許多多的作為，都是在疾呼要大家注意她。」她說：「她似乎感覺自己被拋棄了。」

　　納塔莎與哥哥很早就離開學校，在城市與鄉村之間來回搬遷，有時候每隔幾個月就換地方住。「他們兩個在人生的非常非常早期就嘗到自由……因此，他們自覺相當獨立自主，想做什麼，都可以自由去做。」阿瑞哲斯說。

　　在她記憶中，納塔莎「總是與現實輕微脫節，不過她那種

脫節的狀態是非常美麗而動人的。」納塔莎想要當女演員，考慮與哥哥合作，在他的電影中演出。「我覺得如果她的人生能更穩定，她會成為一個才華洋溢的女演員。」

　　納塔莎的父母對於她的美貌和魅力感到驕傲，買給她昂貴的衣服，希望她在社交界中成為閃亮的女孩。反之，她接連把自己塑造成哥德式少女、龐克搖滾流浪女、拉丁裔美國太妹。「她交的男朋友多半是搖滾樂手，或者是……」阿瑞哲斯遲疑了一下：「呃，後來交的就比較黑暗一點了。」毒品在納塔莎二十五歲前後開始摧毀她，她「墮入一個黑洞，再也沒能爬出來」。

　　納塔莎十五歲時，她最好的朋友死於吸毒過量，之後她到哈佛大學附近租了公寓（當時阿瑞哲斯正在哈佛求學）。阿瑞哲斯說，納塔莎想住在她附近，而且納塔莎那時沒有「別的地方可去，真的——她常發生這種狀況。」

　　珍妮‧戴維森（Jenny Davidson，現為哥倫比亞大學英國文學教授）當時也在哈佛求學，與納塔莎交好。那時納塔莎剛把頭髮剃光，為她死去的好友哀悼。「我們初識時的某一段談話中，她說：『你欽佩我爸的文學呀。我爸是個偉大的作家。但他卻是個糟糕的父親。』」戴維森回憶道：「當時的我很驚訝，一個十五、六歲的女孩子，居然被允許（甚至被鼓勵）可以在世界到處漫遊，隨便跟別人一起居住。」

　　儘管富氏對納塔莎之死保持緘默，他表示，毒品相關的犯罪是「現今墨西哥面臨的首要問題」。他希望歐巴馬與墨西哥總統卡德隆（Felipe Calderon）聯手解決這問題：「美國一向不願承諾要擔起任何責任。可是，如果美國境內沒有人買毒

品，墨西哥就不會輸出毒品。」我問，歷經二個子女早逝的他，如何克服哀慟、繼續活下去？他說：「克服不了的。我寫作時，就是懷著那哀慟在寫的。那哀慟一直都在。」

（2008年11月）

大衛・葛特森
David Guterson

　　大衛・葛特森（David Guterson）兒時，他那心智失常的母親雪莉（Shirley）曾告誡他，知人知面不知心。他說：「她會說這樣的話：『那個在加油站工作的修車工，不是真正的他，他戴著一張面具。』」雪莉具有化身博士般的雙重分裂人格，她可以在這一晚是好好準備晚餐的正常家庭主婦，而下一晚卻要被送去住院。

　　然而，她對於人們具有多重身分的妄想，不無道理。葛特森在最新的小說《他者》（*The Other*, 2008）要思考的，正是人們如何被自身所壓抑的其他自我所形塑。「我們的內心裡都住著影子人物，」他說：「住著我們的分身，雖然我們無所察覺，但我們的生活卻深深受其影響著。」《他者》的書前題詞，引用了法國詩人韓波（Arthur Rimbaud）的句子：「我是他者。」

　　《他者》的故事敘述兩個背景看似天差地遠的朋友，在青

少年時期因共同熱衷於戶外活動而相交莫逆。敘事者尼爾‧康翠曼（Neil Countryman）是一個公立高中生，他出身工人階級家庭（與葛特森有一樣的人生經歷）。後來他大學畢業，很快就結婚，並當了高中英文教師。

尼爾的好友約翰‧威廉（John William）是一個富家子弟，他對社會十分憤怒，大學念到一半就輟學，消失於蠻荒之地，隱居在一個洞穴之中。只有尼爾知道約翰的下落。他為約翰送補給物資，即使隱士約翰的健康情況日漸惡化，他仍一直守著祕密。

《他者》是葛特森自傳性色彩最濃的小說，描繪了他在青少年時期（一九七〇年代早期）於西雅圖附近山群的遊歷經驗。在他回憶中，那個年代是文化過渡期。這位現年五十三歲的小說家說：「我們這個世代，是六〇年代的狂熱世代之後，又比迪斯可世代稍早。」

葛特森的小說處女作《愛在冰雪紛飛時》（*Snow Falling on Cedars*, 1994），場景也是設在北美洲瀕太平洋的西北岸。此書敘述在1954年（美國的反日情緒依舊高張）之時，一個日裔美國人漁夫捲入一宗謀殺案、受到審判的故事。這本書在1995年贏得聲望卓著的福克納小說獎，並賣出了五百萬冊，後來在1999年被澳洲導演史考特‧希克斯（Scott Hicks）改編成同名電影。

《愛在冰雪紛飛時》後，葛特森又出版了《山群之東》（*East of the Mountains*, 1999）與《我們的森林女神》（*Our Lady of the Forest*, 2003）兩部長篇小說，都回到他的出生地作為故事背景，但獲得的好評較少。《山群之東》敘述一位被診斷出癌

症末期的退休外科醫生的精神之旅；《我們的森林女神》是一則黑色童話，故事敘述一個逃家少年宣稱他目睹了聖母瑪麗亞。

葛特森在《他者》要問的是，過一種不與塵俗妥協的生活，是否有可能？是否值得嚮往？「尼爾把他自身對於世俗的疏離，投射在他者身上，如此，他就不必在日常生活中實踐它。」葛特森說：「約翰則把他對社會成規常俗的意願，投射在尼爾身上。」

這部小說的敘事，是尼爾在約翰死後數十年的倒敘。尼爾在回想中，思考好友約翰是何以養成對文明的憎恨，導致他寧可選擇死，也不要在他所稱的「漢堡世界」中苟活。葛特森說：「九一一事件後，『為何他們憎恨我們？』這個問題開始縈繞在我心中。這本書是對於一個把西方社會批判得一無是處的人的一種觀察。」

尼爾想知道，約翰的憤怒是否跟他的父母有關——尤其是他患有精神疾病的母親維吉妮亞，她對於幼兒的訓練方式，就是對他的哭泣不加理睬。葛特森坦承，小說中維吉妮亞的症狀，近似於他母親雪莉那未受診斷的疾病（她的病持續了十年，等到小孩都長大後，就突然消失了）。他表示，母親的症狀，很可能是養育小孩的壓力所導致的反應。

葛特森的父親穆瑞（Murray）現年七十九歲，至今仍是一位知名的刑案辯護律師，但他在葛特森童年時期的大部分時間是缺席的。《愛在冰雪紛飛時》裡的辯護律師葛孟森，原型就是穆瑞。葛特森說，他父親與葛孟森的共同點在於，他們「都隔著一段距離看待世事，都懷著悲傷看待人性」。小說

中，約翰的工作狂父親藍德後來內疚地尋思，他對於妻子不理睬孩子的養育法，抱持了消極態度，是否也是造成兒子命運的因素之一。

　　葛特森小的時候，便接受了父親必須長時間工作的事實，對此司空見慣。但他以前不解的是，媽媽（一個從不上班的萬年學生）鮮少在家：「還是個小孩子的你，很可能對媽媽生氣地說：『喂，別人的媽媽都在做早餐。你在幹嘛？』她會說：『喔，我有事出門。你自己做早餐吧。』」

　　幸運的是，不像小說中的約翰，葛特森不是獨生子，他和四個兄弟姊妹互相照顧：「我們早上一同起床，一起做早餐。」葛特森回想，當雪莉的病嚴重發作時，他去醫院探視她：「醫生叫病人做一些諸如畫圖、捏黏土人偶或玩沙狐球之類的事情，彷彿你媽媽置身於《飛越杜鵑窩》（*One Flew Over the Cuckoo's Nest*）。你出了醫院時會心想，『天吶，我真希望我沒來探病。我不想看見這種場面。』」[7]

　　成年之後，葛特森按照社會常軌，工作、成家，似乎藉此獲得了他過去缺乏的安穩。他生平幾乎所有時間都在出生地西雅圖這一帶度過，唯一一次離鄉到別州，是去羅德島的布朗大學讀創意寫作碩士班。但他發現課程太過實驗性，而且研討課的環境把他搞得很挫折，於是他念了兩個月便退出。「那種寫作學程是這樣的：你跟其他十幾個人圍坐在研討桌前，然後你讀別人的手稿，然後大家全都向彼此咆哮、發飆。」

---

7 《飛越杜鵑窩》，Ken Kesey著。一部以精神病院為背景與題材的小說。後改編為同名電影。

葛特森的住家在西雅圖附近的普吉特海灣（Puget Sound）的一座小島上，佔地10.9公頃，往四面遠望皆是山區地形。他最喜歡山區地形的熟悉感。「熟知某個地方，清楚四面八方映入你眼簾的一切景物，那種感覺是很棒的。」他無法想像再去城市，因為「你花費所有的時間在物流。一切都搞得太過麻煩了」。

葛特森育有四名子女，現在各是十六、廿四、廿五、廿八歲，他們絕不可能説自己被遺棄。因為葛特森的妻子蘿冰（Robin）（他高中時的戀人）親自在家教育孩子，直到他們十幾歲才讓他們上學。去年，葛特森夫婦又從衣索匹亞領養了一個名叫耶路撒冷的女孩，她現年七歲。

葛特森在《家庭很重要：在家教育有道理》（*Family Matters: Why Home-schooling Makes Sense*, 1992），闡述在家教育的做法。他不認為，父母會因為對兒女有情感，而無法成為稱職的老師。他也不認為小孩每天與同儕社交是什麼重要的事：「許多制度化的教育環境中，有一種神經質的社會參與，其性質是互相競爭的、是搞小圈圈的。把一堆同齡的小孩子湊在一起，逼他們整天相處，其實這是不正常的。」

小説家查爾斯・強森（Charles Johnson）是葛特森的好友。強森記得，葛特森曾經深情地談到，他在當童子軍那段歲月（他還升到鷹級童子軍）所學到的價值觀念。強森説：「他永遠像一顆岩石那般堅實。」葛特森離開布朗大學後，到華盛頓大學上創意寫作課，並拿到碩士學位。當時，強森便是寫作課的老師之一。「我們西方人看到那些搞創作的人，經常會聯想到譬如酗酒、濫交、嗑藥等等，但葛特森身上完全沒有

那些幼稚、不負責任的特質。」[8]

　　葛特森坦承，他在精神上仍然是一個童子軍：「如果有一個老太太需要人攙扶著過馬路，我不會不好意思幫助她。我不認為那是很土的行為。」但他的立身處世，仍然有些小瑕疵。曾經有許多年，他會獵殺鳥類，並且吃掉牠們。「以前我做這樣的事情時，並沒有想太多。」他說：「但是後來有一次，我開始心想，『我絕對別再把任何一隻鳥打下來了。』」

　　葛特森做過的好人好事有一籮筐。念華盛頓大學時，他志願在暑假期間擔任義消，他的嗓音因為火災的濃煙而蒙上了一層永久的粗糙質地。挾著《愛在冰雪紛飛時》大賣所帶來的意外之財，他與人在當地合創了一個寫作中心「菲爾德莊園」（Field's End），並且頒發獎學金給投入文學創作的學生。

　　葛特森的《愛在冰雪紛飛時》寫了八年多，那段日子他一邊當老師，一邊靠著不到三萬美元的年收入，在一間破陋的小棚屋裡吃力地扶養四個小孩。該書成為暢銷書後，他建造了一個舒適的家，成為全職的作家。但他持續過著簡樸的生活——沒有度假別墅、豪華名車、私人遊艇或奢華的旅行。他多次談到，佛陀的教誨於他有重大影響。

　　葛特森小時候是猶太教信徒，現今則是不可知論者，他覺得自己愈來愈著迷於心靈上的問題。「我想，光是年事漸

---

8 美國童子軍分成六級，鷹級是最高級。在美國要獲頒「鷹級」童軍資格，不但要取得二十一項橫跨多種領域的技能資格徽章，還須具有強烈的服務熱誠及領導能力，獨力完成一項社區服務計畫。

高，就會使人變得更加重視精神面的問題。人會逐漸領悟，死亡是絕對而且不可否定的現實，逼使你開始問自己問題。『此時此刻有什麼重要的事是我要做的？有哪件事是重要的嗎？』」他又補充：「我的人生中，關於這些問題的大致趨勢，是更加平靜地面對這些問題。」

葛特森似乎也平靜地面對自己的童年，儘管《他者》那樣子描寫約翰的母親，他並不願為他的母親下評判。「今天，我認為人們會說，做早餐不該只是她的責任。」他說：「我的意思是，當我爸爸必須去上班時，她完全有權利出門去學習。」從一個禮貌而堅貞的鷹級童子軍口中說出的這些原諒的話語，或許掩飾著一個憤怒的兒童。

（2008年6月）

彼得·韓德克
Peter Handke

　　出了巴黎，來到沙維村（Chaville）。此地有著懶洋洋、極為田園的氣氛。德語文壇墜落的巨星彼得·韓德克（Peter Handke），就隱居於這裡的高牆與大樹之後。曾經是奧地利仍在世的作家中最受尊崇的韓德克，在前南斯拉夫解體後，發表了維護塞爾維亞人的言論，因而失寵。現在他住在森林邊的一棟屋宅，這裡沒有電腦，完全與消費主義與媒體文化絕緣。（韓德克的新浪漫主義小說，主旨之一，正是要呼籲人們與自然心神相交，並且治療消費主義與媒體文化對人們的毒害。）

　　宅院的大門開了，只見韓德克赤腳前來迎接我。他的招牌及肩長髮，被風吹得亂飄。他穿著襤褸的外出服，但外頭罩著一件黑色休閒大衣，透露出淡淡的時髦味。他剛才到森林裡散步了一趟，採集了一些野菇和野莓。他的收穫就堆在屋外一張餐桌上，堆得高高的，我和他就在這張桌子前坐下。「請不要

對我太咄咄逼人。」現年六十六歲的韓德克搓揉他患有關節炎的手,說:「我身體不太舒服。」他端上野菇湯作為我們的午餐,他要我別害怕,並保證他懂得如何辨認有毒的蕈類。

沒有一位當代歐洲作家像韓德克這般,經歷了被捧上了雲端,而後又臭名滿天下。二十歲出頭,韓德克就與「六七社」(Gruppe 67)結交(該社的宗旨,是要戰後德語文學從政治參與的寫實主義中解放出來),並以驚世駭俗的頑童形象成名於文壇。1966年,在普林斯頓大學一場學術研討會上,他嚴詞抨擊葛拉斯(Günter Grass)與玻爾(Heinrich Böll),批評他們把小說降格為社會評論。他的發言轟動了當時的文壇。

韓德克認為,語言本身,是藝術能夠呈現的唯一現實。他早期的出名,是藉惡搞劇作抨擊戲劇界的矯揉造作。他的「反戲劇」處女作《觸怒觀眾》(*Offending the Audience*, 1966),廢除了戲劇在角色與情節的成規,由一些姓名不詳的演員,在舞臺上嚴厲斥罵付錢進場看戲的觀眾。但他的國際聲譽,主要由小說作品而建立;其中最著名的是《夢外之悲》(*A Sorrow Beyond Dreams*, 1972)與《重複》(*Repetition*, 1986)。中篇小說《夢外之悲》以他母親在五十一歲時自殺為題材,不帶情感卻又奇異地力量強大。《重複》的故事敘述一個作家(出身於韓德克的故鄉奧地利卡令錫省),到斯洛凡尼亞追尋一位在第二次大戰期間失蹤的兄弟。

同為奧地利作家的葉利尼克(Elfriede Jelinek)於2004年獲頒諾貝爾文學獎時宣稱,韓德克比她更有資格獲獎。大多數人也都同意葉氏的說法,但韓德克之忠心支持米洛舍維奇政權,肯定是力避爭議的瑞典皇家學院,對他避之唯恐不及的詛咒。

　　1996年，韓德克出版《河域之旅：為塞爾維亞說公道話》（*A Journey to the Rivers: Justice for Serbia*）後，國際輿論開始砲轟韓德克。韓德克在這本融合了旅行遊記與政治意見宣傳小冊兩種體裁的書中，把塞爾維亞人描繪為「一個完整而偉大的民族，他們知道自己將在全歐洲備受鄙視，他們被瘋狂而不正義地對待了。」韓德克在塞爾維亞發現了尚未接受資本主義的田園情景（那是一個以雙手掬水來喝的民族）。力挺塞爾維亞人的韓德克希望，因西方國家的經濟制裁而陷入赤貧的塞爾維亞，能保持不受消費主義的污染。

　　書中，韓德克記述他邂逅了一位男子，「那人大聲尖叫，批評塞爾維亞的領袖們罪大惡極，因為他們害得目前人民受苦受難。但我不想聽見他咒罵他的領導人；無論在這裡、在這個空間、在這座城市或在這個國家，我一概不想聽見那些話。」對於新聞語言的高度不信任，使韓德克美化了他與一般塞爾維亞人打交道的怡人經驗，而不採信新聞報導中塞族人的種種暴行。他認為，是波士尼亞的穆斯林在塞拉耶佛先屠殺他們自己的人民，然後再嫁禍給塞族人。

　　談到斯瑞布里尼卡「大屠殺」時，韓德克還特地加上引號，因為他質疑「那些赤裸的、淫亂的、市場導向的、被人假定為真的所謂事實」。[9]在《河域之旅》的陳述下，似乎這些外國記者才是南斯拉夫戰爭的主要元兇。此時此刻，韓德克一

---

9 斯瑞布里尼卡大屠殺（Srebrenica massacre）：1995年7月，在波士尼亞戰爭期間，塞爾維亞軍隊在波國境內的斯瑞布里尼卡城屠殺了大約八千名的伊斯蘭教男子與男童。

面沈思、一面對我說：「那些記者藉著語言文字，犯下了真正的罪行。藉由語言文字，你可以殺死許許多多的人。」

韓德克在《翻越格雷多山脈》（*Crossing the Sierra de Gredos*, 2007）（他最新的英譯本作品），繼續他對媒體的攻擊。這部厚達五百頁的哲思性小說，原初命名為「意象的喪失」（The Loss of the Image），故事講述一個富裕的女銀行家，將她的成功，歸功於某些振奮其心的「意象」的啟發。韓德克說：「當我年少時，意象會不經意地浮現在我腦海中。在我心目中，它們意味著一切。然後，隨著年歲漸長，意象變得愈來愈薄弱，愈來愈薄弱。」可想而之，韓德克把那些原初意象之衰敗，歸咎於媒體。

這位名氣響亮的女銀行家（作者在書中未賦予她姓名），旅行到西班牙的拉曼查地區，會見將要為她撰寫傳記的作家。然後另一位記者也加入他們。韓德克諷刺這位記者對於內省經驗毫無感受能力。

三人遇見了一群遁世的居民（人稱洪達雷族）。那記者斥之為「逃離世界的難民」。但是對那銀行家而言，這群純樸的住民，過著伊甸園般的生活，與這片未受西方資本主義腐化的土地有著親密的關係（她的浪漫觀點，與韓德克對塞爾維亞人的感性觀點十分相似）。

此處有不少作者借題大發議論的跡象，但是韓德克把他筆下那些漫長而隱晦的句子，形容為一場抑制他自己爭論是非的戰役：「我有很多的憤怒，但當我寫作時，我必須迴避憤怒。但你不可能避得掉，因為那股怒火是你體內的有形之物。所以你寫出來的句子變得非常複雜。」他的目標是要達到

布雷希特式（Brechtian）的疏離效果：「我勢必會被感動，但當我深深被感動之前的一剎那，會有一道光，把我帶往一個絕不動情緒的方向。」

對韓德克而言，清晰，勢必意謂著語義上的專橫；因此，他批評奧地利電影導演漢內克（Michael Haneke）是「一個武斷地說『人就是如何如何』的空頭理論者」。同樣遭韓德克嗤之以鼻的，還有法國作家芬克爾克勞特（Alain Finkielkraut）、格魯克思曼（André Glucksmann）、李維（Bernard-Henri Lévy），這些人「不是知識分子，他們不追尋、不探索，因為他們自認為已搞清楚善惡之分」。

如同其筆下的文字風格，韓德克口中說出來的言語，也經常是片段破碎而難以捉摸的，但任何人有企圖想確定他的語義，卻會令他氣得毛髮直豎：「當你用『為什麼』開頭來提問題，就是假問題。你不可能回答得出來。有數不清的『為什麼』，有數不清的非關理性的東西。」

韓德克曾與幾位女性銀行家打過交道，因而得到靈感，寫出了《翻越格雷多山脈》這位女主角。「她們必須表現得殘酷，然而她們又非常的敏感。她們每個人看起來都受了傷，而且陷入了危險。我告訴自己，『這是富爭議性的人物』。」

我問到一段令人費解的情節支線：那女銀行家的兄弟（一位恐怖分子），他的夢想是建立一個烏托邦國家（在小說中，其名稱、位置皆不詳）。韓德克說，那位兄弟的故事之所以只是片段，因為它太過痛苦，以至於無法寫完整；可以想見，之所以太過痛苦，是因為它反映了韓德克備受批評的、對於大塞爾維亞的浪漫憧憬：「我們很多人都憧憬一個有著更美

好生活、更具靈性的生活的國度。再也不可能是南斯拉夫了。」

韓德克小說中的浪漫感性，尤其顯露在他對於自己在斯洛凡尼亞邊境附近的成長回憶。「那段歲月非常純真、非常有尊嚴。我在森林裡採蘋果、草莓、黑莓、野菇。我觀看、躲藏、並享受聞到的氣味」。他的母親是斯洛凡尼亞人，她的兩個兄弟死於二次大戰，使她受到了精神創傷：「他們在內心和靈魂上，自認是南斯拉夫人，但他們被迫為希特勒到俄羅斯打仗——他們想要抵抗這種事。我的母親畢生都深愛著她死去的兩個兄弟。這是我家的神話。她告訴我的有關兩兄弟的故事，就是我踏上作家之路的起點。」

少年時，韓德克就讀於六年制的天主教寄宿學校。他在十二歲的時候開始積極而認真地閱讀。一次，因為讀了格雷安・葛林（Graham Greene）某部有露骨性愛描寫的小說，他遭到學校開除。後來大學時他一面讀法律，一面立志「要透過寫作來拯救我自己」。

韓德克把他青年時期對法律的模糊興趣，歸因於他對繼父布魯諾的恨意。布魯諾是一個電車司機，母親是在懷著韓德克期間，嫁給了他：「從前，我會對自己說，我想成為一個為殺人犯辯護的律師。因為我可以想像自己殺了人——想像我的繼父喝醉酒時被我殺死。他非常暴力，會毆打我媽。對我們小孩子來說，這是不可忍受的。我總是幻想自己手持斧頭，在他睡著時殺了他。在我的想像中，我每天晚上都要殺他一次。」

2006年，韓德克出席米洛舍維奇的葬禮，並公開發表一篇褒揚米氏的祭文，實現了年輕時的幻想——為殺人犯辯護。

「他的死，象徵南斯拉夫的終結。對我而言，南斯拉夫是歐洲最美麗、最自由、最烏托邦的共和國。」事後，原本預定要演出韓德克的劇作《航向鏗鏘作響之境，或者質問的藝術》（*Voyage to the Sonorous Land, or the Art of Asking*）的法蘭西劇院（**法國的劇場界龍頭**），旋即撤消演出。又過不久，聲名卓著的德國海涅（Heinrich Heine）文學獎，宣布韓德克為新一屆得獎人。杜塞爾多夫（**主辦該獎的城市**）的政治人物，揚言要否決評審團的決定。韓德克先發制人，寫了一封標題為「我拒領！」的信給市長，聲明放棄該獎。「我的上一本書在法國出版後，幾乎沒有書評談論它。」他笑了一下，說：「他們抵制我的書寫，因為我深受喪禮的吸引。」

韓德克為我的錄音筆冠上「懷有敵意的機器」的稱號，並喜形於色地當著我（**一個記者**）的面，發洩他對記者這行業的輕蔑。「記者啊，他們討厭文學。記者寫了又寫，旅行了又旅行，威士忌喝了又喝，但他們從未像作家那樣成為英雄──除非他們因採訪而死於非命。現今，記者的權力甚至高於政府，但他們不知感激。他們是卑劣的人。他們憎恨作家。」

我告辭時，天色已暗，沙維村的氣氛更顯荒涼。我不禁想起韓德克剛才說的：「在巴黎，人們總是自以為不孤獨，但他們其實是孤獨的。在這裡，人們則很清楚自己是孤獨的。這裡有很多酒鬼──很多落魄的人們。我喜歡這景象。」

韓德克的妻子，德國女演員凱迪亞·弗林特（Katja Flint），現居巴黎，讓他得以在充分的孤寂中寫作。也許沒有一位當代作家，比韓德克更能在孤獨這個主題中喚起高興與絕望之情了。韓德克在文學史上值得一個永久的地位，正如龐德

（Ezra Pound）、謝林（Louis-Ferdinand Céline）、哈姆森
（Knut Hamsun），儘管他們懷抱法西斯政治立場，但他們的
文學傑作至今仍受推崇。但是，韓德克個人特質強烈的美學以
及他對媒體的嘲諷態度，再也不能只被當作一個局外的怪人天
真爛漫的過分言行了。

（2007年11月）

薛莫斯・奚尼
Seamus Heaney

　　人們經常說，得到諾貝爾文學獎表揚的作家，沒幾人於獲獎後能再寫出值得注意的佳作。戴上這頂桂冠後，作家所肩負的期待之高，所背負的為國爭光的壓力之重，對文學創作能量而言是致命的。1995年，時年五十六的薛莫斯・奚尼（Seamus Heaney）獲此榮勳，外界很怕他可能會淪為這種「斯德哥爾摩症」的受害者。當年的諾獎評審委員會，之所以選擇這位愛爾蘭作家，顯然附帶有文學以外的用意——其時，北愛爾蘭的和平談判剛剛獲得了歷史性的大進展。雖然如此，奚尼的獲獎幾乎沒有招致什麼反對聲音，這在近年來的諾獎史上，洵屬罕見。

　　十年過去了，奚尼又出了三本書，證明他對諾貝爾獎的詛咒是免疫的。他的好友泰德・休斯（Ted Hughes）於1998年過世後，目前以英語寫作的詩人中、仍在世且名氣最響亮者，就非他莫屬了。奚尼在詩作中避免現代主義者（例如艾略特、龐

德）的晦澀風格，因此他的詩集既叫好又叫座，銷量數以萬計，就詩而言，這幾乎是聞所未聞的。

「斯德哥爾摩那玩意兒」或「N開頭那玩意兒」（*奚尼委婉地如此稱呼諾獎*）也同樣不影響奚尼廣受稱道的謙遜態度。獲獎後，他繼續在哈佛大學肩負起駐校詩人的全職教學職務。「我不希望因為我是個詩人，而有什麼特殊地位──我不想混淆了我的專業與我的職業。」他除了指導一些詩社，還講授英國和愛爾蘭的詩文學，因為「我不希望只是披著創作的外衣到處閒逛」。

奚尼多半在他位於都柏林的住家的閣樓寫作，房裡擺設頗為簡樸，只有一張書桌、一部影印機、一張單人床，以及若干圖書。他說：「我不想穿上自我中心的盔甲或者舞臺上扮演詩人的戲服，我不需要使用上選的鉛筆和手工紙張來寫作。我想要和我自己近身肉搏戰──達到某種私我忘卻，而非事事以私我為念的狀態。」

談到一首詩形成的過程，奚尼引用佛洛斯特（Frost）的形容：「視象，激動，洞見」（sight, excite, insight）。「等到開始要動筆寫的時候，這首詩已有超過一半的部分完成了。完成一首詩最關鍵的地方是，心中先有詩，然後你才面對空白的紙張──當你與靈感最初連接的那一刻，也就是某個形象或某個記憶突然間浮現在你腦海時，你就會感覺到其中有詩的靈魂在吸引你。」

奚尼出生於1939年，在家中九名子女中排行老大。他家住在德里郡一個農場上的一間三房茅草屋。從小，他耳濡目染的背景節奏是：規定要唸的天主教祈禱文，BBC漁業氣象播報的

抑揚頓挫，並且搭襯著馬鈴薯的鑽挖聲。

　　十二歲時，奚尼獲得一筆獎學金，可供他到德里市（Derry，北愛爾蘭第二大城）讀書。他說：「假若當年我沒獲得獎學金、進入聖哥倫布學院就讀，我可能仍坐在農舍的餐桌前，成為那個我本來會當的人，並且會隔著距離、像看陌生人一般看著現在這樣的『我』。」

　　學生時代，奚尼就結識了大他九歲的泰德‧休斯。休斯鼓勵他向當地的刊物投稿詩作。讀了休斯的〈豬之觀察〉（View of a Pig），奚尼理解到毋須把自己的農村出身背景視為障礙，反之，可把它當作寫詩的創作泉源。

　　奚尼在1966年出版詩集處女作《博物學者之死》（*Death of a Naturalist*），書中充滿著他少年生活中接觸的沼澤與泥土的意象。奚尼把他拿筆寫作與祖先拿鏟子作對照：「在我的手指和拇指間／我粗短的筆擱著／我將用它挖掘。」[10]評論界將奚尼封為葉慈（Yeats）的繼承人（葉慈死於1939年，恰好是奚尼的出生年）。但也有少數評論家，貶斥他的詩作是傳統而陳腐的田園詩，同時批判奚尼對於國家裡的派系對立流血衝突之事避而不談。某位評論者還刻薄地說：「奚尼來了，大家快穿上務農的膠靴吧。」

　　1970年，奚尼到加州的柏克萊大學教書，他觀察到黑人作家因全心投入於民權運動，而放棄自己的獨立性。他下定決心，不想因為愛爾蘭作家必須成為政治喉舌的壓力，而做出相同的事。在〈飛行路線〉（The Flight Path）一詩中，一個北

---

10 此處引用陳黎與張芬齡的翻譯。

愛爾蘭共和軍的軍人斥罵奚尼：「他媽的，何時你才要／為我們寫點東西？」奚尼回應道：「我若要寫東西⋯⋯也是為我自己而寫。」

然而，從1975年出版的《北方》（*North*）可以看到，北愛爾蘭衝突也開始被他寫入詩中。「為了呼吸得更自由，我必須這麼做。」他說。有些人本來覺得奚尼閃避了他身為北愛爾蘭天主教詩人的義務，此時見到他轉而處理政治題材，感到相當滿意。但奚尼也激怒了一些黨人，他們對他政治立場的曖昧感到失望。

其實，《北方》裡的詩作，重點不在於描寫北愛爾蘭衝突，而在於呈現因北愛爾蘭衝突而衍生的藝術性的兩難困境。詩的美化效果與政治暴力的殘酷之間的緊張，可見於〈朝聖島〉（Station Island）之類的詩作。在這首詩中，一位已故表親的幽靈指控奚尼粉飾了他的死亡：「你混合了遁辭與藝術家的圓滑／那位在我頭部開槍的新教徒／要負直接責任，而你，要負間接責任。」

1972年，奚尼舉家遷移到愛爾蘭共和國的鄉下小屋，導致有些人覺得他背叛了他的族人。奚尼的南遷是否有政治動機？面對不同的記者，他的回答不盡相同。此刻，他向我強調，這次的遷徙是非關政治的：「我接到一封女性友人的來信，說她在威克洛郡（Wicklow）一座舊莊園上的宅第，可以提供我使用。我與家人一起到那裡待了兩個星期，愛上了那個地方。愛上它的石砌與石板瓦建築，它的僻靜。它很適合當作靜修之所。於是回家後，我便辭職、搬家。」

奚尼於1991年出版了詩集《幻視》（*Seeing Things*），此書

標誌著他自《北方》之後最大的轉變。奚尼覺得分離主義的主題已經耗竭了，他還想要展現，經驗的豐富性是無法被流血暴力所滅絕的，於是回歸他早期創作那種較為內省的基調。

　　早期，奚尼的師長曾教他避用諸如「精神」、「靈魂」之類的字眼，因此他之前作詩都避用幻想式的筆調，然而在《幻視》之中，奚尼卻「把日常生活中的事物昇華為奇蹟」（借用瑞典皇家學院的頌詞）。他早期以沼澤地為題材背景的詩作的土地意象退場，換成了對水與空氣的超驗性描寫。如同奚尼在〈養子〉（Fosterling）一詩所寫：「我一直等到自己將近五十歲／才相信那些驚奇之事。」最近他父母的過世，使他得以專心發展這種入神的特質。他表示：「這可以稱為靈魂或精神的飛翔。它幫助了我，使我不再怯於使用涉及永恆的詞彙。」

　　奚尼最近的詩集《城中線與環城線》（District and Circle）（贏得2006年的艾略特文學獎），又重新以不祥的政治氣氛為背景，檢視「以暴力手段進行分化對立、鎮壓以及報復的後九一一時代與後伊拉克戰爭的世界」。奚尼的回憶，仍然是那些詩作的跳板，但詩中充斥了一種刺骨的威脅感。

　　「〈城中線與環城線〉這首組詩的發端，是我搭乘地鐵的經驗。」奚尼解釋道：「1962年時，我在倫敦有一份兼職工作，我每天不是搭城中線（District Line），就是搭環城線（Circle Line）。現在感覺不同了。現在坐地鐵時，會感到某種威脅的陰影籠罩著。不只是因為坐地鐵頗像冥界之旅的意象原型，而是2005年7月倫敦地鐵的的確確發生了炸彈攻擊事件。」

在〈波蘭枕木〉（Polish Sleepers）一詩，奚尼深具觸感的描寫裡，籠罩著納粹死亡集中營的陰影：「枕木的具體形象，是我一向喜歡書寫的題材——它們的質地、塊狀與可靠性。但是當我看見那些拆自波蘭舊鐵路線的軌道的枕木，被景觀工匠拿來用作新草坪的邊欄，我忍不住要想像，在一九四〇年代，什麼樣的火車可能駛過這些枕木。」

「城中線與環城線」這個書名，喚起了奚尼長期焦慮的、夾在英國與愛爾蘭之間身分認同的緊張。一九八〇年代初期，他拒絕出版社把他的詩作選錄於《企鵝英國名詩選集》（*The Penguin Anthology of British Verse*），來表達他不願受英國同化的立場。可是，雖然他自稱是愛爾蘭人，長期以來他卻又不願被收編到民族主義運動的大業。他從未忘記，他的創作屬於英國文學傳統下的一脈，他也從不忘記，當年出道時是受倫敦的出版社的栽培。

談到《城中線與環城線》，奚尼表示：「這本詩集主要與倫敦有關，而與愛爾蘭或鄉下沒有關係。我喜歡它，因為它有點令讀者意外。但如果讀者再多想想，可能會意識到『啊，是的，儘管他寫了這些以倫敦為背景的詩，但他大多數別的詩裡，都在他自己的區域裡打轉。』」

1997年，柯林頓訪問北愛爾蘭，並且屢屢在演說中引述奚尼的詩作。他彷彿把奚尼的詩句當作一張和平共處的藍圖：「歷史告訴我們，這一生，無可指望／但，極其難得地／眾人渴望已久的正義浪潮／很可能會升起／於是希望與歷史也能聲韻和諧。」

考慮到奚尼對於公共事務殊少發言，我們或許可以想

像，奚尼對於自己被當作活的和平象徵，是不太舒服的。但是
他本人的描述更加微妙：「戰爭的反面，不是和平，而是文
明。我希望自己能代表葉慈所期盼的：『為了使文明不致於淪
落／偉大的戰役不失利』。」[11]

　　在奚尼的觀點中，詩的力量是什麼？「給予人們歡愉。如
同艾略特所說的，使人的心靈『既能事後回想追憶，也能事前
深思熟慮』。創造一種由內省與柔軟、良知與懷疑主義所構成
的共享文化，幫助我們認清自我，瞭解我們處在這世界上是怎
樣的狀態。」

（2006年2月）

---

11 此處的葉慈詩句引用楊牧的翻譯。

彼得・霍格
Peter Høeg

　　彼得・霍格（Peter Høeg）的《情繫冰雪》（*Miss Smilla's Feeling For Snow*）的英譯本於1993年出版。這既是一部以北極為背景的陰謀故事，亦是一部針對丹麥殖民格陵蘭、奪取原住民伊努伊特人的土地表達道德性憤慨的作品。兩種性質混合出令人縈繞於心的內容，得到了評論界的盛讚。這樣的書竟能大賣二百萬冊，令人難以置信。這是一本調性憂鬱的「人是誰殺的？」的犯罪小說，卻又有著引發爭論的開放式結局，可說比較像歐洲的哲思小說，而比較不像典型的暢銷驚悚懸疑小說。

　　小說的敘事者，是流有一半伊努伊特血統、個性冷若冰霜的冰河學家斯蜜拉・賈斯帕森（Smilla Jasperson）。書中充滿了濃厚的形上思索，充滿了對於冰雪地形與命理學的鉅細靡遺的描寫。後來比利・奧古斯特（Bille August）把這本小說改編成電影，於1997年上映，但霍格坦承，電影版失敗了，因為它

過於亦步亦趨地照搬書中的架構；霍格先前告誡奧古斯特，小說中諸多的曖昧性，很難成功被轉移到電影裡。

霍格在最新的小說《靜默的女孩》（*The Quiet Girl*, 2006）（台版譯為《危險的靜默》），回歸到懸疑小說的類型。此書敘述卡斯帕（Kaspar，一位舉世聞名的馬戲團小丑，酷嗜巴哈音樂與撲克牌），在積欠了巨額債務後，走上逃亡之路，以逃避有關當局的追捕。卡斯帕身懷特異功能般的聽力，他能聽見人們的聲音的核心——「上帝」（SheAlmighty）替世間眾生各自賦予了一個音調。卡斯帕有一個十歲的女學生擁有和他類似的聽力天賦，她遭到綁架後，他接獲一個提議，若能找到她的下落，他的欠款就能豁免。

不少評論者把《靜默的女孩》拿來與若干後現代作家〔譬如品瓊（Thomas Pynchon）〕做比較，因為它大玩瑣細而支離的敘事手法，到處可見關於神學、音樂、哲學、流行文化或科學的洞見。然而，儘管內容喧鬧放肆、生猛有力，書名「靜默的女孩」並非完全不適當，考慮到霍格在寫作此書的十年間皆隱居不出。為了此書英譯本的出版，這位好學不倦的隱士型作家，也僅同意接受這唯一的一場訪談。

霍格與前女友（一肯亞籍舞者）生了三個女兒，他一直到女兒們年紀都到了懂得要求東西的時候，才購買電話與電視機。現年五十二歲的霍格説：「我偏好安靜的生活。」我和他正在他的出版商位於哥本哈根的辦公室對談。

霍格的身材細瘦，活力充沛，他的動作具有舞者般的優雅（他從前有一段時間曾以舞蹈為業）。他一面緊張地擺動雙臂，一面説：「我認為一般生活中的壓力與訊息的強度，大體

上超過健康的正常負荷。」《靜默的女孩》高度緊張的步調與超載的訊息數量，與此書追尋更高層次之意識的中心關懷，形成了對比關係。

去年，《靜默的女孩》在丹麥出版後，批評家們紛紛表示失望，因為先前在《情繫冰雪》只是輕微的、隱而不顯的玄靈色彩，到了《靜默的女孩》變成了毫不掩飾、玄之又玄的神秘主義。丹麥《信息日報》（*Dagbladet Information*）指出，這本小說「追尋的不是藝術的真，而是信仰的真」。

評論家也抱怨情節難以讀懂。「當你覺得不太了解某事物時，會有一種心理反應，覺得你所閱讀的東西必定有什麼差錯。」霍格說：「人們比較難以去想『也許我應該把這本書多讀幾遍？』」

霍格把這本小說的迷宮般的情節，歸因於長達十年的發展：「我有很多的時間來把它寫成得非常濃縮。我想要把讀者帶到精神崩潰的邊緣；我或許寫得太過火了，比我自己意識到的更加過火。」

不少評論者批評小說裡沒完沒了地提到文化知識。不過書中有一個角色卻已搶在評論者之先，批評主角卡斯帕所炫耀的知識是「借來的、偷來的、拼貼的！你的情感根本沒深度。你過生活與說話的方式，彷彿你一直在擂臺上對觀眾表演。」挪威小說家賈斯塔（Jan Kjærstad）跳出來為霍格辯護，質問：「這樣一本愉快的、豐盛的、開放的書，怎會被人以如此沈重而嚴肅的態度來看待？在這個以心胸開闊為傳統的丹麥，怎會有這麼封閉的心胸？」

雖然霍格原本就預期這本小說會激起丹麥新教徒某種程度

的抵制，但沒料到引起的敵意如此之大：「『訓練心靈（也就是，以不同的方式體驗這世界）』這樣的概念，在一般丹麥人看來是很奇怪的。自從幾百年前的宗教改革以來，所有的神祕主義式訓練都被驅除了。」

霍格每一天在創作前，都會冥想一個鐘頭，「好讓自己更為慈悲，精神更專注」。他寫作時，大多會避開家人，住到鄉間的一處靜養所——他拒絕透露地點——每次停留期間，從一星期至三個月不等。「最重要的在於，關上貨櫃，不要再裝入太多的外界訊息。」

每完成一本書，他便休息一年，同時觀察該書的接受度：「不論評價是正面或負面，我都會被打動，如同草被風吹動，或朝這兒動，或朝那兒動，但動完又會直挺起來。」

霍格指出，《靜默的女孩》的中心問題是「我們是否有可能比我們平常時更為清醒？我們對於這世界的感知，是否有可能更強烈、更徹底？」霍格試圖透過聚焦於音樂的力量，來使讀者容易理解他對於精神覺醒的探索。「我需要某種能以合理方式來傳達我的訊息的東西。音樂，是人人都能認同的。」

霍格與此書的主角一樣，也十分尊崇巴哈的音樂，他每天都聽巴哈。「當我的心神變得非常平靜時，巴哈是唯一我還想一聽再聽的音樂，它是超越情緒的。並非它沒有心，而是它沒有粗糙的情緒。」霍格這番話，或可用來形容他那種不濫情、樸素、但又真誠至深的文字風格。便是這樣的文筆，使得《情繫冰雪》既是一首探討孤獨的輓歌，亦是一部情節緊湊的懸疑小說。

霍格成長於哥本哈根下層社會的市郊住宅區，居民多為貧

窮的伊努伊特人，他把這回憶寫進了《情繫冰雪》。雖然他的父親是律師，他的家庭過著舒適的日子，但週遭整個生活環境使霍格無法把家中的富足視為理所當然。「我見證了丹麥最後的貧窮。」他說。

福利國制度興起後，貧窮在丹麥消失了，但社會工程對於個人主義之摧殘的種種新問題繼之而起。霍格在1993年出版的小說《邊緣人》（*Borderliners*）中，探討丹麥的教育包容政策下，令人心寒的陰暗面。故事取材自一九六○年代的一個爭議性很大的教育政策實驗：共有五十四所學校，想要藉由把問題兒童與資優生接觸，來同化問題兒童。

霍格說，以兒童為書寫題材，使他更易於表現人性，因為兒童往往會把成人的無意識表現出來：「每個大人的體內，都住著一個小孩。」

霍格表示，在《靜默的女孩》他仍繼續探討兒童受虐的主題，但這本書已看不到《邊緣人》裡那股憤怒了。「常言道：『與其詛咒黑暗，不如點燃蠟燭。』我在《邊緣人》浪費了一些時間在詛咒黑夜，而非使光明亮起來。小時候，我念的是一所非常嚴格的私立小學，我從小就一直心懷憤怒。人的成長，與原諒有很大的關係。」

2007年，霍格參加了一個十二人團體（個個來自不同的職業），他們致力於設計新的學習模式，試圖要填補威權式師生關係崩壞後所造成的空白。

在《邊緣人》的結局，名叫彼得的敘事者不經意地揭露，他在逃出邪惡的實驗小學後，被一對夫婦收養，他們的名字叫艾瑞克‧霍格與凱倫‧霍格（即作者父母的名字）。霍格

說，他賦予小說敘事者自己的名字，並非暗示此書具有自傳性，只是要跟當時仍很稀少的讀者群開個小玩笑。《邊緣人》出版的時間是在《情繫冰雪》出版的一年後，但霍格是在《邊緣人》剛完稿時，才成為國際名人。「我那時有五千個丹麥讀者。我自覺認識他們每一個人，因為我在丹麥巡迴表演時曾經與他們見面。有一天，我就只是讓敘事者『我』被賦予我的名字，因為我覺得我只是要刺激一下那五千個人。他們或許會嚇一跳，但他們都認識我。可是當這本書上市時，我突然多了數百萬的讀者，反而造成了誤會。」

因《情繫冰雪》而揚名文壇前，霍格每年都會在丹麥巡迴表演單人喜劇〔啟發自「義大利即興喜劇」（commedia dell'arte）的傳統——那是一種「中世紀的小丑表演方式」，由義大利的諾貝爾文學獎得主達里歐·佛（Dario Fo）推廣而普及〕。霍格以馬戲團的表演者為題材，分別寫出短篇小說集《夜譚》（*Tales of the Night*, 1990）以及長篇《丹麥夢史》（*The History of Danish Dreams*, 1998）（一部結構寬鬆、魔幻寫實風格的冒險故事，勾勒了丹麥的四百五十年歷史）。霍格的小說中，一再出現邊緣性人物，諸如吉普賽人、藝術家、殘障人士、兒童、伊努伊特人等，而馬戲團小丑尤其使他感興趣，他認為小丑體現了藝術的本質。

「即使是作家也可能得到丹麥政府的資助，但馬戲團的藝術家則否。他們不被歸類為雅緻，也不被歸類為時髦。人們會進劇院看戲，是因為那是上流的、高級的。可是表演搬到街頭，就沒有那種上流和高級的附加效果。你要嘛抓住人群的注意，要嘛失去人群。小丑靠這個維生。我十分崇敬那種直接與

坦誠。我自己就從來沒有勇氣在街頭做任何表演。」

　　正如馬戲團小丑，霍格一方面表現得很投入（他以深具威嚴的眼神盯著我），一方面又戴著面具、有所閃躲（每當我的提問觸及較為私人的細節，他便害羞地微笑）。他原先在大學念比較文學，對於課業感到十分乏味後，他變成一個表演家。「比較文學是一門牢固的學科。我所學的，就是一個趨勢接著一個趨勢。那使我覺得無聊。」霍格先是受訓為一個擊劍選手，後來，一九七○年代晚期的舞蹈熱潮襲捲歐洲時，又轉行當舞者。「那風潮襲捲了每個人，特別是好動的男孩子。我從來不是一個好舞者。我內心很清楚，舞蹈將不會成為我在長遠人生中的生活方式。」他在二十至三十歲之間創作了一些短篇小說，後來在三十歲時，他辭掉一所表演藝術學校的教職，全職投入寫作。

　　霍格開始寫他的第一部長篇小說《丹麥夢史》，大大地運用了他從自己的文學偶像學來的東西——諸如賈西亞‧馬奎斯（Gabriel García Márquez），波赫士（Jorge Juis Borges）、布里森（Karen Blixen，丹麥女作家）、安奎斯特（Per Olov Enquist，瑞典文學家）等。直到1996年出版了生態環境寓言《女人與猿猴》（*The Woman and the Ape*）（台版譯為《情困伊甸園》），霍格才擺脫那些文學泰斗的影響。該書講述一位鎮日酗酒的英國女貴族與一隻黑猩猩之間的愛情故事。「那些文學模範，到了我大約四十歲時，一點一滴地淡化了，而我逐漸能從更深的層次來理解寫作——寫作是一堆語言與概念的集合。」大約也從這個時候起，他不再閱讀小說。「你愈是與自己內心的更深層有所接觸，你就愈不需依賴外界的刺激。寫出

《靜默的女孩》後，對於自己在創作上另闢蹊徑，我產生一種獨特的感覺。當你另闢蹊徑時，會有一種危險感與自由感。」

霍格念大學時，結構主義語言學家布瑞斯克（Peter Brask）曾向他介紹人類智力活動的潛能。「我第一次見識到，『走出既有的一切知識之範圍，跨出重大的一步、勇敢踏入空無之境』是有其可能的。當你看見某人有那種勇氣，你就會慢慢地匯聚勇氣，在生活中、婚姻中或工作中跨出重大的一步。世界上真正自由的人並不多。我們大多數人在某種程度上都可說被囚禁或封閉著。」

霍格視達賴喇嘛、屠圖（Desmond Tutu，南非著名人權鬥士）與曼德拉（Nelson Mandela）為目前仍在世的自由化身——「他們心中無恐懼，真誠地說出內心的話。他們不受社會傳統風俗所圍，驅策著他們的，是內心的偉大與智識的清晰。」雖然，霍格顯然視《靜默的女孩》為自己最具開拓性的作品，但你若說他已達到那三位榜樣的內心自由，他是不同意的。「我在寫作時，我會擔憂這本書無法與讀者溝通，擔憂他們完全不喜歡這本書。我會擔憂我的名聲和地位。也許我在死亡之前，會達到某種程度的自由，但是當我面對外在世界的反應，我就自由不起來了。」

（2007年10月）

米榭‧韋勒貝克
Michel Houellebecq

1998年，米榭‧韋勒貝克（Michel Houellebecq）發表了《無愛繁殖》（*Atomised*），此後他便成為自卡繆（Albert Camus）以來最受人談論的法國小說家，談論很熱烈，評價則毀譽參半。支持韋氏的人認為，韋氏猛烈地砲打左派正統觀念，可說是隻手使法國文壇恢復了青春活力，為當代的無精打采，帶來一股卓然超群之聲。痛罵韋氏的人則認為，他是一個種族仇恨主義者，在媒體上拋出惡毒的挑釁，以憤世嫉俗的嘲諷作風妖言惑眾。

《無愛繁殖》抨擊「六八學運世代」埋葬了宗教，拔起了社會的道德基礎之錨，這本書可說是針對學運世代的報復。對於六歲時遭嬉皮父母拋棄、交由祖父母撫養長大的韋氏而言，由於他父母那一代人把性愛簡化為一種商品，致使年紀老去者與身體外貌無吸引力者，都被打入「下等階級」。

韋氏在《無愛繁殖》之後，推出了長篇小說《情色度假

村》（*Platform, 2000*），提倡以買春旅遊產業，作為解決開發中世界的貧窮問題的藥方，而引發了眾怒。書中有一段，描寫一個伊斯蘭教恐怖分子攻擊泰國某個度假勝地，就在小說上市僅僅幾個月後，峇里島炸彈事件便爆發，韋氏的先知型天才的名聲，又因此被大大強化了。如今，韋氏頗後悔在書中以泰國作為買春旅遊產業的範例。他在e-mail上對我說：「買春觀光客的原型，是有錢的、年老的西方人，他們前來這裡買取貧家女孩的性服務。但泰國比較複雜。它本身有一大部分的顧客是亞洲人。泰國其實不算窮國。」

2005年，在韋氏最新的小說《一座島嶼的可能性》（*The Possibility of an Island*, 2005）出版之前，法國就出了五部研究韋氏的書籍，其中有文學論戰（如《救命啊，韋勒貝克又來了！》），也有未經韋氏本人授權的傳記。這本傳記由作家狄蒙平（Denis Demonpion）撰寫，他指出韋氏顛倒了自己的生平事實，其胡搞的程度，不亞於他玩弄左翼自由派的信仰。狄蒙平披露，韋氏實際上出生於1956年，並非韋氏自稱的1958年。狄蒙平發現，韋氏的母親尚在人世，而且也不是一個重生穆斯林，凡此，皆與韋氏對媒體所說的相反。「我做出那個聲明的精神在於跟大家講清楚，我母親並不是在嚴肅考慮之下而改宗的。」韋氏說：「她只是在作怪──在裝腔作勢。」

《一座島嶼的可能性》一如韋氏前幾本小說，主角的身分漸漸與作者融為一體。故事的敘事者丹尼爾（Daniel）是一個意志消沈的單口相聲演員，他有些戲碼相當馳名，也惹來憎恨，諸如〈我們偏好巴勒斯坦的淫婦〉、〈請津津有味地咀嚼我的迦薩走廊〉。和作者韋氏一樣，丹尼爾的笑料，絕對帶有

種族主義與性別歧視，這一點毫無辯解空間（書中有這樣的段子：「你怎麼稱呼陰道周邊那團肥東西？」「答案是，女人。」）一如韋氏，丹尼爾也有一個兒子。丹尼爾對他既不探視也不照顧，卻以一種他從未對人有過的熱情，愛他養的柯基犬。

書中，丹尼爾自稱他的風格是「帶有輕微伊斯蘭教恐懼症的諷刺劇」。韋氏也可能曾使用類似的術語來解釋他的言論。2002年，韋氏曾在酒後接受訪談，說出了伊斯蘭教是「愚蠢至極的宗教」這樣的話。他隨後被人以挑起種族仇恨的罪名告上法院，但最後獲判無罪。

丹尼爾想要說服讀者，性愛是人類能獲得的唯一真正喜樂：「事實上，性愛是唯一的樂趣，是人類存在的唯一目標，而所有其他的樂趣，不論是美食、香菸、酒精或藥物，都只是可笑而飢不擇食的補償，都只是缺乏勇氣活下去的迷你型自殺。」

但是韋氏筆下敘事者的觀點，可否必然地等同於作者的觀點？「當我筆下的角色表達其藝術品味時（主要是文學的品味，偶有音樂與電影的品味），那些品味是我的。」他說：「除此之外，我大概能夠賦予一個角色幾乎任何正面或反面的意見，只要呈現的方式具有一定的說服力。」

然而，當韋氏在幾個不同的時間點被問到他對於女性與複製人的態度時（先前，他曾形容複製人「很適合現代，很適合我們這個以閒暇為基礎的文明」），他推翻了自己的說法。他不屑地答道，他的意見在他的書中都表達得很清楚了。此外，由於有些人不願把韋氏作品中某些表現視為侵犯人權，韋

氏還在《一座島嶼的可能性》裡酸了他們幾句。主角丹尼爾便嘲笑一些評論家,説他們居然把他的諷刺劇,解讀為自由派人道主義式的作品:「我發現自己竟然在扮演爭取言論自由的英雄。但就我個人而言,説到自由,我是相當反對的。」

韋氏的作品對於1968年之前那個時代的確定感,屢屢流露懷舊之情,因此英國《觀察家日報》曾以「文學界的勒彭主義(Le Penism)」來形容他的作品。但韋氏否認自己是一個反動者:「所謂的反動者,是想要回歸到社會的前狀態的人。而我的著作則充斥著『一切演化皆不可逆』的觀念。若稱呼我為保守主義者,或許較為精確。我偏好保存一個能實在運作的系統,而不喜歡進行大膽而冒險的轉型。」[12]

《一座島嶼的可能性》的敘事,來回穿插於現在與一個反烏托邦的未來之間。在未來,敘事者丹尼爾的複製人後裔(丹尼爾24號與丹尼爾25號),將會從一個缺乏情緒或色慾、沒有性愛的世界,來觀察人類的過去。韋氏自從在1999年搬到愛爾蘭居住後,觀察到愛爾蘭的宗教之死,於是對複製人的興趣愈來愈濃厚。他很想知道,一個新的信仰系統是否能取而代之。「愛爾蘭是歐洲最信奉天主教的國家,當經濟繁榮後,也不過幾年的工夫,愛爾蘭就不再那麼天主教了。」他説:「一個宗教居然可以如此迅速地崩壞,真是令我目瞪口呆。」

雖然,韋氏有時候被擁為法國虛無主義文學家謝林

---

12 勒彭(Jean-Marie Le Pen),法國民族聯盟的主席,極右派的政治領袖,曾多次發表為德國納粹緩頰的言論。

（Louis-Ferdinand Céline）的接班人，但他堅持自己是一個衛道作家。他表示，在他的小說中，「善與惡一向勾勒得很清楚，完全沒有模稜兩可之處。」他說，他被視為悲觀主義者，正顯示了我們的時代是悲觀的。「我不認為自己是悲觀或樂觀主義者。我自認是寫實主義者，如同過去幾個世紀以來大多數的小說家。今日的人們一直在尋找更多的確定感，正因為世界變得更為紛亂與不穩定，所以人們需要一種向上提升的樂觀主義。」

　　韋氏抽菸抽得很兇，而且酗酒頗嚴重，這些習慣顯示，他那帶有恨世意味的視野，也許與他觀看這時代的抑鬱眼光的關係較深，而與這時代本身的關係反而較淺。在一九七〇和八〇年代，他每隔一陣子就會因憂鬱症而住院。「起初，我覺得這些地方簡直不能住人，我是一個囚犯。後來，不知不覺地──這是令我驚恐的──我開始覺得不錯了，彷彿這些精神療養院是為我而設的，彷彿它們是我真正的家，說不定也是我命運的終點。」他說。

　　對韋氏而言，甚至連名聲也是焦慮的來源。「接受了太多的訪談，逐漸地使人們以為我是一種純粹精神性的虛擬生物。」他說：「近來，我心生這樣的想法：我與所有人的連繫都將逐漸地被切斷，因為人人都將害怕打擾我，害怕在我面前他們被比了下去。這樣的想法讓我開始感到很痛苦。」

（2005年11月）

艾芙烈・葉利尼克
Elfriede Jelinek

當奧地利作家艾芙烈・葉利尼克（Elfriede Jelinek）在2004年聽聞自己獲得諾貝爾文學獎提名時，她是懷著鬱悶心情來回應的（這倒是很合乎她對人性的悲觀看法）。她告訴《柏林日報》（*Berliner Zeitung*），她強烈希望瑞典學院將會青睞同為奧地利籍的小說家彼得・韓德克（Peter Handke）。她說：「我祈求他不會突然死掉或生病。」他沒死，但最後獎還是頒給了她。在葉氏看來，之所以是她、而非韓德克獲獎，毫無疑問，因為她是女性。

今天，葉氏卻收回那些話。就在《貪婪》（*Greed*）的英譯本出版前夕，她罕見地接受我以e-mail採訪她。這位患有廣場恐懼症的小說家解釋道，她當時只是害怕諾貝爾獎得主所過的玻璃魚缸生活。「當然，我非常高興和自豪能獲得這個獎。」她說：「問題是，由於我有焦慮失調症，對我來說，受公眾廣泛注意近乎一種酷刑。」恐懼症使葉氏無法出席頒獎典

禮，改以同步視訊的方式發表獲獎演說。

在她的國家，葉氏被視為一個叛國者。2001年，漢內克（Michael Haneke）把她1983年的小說《鋼琴教師》（*The Piano Teacher*）改編成電影，她因此而斐聲國際。藉由小說和戲劇，她抨擊奧地利所自豪與頌揚的高尚文化、自然景觀之美，與民俗傳統中的法西斯主義潛流。「我探討的主題是：殘酷，強者不為弱者著想，主僕關係的辯證等等。」她說。

右派對葉氏是人人喊打，左派對她則評價兩極。她擅長以譏諷方式來批判父權，但她筆下有受虐狂傾向的女主角們，卻是女性主義模範角色的反面。她在1974至1991年間曾是奧地利共產黨員，但她對於勞工階級的描寫卻不具同情心，而是嘲諷挖苦。儘管她以犀利言詞抨擊人們對女性的物化，但她也是個出了名的愛用YSL的時尚女王。

葉氏抱持尖銳的反資本主義與強烈的女性主義，這意味著她的小說經常會被人斥為說教文章。《新標準》雜誌（*The New Criterion*）曾說，葉氏「不知羞恥地耽溺於陳腔濫調」，把諾貝爾獎的聲望浪費在她身上的諾獎評審委員會，已成為「笑柄」。但評委會的褒獎詞中，卻說她的「小說與戲劇作品中，有著音樂性的旋律與複音的流動，抱持著非凡的語言熱誠，揭露社會上陳腔濫調中的荒謬及其壓制力量」。

葉氏的文字深具實驗性，往往把大眾文化的日常景象拿來耍弄，諷刺電子傳媒、時尚雜誌、大眾小說、色情書刊、政治口號、新聞，以及觀光手冊。「對我來說，陳腔濫調比精細的心理描寫更能清楚呈現現實。」她說：「這些陳腔濫調中，包藏著社會中的勢力平衡。」

《貪婪》（*Greed*）描寫鄉下警察簡尼希（Kurt Janisch），把性愛當作他累積財產的一種工具。簡尼希與中年女子吉爾堤（Gerti，她是這本小說的敘事者）展開一段婚外情。他逼迫她讓渡名下的別墅，以作為換取他的愛情的代價。吉爾堤所陷入的困境，可說是作者對通俗愛情觀的一種諧擬諷刺。誠如葉氏在《貪婪》中所寫：「愛情並沒有像大家平常所說的那般把障礙拆除，反而是築起障礙，如此，躲在這些障礙後的人們，學會了等待，而不會老是漫無目的地踢著鐵欄杆。」

葉氏筆下的人物往往是各種思想觀念的行為者，其滑稽諷刺的成分，似乎多於人格刻畫。例如，書中那位十六歲輕佻女子嘉比（Gabi），致命地淪為簡尼希魅力下的獵物，作者是這樣描寫她的：「金髮。循規蹈矩。習慣那種『金錢使世界運轉』的必然道理。」葉氏解釋道：「我的人物可說是他們各自社會條件下的木偶……對我來說，一個人物的心理，是以回溯的方式推演出來的──也就是說，其心理是從他們在情節中的牽涉所推演出來的，而非反過來由他們的心理去營造情節。」

她的小說喚起一種超現實情境，在那樣的情境中，真實的經驗被一再複製的大眾傳媒影像所遮蔽而失色。譬如葉氏在《貪婪》裡寫道：「大自然再也不存在了。它怎麼可能在刹那間復原呢？」她諧擬觀光業的陳腔濫調：「請進來吧。你把群山之間的湖泊比喻成山間鑽石，這比喻太可愛了。我真是太了解你了。躺下來吧！喔不，別壓到我的腳趾！」葉氏說：「我無法從幼稚的觀點來觀看這風景，我無法裝成一副我是天底下第一個見到這美景的人。」《貪婪》顛覆了故事書中那幅阿爾卑斯山的天堂般的圖像。她說：「奧地利的自然美景──其下

埋葬著納粹時期受害者的屍身──掩飾著許多奧地利的歷史。」

葉氏於1980年推出小說《美妙時光》（*Wonderful, Wonderful Times*），故事講述在一九五〇年代後期，有四名叛逆青少年隨機犯下殘暴罪行。她欲藉此勾勒出納粹兇手是如何將其思想傳給了下一代的子女。葉氏說：「在戰後德國，罪行被逐條清算。但在奧地利，由於我們希望被同盟國正面看待，我們必須否認與納粹的共犯關係，於是我們把自己描繪成『天真的孩子』。但大家千萬不能忘記，希特勒就是從奧地利的一些爛雜誌上學到反猶主義，並將反猶主義作為一套完整的政治主張輸出到德國。也就是說，反猶主義曾經是奧地利重要的輸出品。」

葉氏批判奧地利對於歷史的盲目，因而成為保守主義學者專家的眼中釘。當《鋼琴教師》首次出版，德國《世界報》（*Die Welt*）將她這本作品比作吐出來的口水：「她憎恨音樂，她憎恨維也納，她憎恨人。最重要的是，她憎恨她自己。」《鋼琴教師》至今仍是葉氏最具威力的作品，這是因為她在此書收斂了她那種前衛到不易下嚥的手法，使她的人物具備一定程度的心理寫實。這本小說具有某種程度的自傳性色彩，女主角艾莉卡（Erika）是個鋼琴師，年齡三十六歲，單身，有性變態傾向。在艾莉卡小時候，父親被關進精神病院，此後她便一直與極度專制的母親同住一間公寓。

葉氏於1946年出生，那時母親四十三歲。和艾莉卡一樣，葉氏也是獨生女。她父親是猶太人，二戰時曾為納粹擔任藥劑師，而免於一死。葉氏還在上小學時，父親發瘋了，後來在

1969年死於精神病院。葉氏説：「當時的他，肯定不適合當小孩子的父親。」葉氏的母親是偏執狂患者，不准女兒出門玩耍或交朋友。她強迫女兒執行份量很重的日課表（包括練鋼琴、作曲、上芭蕾舞課），深信女兒是個天才。她禁止女兒有任何形式的娛樂。「我媽不只是精神有病，而是精神極端有病。她是個看似正常人的恐怖分子。」葉氏説：「我的命運很奇怪，父母都是發了瘋的人，但他們又認為整個世界才瘋了。也許這是常態吧！人人都是神經病，沒有例外。我無法跟人打交道，會習慣性地閃避人。這絕對是我極端不快樂的童年所造成的結果。」

葉氏在十八歲時轉向寫作。她先是因精神崩潰而中輟了在大學的藝術史和戲劇課程，在家療養一年後，她取得了維也納音樂學院的風琴師文憑，同時，又在偶然狀況下參與了由超寫實主義詩人組成的「維也納社」（Vienna Group）。「後來我又學習寫實主義領域的技巧，並試著結合寫實與超寫實的東西。」她説：「我又把語音學（語言的聲音）運用在創作中。假如我沒有音樂背景，我就不會走上這個路數。但缺點是，我的作品很難翻譯。」

二十八歲時，她與亨斯柏格（Gottfried Hüngsberg）結婚。他是電影配樂家，與德國導演法斯賓達（Rainer Werner Fassbinder）曾是合作搭擋。葉氏與丈夫維持著遠距離婚姻：她不時前往慕尼黑探視他，而大部份時間則繼續與母親同住於維也納。這樣的安排，一直維持到2000年她母親以九十六歲高齡去世為止。如今，葉氏把時間分兩半，於慕尼黑和維也納兩地跑。「我媽徹底瘋了，但並非癡呆發狂。她一直到嚥下最後

一口氣前，都還非常有智能。」她說：「我當然得留下來。我不能在這種狀態下離開她。這是一種單純的茫然恐懼。不幸的是，直到今天我還會覺得自己有過失。現在我每天都很高興她終於死了，否則我大概會先死。」

葉氏對待她筆下的人物都非常冷酷無情，這似乎是在模仿她母親的暴虐。但葉氏堅持說，她並非要嘲弄筆下人物的苦難，他們之所以被化約成玩物，是他們自身的種種思想觀念所導致。「我把自己看成是某種科學家，冷靜而不帶熱情、不帶憤怒地看著這個社會培養皿。用宏觀的角度，總是比你用貼近而微觀的角度能看見更多東西，儘管表面上缺少同情。但如果你能讀出我書中的言外之意，你就可看出其中有許多的熱情、憤怒和內心困惑。」

葉氏著迷於書寫凶殺，因為透過暴力的死亡，「社會的殘暴洶湧地噴出，彷彿是壓力鍋的排氣孔。」她把女性犯罪小說家——諸如榭爾絲（Dorothy L. Syers）、藍黛兒（Ruth Rendell）、詹姆絲（P. D. James）——的卓越成就，歸因於她們在社會上處於附屬地位。「受迫害者——**父權社會裡，女性就是受迫害者**——必須研究權力，以求能克服它，就像古代羅馬的奴隸所做的一樣。這就是為什麼女性能寫出這麼棒的犯罪小說，因為她們很了解權力運作的各種機制。」

書商把《貪婪》宣傳為一本驚悚懸疑小說，但它的情節極簡單，也不緊張刺激。兇殘的簡尼斯與已故的極右派政客海德（Jörg Haider）相當神似。海德亦是一個喜歡登阿爾卑斯山的運動愛好者，還曾赤裸著上半身公開讓媒體拍照，他對亞利安式身體健美文化的遵從，實在令人不寒而慄。1999年的國會大

選期間，海德發起一個抨擊「墮落的」藝術家的活動，他在廣告看板貼上這樣的問句：「你要葉利尼克，還是要藝術？」[13]

自2000至2002年，海德所屬的自由黨成為奧地利聯合政府的執政成員，葉氏為抗議奧地利的極右傾向，拒絕任何劇團在國家級劇院搬演她的劇作。不過，奧地利的右翼分子想必很歡迎她這樣的抵制吧？「那確實是個錯誤的決定。但這是後見之明。」她說：「當這個恐怖的聯合政府形成時，我在絕望的情況下想做出一點反抗，因而有了那樣的決定。世界上所有國家裡，率先在戰後重新設立極右派政府的國家，就是奧地利。」葉氏曾支持共產黨作為一股抗衡奧國右翼輿論的力量，但後來退黨。「如果我身在真正的社會主義國家裡，我一定會加入反對黨。不幸的是，我從不相信工人階級創造歷史的力量。」

奧地利人對於《貪婪》的接受情況，使她感到很受傷。「我就是不懂，為什麼有那麼多的恨意衝著我來。」她說：「我不是指那些給我負面評價的書評，那些東西我當然可以承受，而是指一些充滿蔑視和恨意的文章，它們以人身攻擊來摧毀我。」

獲頒諾貝爾獎後，她所受的攻擊或許並未減少，但她十分確定地說，得到此獎反而降低了她的性別地位。「一個男人可以藉由事業成功來增加他的性吸引力，無論他是三十歲或八十歲。」她說：「但一個女人若事業有成，性吸引力卻是貶值的，因為她變得令人畏懼。她永遠因為身為女性而被束縛。」

（2006年9月）

---

13 海德（Jörg Haider, 1950-2008），奧地利政客，極富爭議性，曾讚頌納粹的仇外與反猶主義。

伊斯邁‧卡達雷
Ismail Kadare

　　2005年，第一屆曼布克國際文學獎[14]的評審團擬出了一張文壇名家雲集的決選名單，包括賈西亞‧馬奎斯（Gabriel García Márquez）、菲利普‧羅斯（Philip Roth）、鈞特‧葛拉斯（Günter Grass）、米蘭‧昆德拉（Milan Kundera），以及大江健三郎等十八位。這座獎金六萬英鎊、衡量作家生平所有

---

14 布克獎（Booker Prize）被譽為當代英語小說界的最高獎項，也是世界文壇最重要的獎項之一。設立於 1968 年，以其贊助商布克（Booker McConnell）命名。第一屆自 1969 年開始頒發，獲獎人只限於在世的大英國協及愛爾蘭的作家。2002 年，曼集團（Man Group）成為布克獎的贊助商，布克獎名稱由 Booker Prize 變成 Man Booker Prize，因此現在也譯成曼布克獎或曼氏布克獎。2004 年，布克獎宣佈增設布克國際獎（Man Booker International Prize），從 2005 年開始，每兩年頒發一次，所有作家，無論國籍，只要其作品以英文寫作或有英譯本發表，均有資格獲得此獎。

創作的文學獎，後來頒給阿爾巴尼亞作家伊斯邁・卡達雷（Ismail Kadare）時，跌破了所有關注者的眼鏡。卡達雷獲得曼布克獎前，僅被諾貝爾文學獎提名過一次，而且這位流亡作家在他的祖國與現今僑居的法國之外，罕有讀者。

卡達雷贏得布克獎後，人們開始對卡達雷以及他超過三十部的著作大感興趣，形成了熱潮。《繼位者》（*The Successor*）已經被譯為英文，在大獎揭曉後便印行上市。在此之後，普林斯頓大學的學者貝洛斯（David Bellos）又陸續翻譯了好幾本其他的著作，包括最新譯出的《圍城》（*The Siege*）。這本小說的時空背景設在十五世紀初期，講述鄂圖曼土耳其的軍隊企圖奪下一座阿爾巴尼亞要塞的故事。此書寫於1969年，於1972年被譯為法文，廣受好評。

雖然英語系國家才剛剛領略卡達雷小說的力量，他早已長期是巴爾幹半島國家的代言人。1936年，卡達雷出生於阿爾巴尼亞南方、接近希臘邊界的要塞城市吉羅卡斯特（Gjirokastër）。小時候，他目睹了義大利軍、希臘軍、德軍先後來去匆匆地佔領他的家鄉──這些經歷都反映在他的自傳性小說《歷史刻石》（*Chronicle in Stone*, 1971）。

阿爾巴尼亞的史達林派獨裁者恩維爾・霍查（Enver Hoxha）（歐洲最殘忍、最封閉的共產政權領導人），統治了阿爾巴尼亞四十年，直到1985年他死去為止。卡達雷就是在他統治的政治環境中寫作的。卡達雷於第拉納大學畢業後，前往莫斯科的高爾基文學研究院繼續深造（該研究院的目標，在於培養忠於共產體制的社會寫實主義作家）。透過e-mail訪談，卡達雷向我解釋道：「我很享受那段在莫斯科的學生歲月，但

是我當時相當倔強地抗拒官方的教學。那些課程形成一種反面教育——簡直是世上最有效的學習形式。每當我聽到一項指導，我就對自己說：『千萬別那麼做！』」

在高壓式政權下，亦有其他的作家發揮旺盛的創作力。但是在所有阿爾巴尼亞作家中，僅有卡達雷的聲名傳出了國界之外。對卡達雷而言，在高壓式政權之下生活與寫作是束縛，但此種束縛激發了他的創作精神。他的小說針對暴政下的人生，提供了寶貴的洞見——他的歷史寓言，把一個限制重重的環境之中，構成日常生活的大母題與小細節，雙雙道出。但是他的書，不只是政治表態，更是藝術成就。不論持任何國家的標準來衡量他最好的幾部作品，偉大作家的讚譽，他都是當之無愧的。

在英語系國家，極少有學者通阿爾巴尼亞語，所以卡達雷的作品都是先有法文譯本，再被轉譯為英文。「阿爾巴尼亞人講的話，是很奇怪的方言，」《圍城》裡一個土耳其人這樣說：「好像阿拉在那種方言上罩了一層霧，使人難以區隔每個字。」他的小說歷經雙重翻譯卻不失原味，著實令人吃驚。主要原因是，比起那些文筆精緻而詩意風格的作家，卡達雷明晰的文字風格，在翻譯過程中較不容易走味。

儘管卡達雷受了史達林派的寫作訓練，他的小說處女作，可沒有描繪農民在陽光明媚的麥田裡歡欣耕耘的場面。反之，1963年，時年二十七歲的卡達雷，做了遠比那更大膽而危險的事。《亡軍的將領》（*The General of the Dead Army*）是一個憂傷的故事，講述一個義大利將軍來到阿爾巴尼亞，把二次大戰死在此地的義大利軍隊部屬的屍體送回國。1970年，《亡軍

的將領》的法譯本出版後，為卡達雷在法國贏得讚譽之聲。1983年，它被改編為電影，由馬斯楚安尼（Marcello Mastroianni）與皮柯里（Michel Piccoli）領銜主演。

卡達雷因《亡軍的將領》而掙得的國際知名度，有助於他抵禦阿爾巴尼亞政府窮凶極惡的暴行，而他陸續寫出了幾部同樣極受好評的小說，包括《破碎的四月》（*Broken April*, 1978）、《三拱之橋》（*The Three-Arched Bridge*, 1978），以及《夢境之宮》（*The Palace of Dreams*, 1981）等。「國際的讚譽，對我來說是兩面刃。」卡達雷說：「整體而言，如果說那名聲保護了我的成分居多，置我於險地的成分居少，我認為是公允的說法。但它也招致了非常危險的嫌疑。」

霍查在世時，卡達雷享受了他的保護，但這位獨裁者死後，卡達雷卻接到了死亡恐嚇。於是他在1990年前往法國，尋求政治庇護。現今，他則在巴黎與阿爾巴尼亞首都第拉納兩地跑。「在霍查時代，你若逃出阿爾巴尼亞，會連累你全家人遭到可怕的報復。」他說：「你所有的親戚朋友將會被貶黜，流放到鄉間，或者下獄，甚至更糟。逃亡？就算你僥倖成功逃出去，那種良心上的煎熬，也不是一個正派的人承擔得起的。」

有人呼籲卡達雷，仿效捷克哈維爾（Václav Havel）文人從政的例子，出馬擔任阿爾巴尼亞的總統。但是卡達雷說：「我天性是個完美主義者，當你走進政治，你第一個要放棄的事，就是那個完美的樣子。還有，阿爾巴尼亞不是捷克。阿爾巴尼亞是一個很難搞的國家，阿爾巴尼亞人民是很難搞的人。」

　　卡達雷曾經違反自己的原則？抑或他只在可接受的範圍裡，從體制內部提供批評？事實為何呢？答案大概兩者皆是。別的阿爾巴尼亞作家因為寫了被認為不符官方馬克思主義準則的東西，或被流放到勞改營，或被處死。但是卡達雷的寫作生涯卻讓他備受榮寵。他擔任霍查的國會議員，也身兼政府資助的作家協會成員，還成為極少數被允許出國旅行的阿爾巴尼亞人之一。2005年曼布克獎得主揭曉時，有些阿爾巴尼亞人批評評審團表揚了一位與獨裁者相勾結的人。

　　「我從未自稱是所謂的『異議分子』。」卡達雷回擊道：「公開反對霍查的政權，正如在史達林統治俄羅斯期間公開反對史達林，是根本不可能做到的。不管誰自居為異議分子，不出一兩天，他就會被送上刑場槍斃。另一方面來說，我寫的書，本身就構成了針對這個政權的一種非常明顯的抵抗形式。」卡達雷之所以存活，正是因為他的創作可以被正反兩面解讀。小說《孤寂的冬天》（*The Winter of Great Solitude*, 1973）以1961年蘇聯與阿爾巴尼亞關係的破裂為題材，卡達雷在書中把霍查描繪為一個拒絕向赫魯雪夫俯首稱臣的孤鳥式英雄。卡達雷坦承，當年他寫這本小說，是為了得到霍查的歡心，以保全他的生存機會。「一九六〇年代，由於我一直寫神話和傳奇，把故事的時空背景置於過去，使我飽受批判。」他說：「終於，我接到了最後通牒——除非我寫一部以現今為背景的小說，不然我就完蛋了。我要嘛得永遠放棄寫作，要嘛得煮一碗社會寫實主義湯出來。」

　　十五年後，卡達雷寫出了《音樂會》（*The Concert*）（《孤寂的冬天》的續集）。書中，卡達雷敘述了阿爾巴尼亞

與中國之間聯盟關係的瓦解，並且以較不奉承霍查的角度來描寫這位獨裁者。這本書在阿爾巴尼亞被禁了五年。「我那些批判獨裁政權最嚴厲的書，如《夢境之宮》與《音樂會》，皆寫於霍查統治時期，而非寫於它垮臺之後。這使我覺得非常自豪。我的勇氣始終如一，我的勇氣並不是因其垮臺才增加。」

霍查治下的阿爾巴尼亞沒有出版檢查制度，這逼使作家和出版社必須極為謹慎地自我審稿。1975年，當局把卡達雷放逐到一個偏鄉小鎮，下放了數個月，並勒令他三年不得出版書籍。之所以犯事，是因為他寫了一首觸怒當局的詩〈紅色高官〉（The Red Pashas）。此詩在一開頭就諷刺執政當局的妄想症：「午夜時分，政治局委員群集／北方邊界有何新消息？／南方邊界有何狀況？」接下來，此詩又描繪共產黨官員如何挖掘阿爾巴尼亞從前的統治者的墳墓，並試穿那些死人染了血的衣服。

卡達雷固然運用了寓言與歷史場景來掩飾他的政治批判——在《音樂會》，他借用毛澤東的中國；在《H之調查檔案》（The File on H, 1981），他借用一九三〇年代的阿爾巴尼亞；在《金字塔》（The Pyramid, 1992），他借用古埃及。但這些瀰漫著恐怖與不信任的社會景象，喻義都相當的清楚。

《圍城》是卡達雷的第五部長篇小說，故事背景設於第五世紀，欲影射1968年的阿爾巴尼亞：當年，蘇聯入侵捷克，引發了霍查的焦慮，深怕下一個遭殃的就是阿爾巴尼亞。在這本書裡，卡達雷費了許多筆墨來描寫土耳其人（阿爾巴尼亞的敵人），刻劃出一幅與霍查政權十分肖似的暴政圖像，藉此指桑

罵槐。

在《圍城》中，一位元帥有感於其麾下將士們因戰敗而士氣低落，於是公開把人處決，造成將領之間的歧見，而引發幽靈的威脅。這部小說的中心人物是名叫切雷畢（Mevla Çelebi）的軍事史官，他被指控美化了這場戰役，但實際上他只是一位愚蠢的事務官。卡達雷藉由筆下的切雷畢把戰役描述為一首誇大的史詩，來嘲諷官修歷史的構成。可見，此書絕對不是一本為霍查歌功頌德的小說。

卡達雷在《圍城》諧擬了一個隔絕於世的封閉社會的地方褊狹主義。他主要在描寫阿爾巴尼亞歷史上的宿敵，這或許是為什麼書中少數幾個較引人共鳴的角色，登場的時間很有限的原因吧。但人物塑造並非卡達雷的特長，他筆下人物的主要作用往往在於烘托整本小說的主題。在他的短篇寓言中，這一點不必然會造成問題，但是在超過三百頁的長篇《圍城》（卡達雷不常寫這麼長），缺少能撐場面的角色，會使讀者難以讀下去。

後來，卡達雷在故事的感染力與評議現實的衝動之間取得了平衡，其成果便是被許多人視為大師級傑作的《夢境之宮》。卡達雷在這部小說描繪了一個想像中的鄂圖曼帝國，帝國的當局為了控制臣民的集體潛意識、並攔截任何顛覆的衝動，把臣民的夢境加以分類與詮釋。《夢境之宮》甫上市，便遭阿爾巴尼亞當局撤回。卡達雷以感傷的筆觸，描繪了主角如何夾在忠誠的兩難衝突之間。一方面身為負責釋夢裝置的國家官員的他，仕途正順遂；可另一方面，他出身於有數百年歷史的阿爾巴尼亞的王室家族。卡達雷描述了有著傳說與迷信的古

代阿爾巴尼亞,巧妙地閃避了霍查政權的箝制。

　　儘管卡達雷經常處理黑暗的題材,他的高明之處,乃是他能維持輕鬆的筆調,卻不使內容流於瑣碎化。《H之調查檔案》是他最遊戲性的小說,時空背景設於二次大戰前、佐格(Zog)國王統治之下的阿爾巴尼亞。故事敘述兩個愛爾蘭裔的美國學者來到阿爾巴尼亞,欲研究荷馬(Homer)史詩的寫作構成之過程,但兩位學者立刻被當作間諜逮捕。卡達雷藉此巧妙地諷刺了霍查的國家機器的官僚制度之瘋狂。同時,卡達雷還俏皮地評論了他自身的困境。小說裡有句話這樣問:「荷馬究竟是一個順民、造反派、還是當權派?」

　　對卡達雷而言,霍查政權的種種約束,似乎反而使他爆發出創作力與自由,從而寫出他力量最強大的作品。對照之下,完成於共產體制垮臺後不久的《金字塔》,反而沒那麼成功。雖然,此書展露了卡達雷寫荒謬黑色喜劇的天分。但少了共產時期那些限制後,此書所要傳達的訊息(暴政乃基於人類的犧牲),反而沒有精妙的表現。

　　當共產政權崩潰時,由於法律與秩序的瓦解,引發了血仇殺戮的動亂。卡達雷在《春花,春霜》(*Spring Flowers, Spring Frost*, 2000),描繪了阿爾巴尼亞在後共產時期,那種中古與現代勢力雜處的無政府狀態。他大膽地將古代神話與當代事件交織起來,在書中展現傳統的血仇報復與黑手黨競相殘殺老百姓的現象。不過,他在共產時期作品中那種憤慨的銳利,在這本書裡消失了,因此很難看出他想要表達什麼。再者,情節的推演也嫌緩慢。這一次,卡達雷的象徵運用並非太明顯,而是太模糊。

　　卡達雷於2003年發表的小說《繼位者》（*The Successor*），又把故事背景拉回霍查時代的阿爾巴尼亞，重啓謝胡（Mehmet Shehu）離奇死亡的謎團——他是重病纏身的霍查的指定接班人，於1981年被發現受槍傷死亡。[15]卡達雷以《H之調查檔案》後未得見的戲謔筆調，在《繼位者》中巧妙地描繪了一個真相被掩埋、而謠言大肆流竄的社會。

　　從卡達雷諸多的小說創作中可以看見，要活在極權政治之下，而不與之有某種牽連，是不可能的。《夢境之宮》的主角，因粗心地誤讀了一個夢，而為家人帶來了悲劇。在卡達雷最動人的作品《破碎的四月》中，一個作家因為對血仇感興趣，而遭到襲擊：「你不幫忙這些不幸的登山者，反而幫助死亡，你追尋崇高的主題，你居然在血仇中尋找美感來餵養你的藝術。」在《繼位者》中，一個建築師認為，由於斥巨資重新修繕接班人的官邸，才引發獨裁者的疑忌，導致僱用他的那位接班人遭到謀殺。

　　像卡達雷這樣的人物，能存活於霍查政權之下，是非常奇異的。他的小說為一個極端匱乏於文化生活的民族，提供了想像的養分。某些不得不然的與政權的合作，不應該被視為死罪。不然，那就跟暴政的邏輯沒什麼兩樣了。

（2008年4月）

---

15 謝胡（1913-1981），阿爾巴尼亞在共產時期的第二號人物，擔任國務總理，直到1981年「自殺身亡」，或疑遭霍查所殺。死後隨即被霍查鬥臭，親屬也遭下獄。

彼得・馬修森
Peter Matthiessen

在一個淒風苦雨的日子，我來到了紐約州的漢普頓斯（Hamptons），道路上荒無人煙。彼得・馬修森（Peter Matthiessen）住處附近的鹽池，都因傾盆大雨而溢出了池水。夏天時，這裡是那些有錢人度假的遊樂場，美國房價最昂貴之地，或許就位在馬修森住處這一帶。不過，在今天這種天氣，這一帶的光景彷彿變回了五十多年前吸引馬修森來此定居的樸實無華的樣子（當年此地的居民多半是馬鈴薯農）。

我問他，當年就對漢普頓斯情有獨鍾？馬修森一邊嘆口氣說：「是呀。」一邊把車子從垃圾棄置場開回來。這位動作敏捷的八十二歲老人，剛才還穿過滂沱的雨陣，拖著幾箱垃圾去倒。大半人生都暴露在惡劣氣候之中的他，鐵定懶得等到天氣放晴再清理。他的身材高大，面容瘦削而滿布深溝般的皺紋，看起來飽經風霜，但又氣色健康。

馬修森至今已有三十部的生涯著作（包括八本長篇小

說），建立了目前世上第一流荒野生態作家之一的聲譽。他立志維護自然世界與原住民，使之不受資本主義貪婪的危害，陸續寫出了以新幾內亞、非洲、南美洲、南極洲、阿拉斯加、西伯利亞、尼泊爾、加勒比海等地為題材的書籍。在家鄉，他為了維護美國原住民、長島地區土著漁民，與隨季節遷徙的農田僱工的權益，而奮鬥不懈。他也進行個人精神追尋的冒險，既是提倡使用迷幻藥的先驅，也是禪學的倡導者。

我們走過了屋旁的墓地，馬修森第二任妻子、詩人黛博拉‧羅芙（Deborah Love）便埋骨於此。當年，馬修森為了哀悼她之死於癌症，與動物學家謝爾勒（George Schaller）一起踏上了一趟喜馬拉雅山之旅，去觀察岩羊（bharal）與神出鬼沒的雪豹。這段經歷都記載於《雪豹》（*The Snow Leopard*, 1978）一書。此書贏得了1979年美國國家書卷獎「非文學類」獎，馬修森被貼上自然作家的標籤，不過當時的他卻視小說創作為自己的主要工作。他撰寫非文學類的書很迅速，但寫起小說，卻像在做浩大工程。以沼澤地凶徒愛德加‧華森（Edgar Watson）為主角的三部曲小說，《殺死華森先生》（*Killing Mister Watson*, 1990）、《失落人之河》（*Lost Man's River*, 1997）與《徹骨》（*Bone by Bone*, 1999），經過重寫後，於2008年以九百頁的單冊的面貌重新出版，書名定為《陰影之鄉》（*Shadow Country*）——前後共耗費三十年的心血。

馬修森屋外的前廊，擺著一副高1.5公尺的鯨魚骸骨。那是他寫完《人的生活》（*Men's Lives*）（一部非文學類的悲歌，描寫消亡中的長島漁民）的那一天，到海灘去散步時發現的。進了門，我便看見達爾文的「小獵犬號」的模型，那是馬

修森已故的鄰居柯特‧馮內果（Kurt Vonnegut）在死前幾星期送他的：「他就直接走進來，說：『這是我送你的禮物。』我說：『柯特，留下來一起吃午餐吧』，他轉身走出門。他老年的時候變得有點脾氣暴躁。」

他家的客廳中央有一座石砌的壁爐，而客廳則散亂著各種裝飾品、相片與他多次旅行的紀念品──似乎針對今日位於漢普頓斯這一帶各種風格的豪宅，有一種隱約的責難。反諷之處在於，當初他在年輕時之所以購買這座房產，卻是為了叛離他的顯貴出身。他的父親是一個軍方建築師，十分富裕，是布希家族的友人。在馬修森的記憶中，他們是一群「相當乏味、平庸，錢很多的人」。

馬修森雖出生於紐約市，他大多時間都在紐約州與康乃迪克州的荒野地區成長，他曾在那裡用籠子養銅斑蛇。十三歲時，他到慈善營隊擔任志工，協助一些來自於康乃迪克州貧民窟的兒童。一晚，營隊設宴款待兒童，在宴會上，馬修森生平第一次被經濟不平等所帶來的屈辱大大地衝擊：「他們吃東西時，每兩秒就要回頭看一下，那表示他們從來沒吃飽過，因為他們總會有兄長或叔叔過來把他們的食物取走。他們一個個都狼吞虎嚥，病態地狂吃，把肚子盡可能塞飽。」

當馬修森知道他的家庭被列在《社交名人錄》（*Social Register*）（一份美國上流社會的年度名錄），他在十五歲時主動把自己的名字從上面移除。他的社會良知日益強烈，終於使他在十七歲被逐出家門。其後，他進海軍當了一年兵──這段經驗被他寫進了第三部小說《雷迪澤》（*Raditzer*,1961），故事描寫一個富家子弟與一個孤兒出身的海軍之間的友誼。正是

在這本小說中，馬修森覺得他「開始形成屬於自己的自己」。

大學畢業後，馬修森前往巴黎，到索邦大學讀書。1952年，他與人共同創辦了《巴黎評論雜誌》（*Paris Review*）。二年後，他發表了第一部長篇小說《門第的基石》（*Race Rock*, 1954）。但返回美國後，他立刻改行當漁夫，以養活他成立不久的新家庭。「漁夫是極為辛苦的工作，但也很有趣。我喜歡魚和海鳥。而且這工作使我的身體變得非常非常健壯。我的身體愈是健康，我寫作的成果就愈好。」

到了一九五〇年代晚期，由於有《紐約客》的定期邀稿，馬修森於是得以全職寫作。「我想要去探索最後的蠻荒之境，趕在那些地方被摧毀之前。在那個時代，他們不報導任何有關自然荒野的東西。歐洲就是他們會去的最遠的外地。」馬修森雲遊四方的生活方式，意味著他鮮少在家，他坦承這「對我的家人是很不好受的」。

馬修森表示，他的小說「對一般讀者來說要求太高了」，而且內容少有「一般女性讀者想看的羅曼史之類的東西」，所以他的書總是極受好評，而難以大賣。《雪豹》出版之初，當他的編輯打電話恭喜他，說有一篇為此書大褒特褒的書評，預定刊登於《紐約時報》文學特刊的頭版，他因而對《雪豹》的銷售有高度的期望。「我的編輯說：『你這次要發大財了！』可是，等到書評要刊登的前一天，紐時員工發動一場大罷工，之後就沒人看到那篇書評了。」

馬修森說，美國東岸的書評家對他所寫的小說一直態度冷淡。「像我這種對自然生態有興趣的人，也就是非常剛強、堅

毅的人，不太能引起東岸那些人的興趣。當然，都會區的人也會遇到與我的小說中處理的相同問題——相同的心碎，相同的悲傷，相同的愛情。但是當代作家幾乎都已經對他們的生活做出相當充分的描寫了。」

1965年出版的《在上帝的田野上玩耍》（*At Play in the Fields of the Lord*），是馬修森「第一本以真人真事為題材的小說」，故事描寫亞馬遜流域的印地安人與外來傳教士的衝突。後來在1991年由巴班克（Hector Babenco）改編為電影。迷幻藥文化的精神領袖堤摩西・李瑞（Timothy Leary）看了此書後，曾寫信給馬修森，說此書是他讀過最棒的旅行文學。[16]

馬修森在1969年轉向禪學，尋求不靠藥物而能感知宇宙整體的方式。這段追尋之旅，記錄在《九頭龍川》（*Nine-Headed Dragon River*, 1986）。不過，他覺得自己受益於迷幻藥匪淺。「每個病人都有某種障礙，有時病人透過傳統療法，要尋尋覓覓好幾年，才能把障礙搜索出來。而迷幻藥則能夠有效找到煩惱的核心。它真的可以直搗你的煩惱癥結所在。」

馬修森身兼禪師，每天早晨，他帶領一群人在他屋子旁改裝過的馬廄裡進行冥想。他的第五部小說《尋找綠蠵龜》（*Far Tortuga*, 1975）（一部對加勒比海的綠蠵龜漁夫的讚美之歌），是他寫得最高興的一本小說，因為他實驗了極簡主義風格，反映了禪學的旨意：「我削除了所有的形容詞與副詞，僅僅寫出不加修飾的事實，讓讀者可以得到每一件事物的『當

---

16 堤摩西・李瑞（1920-1996），美國知名心理醫師，在六〇、七〇年代時，他以捍衛並倡導使用迷幻藥來協助心理治療而聞名。

下』。」

　　社會運動之倡議，始終驅策著馬修森。他致力於美國原住民維權運動，並寫出了《瘋馬精神》（*In the Spirit of Crazy Horse*, 1983）。這部六百五十頁的論述作品，調查了美國印地安人維權運動的社運人士與FBI（聯邦調查局）幹員之間發生的一場槍戰。馬修森在此書指出，在該事件中，美洲原住民維權運動的領袖人物李奧納德‧佩爾堤（Leonard Peltier）因涉嫌謀殺兩名FBI幹員而被判處兩個無期徒刑，是被羅織入罪的。

　　一個前FBI幹員與一位前南達科塔州州長控告馬修森與出書的維京（Viking）出版社毀謗名譽，求償五千萬美元。雖然法院最後判決馬修森勝訴，但官司纏訟了九年之久。「我的律師曾說：『如果他們把我們告進法院，你就會失去一切。』我們一直在抵抗整個政府的力量，而他們有源源不絕的鈔票。」

　　後來柯林頓總統讀到了這本書，據報導，2000年他本來打算特赦佩爾堤，但在FBI施壓之下縮手。「我們本以為特赦十拿九穩了。我那時候氣得要命。」馬修森至今仍與佩爾堤保持聯絡：「他是一個勇敢的人。我從來沒有聽見他呻吟哀嚎。他被當作殺警兇手而關進去，但即使是看守他的獄警也喜歡他。」

　　至於愛德加‧華森（Edgar Watson）的罪行，就少有疑議了。馬修森的長篇小說《陰影之鄉》（*Shadow Country*），就是以華森這位冒險創業家為主角。這部史詩作品，重現了十九、二十世紀之交佛羅里達州蠻荒之地的農漁民的嚴酷生存世界，為馬修森贏得2008年美國國家書卷獎「小說類」獎。

　　馬修森對於華森的著迷，可回溯到一九四○年代。當年，父親帶著馬修森在佛州西海岸大沼澤地（Everglades）迷宮般的萬島區（多數為紅樹林沙洲），展開了一趟舟行之旅。「他帶我看這條河流注入墨西哥灣的景觀，他說，往河的上游走大約三英哩，便可看見大沼澤地唯一的房屋，它屬於一個名叫華森的男人，他的鄰居殺死了他。『一個男人在這極其孤寂的河域被鄰人所殺』的這個細節，深深烙印在我的腦海裡。河域的居民大多是卑微的小農民和小漁民。他們不是殺人犯。所以究竟發生何事？那傢伙幹了什麼？這要嘛是一宗私刑，要嘛是自衛──他們說，是華森先開槍的。」

　　馬修森本來計劃寫一部以佛州生態環境與野生動物的嚴重破壞，以及原住民部落被掠奪為主題的小說。但當他浸淫於前置研究工作時，華森的傳奇故事取代了原先的構想。「我採訪了佛州西南部每一位年齡超過九十的人，這一則令人不可置信的美國傳奇故事，於是開啟了。許多人認為華森生前殺過不下五十個人，但這根本不是事實。他或許真的殺過七、八個人，多半是他的農地僱工。一般的謠傳都說，當發工錢的日子快到時，他沒發錢，而是開槍把工人斃了。」

　　華森有過三段婚姻，育有眾多的子女。他們一開始對於馬修森的接近，是不加理睬的。「他是家族的恥辱。他有一個女兒嫁給了佛州一家大銀行的老闆。社會地位是很高的。有個被亂槍打死的父親，那還得了！華森在被打死之前就已經聲名狼籍了。他在佛州北部就曾因涉嫌殺人而受審。」最後，華森的子孫們軟化了；他的孫女之一先以簡短的信件試探馬修森的意向，然後其他家族成員也陸續表達對於他的研究的關切。

　　隨著馬修森對華森的生活探索得愈發深入，這位傳說中的甘蔗大亨、惡霸，變得益加複雜：「他的妻子們都欽佩他，他的子女們也是，只有一個孩子例外。他非常可親，長相非常英俊，非常有魅力，非常聰明，是個技術高超的農夫──只是他脾氣凶暴，而且喝酒喝太兇了。他還跟不少情婦有私生子。他是個流氓。在我撰寫這本書的這段時光，我是非常愉快的。我賦予他非常過人的機智，以及一種對人生冷嘲熱諷的態度。」

　　這本書剛寫成時，是逾一千五百頁的單冊書，但馬修森把它一切為三，分冊發行，後來他為此大感後悔。「這三部分就好像一首交響樂的三個樂章。」他說：「當你把它一分為三，就失去了小說整體的結構。」三冊版發行後，他決定重新把它綰合為單冊大長篇。起初預計花一年完成這計劃，結果卻花了六年：「這本書的寫作，最初的筆記可回溯到1978年。從那時到現在，除了兩個中篇，這本書就是我唯一創作的長篇小說。這本書就佔去了我寫作生涯的半數時光。」

　　如果說馬修森對華森有幾分景仰之意，那是因為他所崇拜的人，多半是能堅忍不拔地忍受生活試煉的人。馬修森育有四名子女，老大路克（Luke）在大學畢業時因罹患遺傳性眼疾而雙目失明。路克自己的大兒子被巴士輾過而死亡。酗酒的路克在戒酒成功後，現在經營幾家專為有酒癮或毒癮患者而設的診所。「這孩子遭受了你能想到的各種人生打擊，而他從未呻吟叫苦。他是我的偶像英雄，真的。」

　　馬修森的工作室就在房屋對面，是個用擋雨板拼裝起來的小房舍。工作室牆上掛著好幾幅他出生於英國的妻子瑪莉

亞·艾克哈特（Maria Eckhart）的照片，拍攝於她當模特兒的歲月。另外還有一幅藝術評論家羅伯特·休斯（Robert Hughes）的照片，休斯是他從前旅行與深海釣魚的友伴。馬修森對塔斯馬尼亞的小說家兼環保人士理察·弗萊納根（Richard Flanagan）頗為津津樂道，他形容弗氏是個「非常英勇、原創性十足的作家」。

　　儘管畢生都在與狡詐的政治力量對抗，馬修森說他「不以為苦」。當他把車開出車道，準備載我去公車站，他指著地上一株巨大的老柳樹，幾天前的夜裡，它在暴風雨中倒下了。它十分精準地倒在屋子與禪修園地之間的狹窄空地，甚至沒壓到旁邊的電線。這現象，在這位以環保為志的禪修者的地盤上，似乎不像是個偶然。

（2008年3月）

杰 · 麥金納尼
Jay McInerney

　　杰 · 麥金納尼（Jay McInerney）的小説處女作《燈紅酒綠》（*Bright Lights, Big City*）於1984年出版之後，有一段時間他似乎愈來愈走下坡。《燈紅酒綠》是一部自傳性的小説，主角在《紐約客》擔任新聞事實查證員，過著藉古柯鹼激發亢奮精神的夜生活。此書大賣了上百萬冊，為一九八〇年代生氣勃發的精神下了定義。

　　可是，一個時代定義者，一旦為他所屬的時代做出了定義，他還能做什麼？就麥氏的例子來看，他能做的，就是等待其後座力的反挫。麥氏接下來發表的小説《贖金》（*Ransom*, 1985）與《我的人生故事》（*Story of My Life*, 1988），在美國乏人問津。而1988年上映的電影版《燈紅酒綠》〔由米高 · 福克斯（Michael J. Fox）主演〕，則因選角錯誤等問題而造成巨大的失敗。

　　麥氏一再地被拿來與他的偶像史考特 · 費滋傑羅（F. Scott

Fitzgerald）相比較，也未必是個好兆頭。費氏於1920年出版了《塵世樂園》（*This Side of Paradise*）後，被封為爵士時代的代言人。與麥氏相同，費氏也以其夜夜笙歌的私生活，以及他那些以紙醉金迷的有錢人為素材的小說聞名於世，而酗酒的費氏在四十四歲時就死掉了。

杜松子酒之於費滋傑羅，正如古柯鹼之於麥氏與其同時代人。麥氏那飲酒作樂、狂歡縱慾的生活方式，也很可能使他深受其害。同時，隨著精力充沛的八〇年代逐漸退去，疲倦的九〇年代取而代之，這位八〇年代的文學代言人也被人拋在腦後了。

但是，在所有年少得志的文壇新秀之中〔此標籤亦適用於艾利斯（Bret Easton Ellis）、簡奧維茲（Tama Janowitz）等人，這些作家都在作品中諷刺其所屬世代的道德觀〕，麥氏的知名度一直排在最高位。其高知名度，與他星光熠熠的社交生活，以及他對於八卦專欄作家的放任態度不無關係。不過，外國評論家一再地大力吹捧他的作品，也是原因之一。「我的作品在歐洲的反應，比較沒有那麼歇斯底里。」麥氏解釋道：「歐洲讀者多半把它們當作文學作品看待，而不太會把它們看成杰·麥金納尼又一次地爆自己的料。」

我和麥氏正在他位於紐約下東區一間樓頂房的寬敞客廳裡聊天。先是一名態度傲慢的大樓管理員陪同我搭乘有著木質門框的電梯，才上到了這間樓頂房。那管理員以「杰先生」稱呼麥氏。「我一直很想住在樓頂房。」麥氏說。現年五十四歲的他，腰圍雖然變粗，但他仍像個少年郎一般，帥氣地穿著一件藍襯衫、一雙黑色麂皮帆船鞋。

　　據說，麥氏每寫一本書，就會交一個新女友，換一間新公寓。他在三年前遷居至此，大約就是他與第四任妻子〔出版社的女繼承人安妮‧赫斯特（Anne Hearst）〕結婚，以及他的第七部小說《美好生活》（*The Good Life*, 2006）出版的時候。「就我記憶所及，住到這裡的這段日子是我生平第一次覺得寧靜安詳。」由此可見，當麥氏的第二本短篇小說集《最後的單身漢》（*The Last Bachelor*）不久後出版時，他將不會更換房子或妻子。〔他的第一本短篇集是《結局如何》（*How It Ended*），出版於2000年。〕

　　麥氏說，寫一本長篇小說，就好比長期投入一段婚姻關係；而寫短篇小說，則像搞一夜情。「坐在電腦前，想到你接下來十八個月的人生，要做一件你自己也沒把握保證做得到的事，這是很嚇人的。」他微笑著說：「但是寫短篇小說不同，你可以只做個實驗，因為幾個小時就能寫完。」

　　幾年前，麥氏戒掉了非法的毒品，但壞小子的形象仍牢牢跟著他。2005年，他的好友小說家艾利斯（Bret Easton Ellis）出版了《月球公園》（*Lunar Park*），虛構了一個職業為設計師、吸毒成癮、以結交權貴為務的角色，取名為「杰‧麥金納尼」，以之為麥氏的「嗑藥分身」。「我本來以為那樣蠻好玩的。」坐在我面前的麥氏說：「但是書中那位『杰‧麥金納尼』可不是你面前的麥氏喔。」然而，現今麥氏在大多數夜晚仍會出門，時常偕同年紀比他輕的朋友造訪夜店，但他也坦承，現在他覺得夜店的景象「有點單調重複，令人覺得無聊」。

　　麥氏的魅力似乎是渾然天生的，但，對於童年時不斷地被

迫適應新環境的他來說，這股魅力並不是說有就有的。麥氏的父親是一家造紙公司業務員，他們家經常在美國、加拿大、英國的諸多城市之間搬來遷去。「我從前是一個非常拘謹的小男孩，」他回憶道：「所以我花了不少工夫在營造個人形象，一個比真實的我更為世故複雜、圓滑練達的形象。」他上過十八所中小學，而待最久的那所學校，離開的原因是他把一間盥洗室炸掉而被退學。所以，從小他就渴望成為聚光燈的焦點囉？他隨和地笑答：「是啊，我想，這一點應該有某種延續性吧。」

麥氏最後選在紐約定居，似乎合情合理。紐約是「川流不息的過客與闖天下的外地人的歸宿」。他二十二歲時搬到了紐約，一年後，他的母親因癌症病逝。麥氏因喪母而陷入了慌亂，情況就像《燈紅酒綠》裡的描寫，主角經歷母親死亡時陷入了慌亂，而帶給這本小說一股憂鬱的暗流。父親死後，麥氏在《紐約客》發表文章，敘述母親臨終前，曾在病榻上懺悔自己過往的一段婚外情。起初他的哥哥為此大怒，但後來原諒了他。《最後的單身漢》裡十二則短篇小說中，有一篇就描寫了這段兄弟鬩牆之事。

麥氏在《紐約客》擔任新聞事實查證員時，與作家瑞蒙・卡佛（Raymond Carver）日漸交好。卡佛鼓勵他申請一筆寫作獎助金，而不要全職投入養活自己的工作。無論如何，後來《紐約客》解僱了他，於是他前往位於紐約州的西拉鳩斯大學（Syracuse University），在那裡接受了卡佛與伍爾夫（Tobias Wolff）的指導，並一邊撰寫《燈紅酒綠》。

在西拉鳩斯大學求學期間，麥氏認識了哲學研究所的博士生梅麗・雷夢德（Merry Reymond），她成為他的第二任妻

子。麥氏在赴日本教英文的一年期間，認識了他的第一任妻子（一個日美混血的模特兒），並與之結婚，但四個月後，她甩掉他，改跟一個米蘭攝影師。與雷夢德的婚姻則維持了七年，但麥氏成為名流之後，夫妻的裂痕漸漸浮現。「她對於我受到公眾大量的注目，感到不勝其擾。」

當麥氏背著雷夢德與瑪拉·韓森（Marla Hanson）有染之後，夫妻倆遂於1987年離異。（韓森是一位名模。她在1986年遭遇歹徒持剃刀割傷她的臉頰，導致她的模特兒生涯被毀。）雷夢德一度自殺未遂。麥氏說：「我從一開始就一直無法理解她的躁鬱症，因為我從沒遇過這種狀況。我本來以為她只是情緒化。」麥氏付了二十萬美元讓她去做心理治療；而雷夢德對麥氏的善意，是這樣回報的：寫一本小說，把麥氏批評得體無完膚，並且在《間諜雜誌》（*Spy*）發表文章，在文中形容他「危險、不是好人」。

麥氏與韓森這段著魔般的戀情，在四年後因各自劈腿、彼此互扔葡萄酒杯後結束。麥氏轉而投入海倫·布蘭絲佛德（Helen Bransford，出身南方的美女珠寶設計師）的溫柔懷抱，不久後她便成為他的第三任妻子。麥氏曾經形容布氏「很酷，像個男生。她是我交往過的第一個在情緒上沒有創傷、不會極度需要人照顧的女人」。哪裡是啊！由於布氏比麥氏年長七歲，她為此有不安全感，還去接受整形，並以其整形經驗寫了一本名叫《歡迎來整形》（*Welcome to Your Facelift*, 1997）的書。

布氏宣稱，她之所以決心要動刀，乃因麥氏為《Bazaar》雜誌專訪茱莉亞·蘿勃茲（Julia Roberts），回家後為之神魂顛

倒。據傳，麥氏對布氏說：「我跟她提到你，呃，談到你的一切，除了年紀。」麥氏向我駁斥那件關於羅勃茲的小插曲「是放屁，但這使她在談話性節目上有好料可爆」。

由於麥氏深受布氏的南方氣質吸引，當她提議兩人搬到田納西州一座牧場去住，他很輕易就被說服了。那段田園生活，使麥氏寫出了《最後的野蠻人》（The Last of the Savages, 1996）（一部以南方為背景、橫跨多個世代的大長篇），把評論界搞得不知所措，一如田納西州也把麥氏搞得不知所措。

紐約的燈紅酒綠，終究還是把麥氏拉了回去：「那是一段短期旅居，而我很高興能有這個經驗，但我絕不會退隱於南方。我一直是個局外人，來到南方進行觀察，我不可能真正隸屬於那個地方。」當布氏提議生小孩，麥氏不得不答應，雖然他一直以為他可以無限期延宕、不要當爸爸。但由於兩人結婚時布氏已四十三歲，在連續幾次流產後，兩人便轉而訴諸代理孕母。布氏安排了一個朋友（一個鄉村音樂歌手）捐卵子。

由於這位代理孕母在懷孕期間菸不離口，布氏在《時尚》雜誌（Vogue）發表了一篇文章，向未出世的雙胞胎說話：「請你們知道，等你們出世後，我會在你們身邊，做出更好的照顧。你們將不必再吸二手菸，吃麥當勞，日以繼夜地聽鄉村音樂電視臺的歌曲。」

從一個成天尋歡作樂的人轉型為父親，對麥氏而言並非易事。「我內心有一部分是害怕長大的，害怕承擔照顧人的責任。」大多數時間，他盡量避免出門，直到兒子約翰與女兒瑪西都睡著後，他才出門。

為人父後，他也覺得自己的創作必須變得更成熟。1998

年，他出版了《名模的行為》（*Model Behavior*），講述一位享有名流知名度的三十二歲作家，被他的模特兒女友拋棄的故事。雖然此書獲得不錯的評價，但麥氏意識到，他不該再繼續寫這種天資聰穎的年輕人為非作歹的故事。然而，當他想要動手寫一本新小說，卻遇到三年寫不出東西的瓶頸。「我那時尚未想出我該如何轉變得更為成熟。」他說。

麥氏大學時期的好友，亦是他長期合作的編輯費斯克忠（Gary Fisketjon），這樣回憶麥氏深陷於苦惱的那幾年：「寫東西對他一向不是問題，所以當他發現自己有段時間完全生產不出東西，是很恐怖的震撼。」在此同時，麥氏與布氏的婚姻也觸礁，麥氏變得有憂鬱症。於是他接受二年的心理治療並服用抗憂鬱藥物，然後他又走回吸毒的老路。

2000年麥氏與布氏離婚時，布氏贏得雙胞胎的監護權，搬到漢普頓斯去住，但麥氏與她仍保持友好關係，幾乎每週末都去探訪孩子。那兩位現年十四歲的孩子，很愛用Google搜尋爸爸的名字，並且詢問他過去那段花花公子生活的點點滴滴。麥氏自豪地說，他的女兒是個早慧的天才詩人。

九一一恐怖攻擊之後，麥氏難以再合理化那支撐起他寫作生涯的反諷口氣。他回憶道：「我自己的心情與那件影響每個人至深的巨變之間，有著某種奇異的一致。」他從當時居住的公寓，親眼目睹了世貿中心的毀滅：「那之後，我從那扇窗戶望出去的感覺再也不同了，所以沒多久我就搬離那棟大樓。」

當麥氏告訴諾曼‧梅勒（Norman Mailer），他計劃寫一本以九一一攻擊事件為主題的長篇小說，這位現今已故的小說家勸他再等個十年。梅勒堅持，任何作家都需要至少十年的時

間才能理解這個事件。但麥氏說:「我想要在那情感印象仍然鮮活時,把它記錄下來。這個事件在紐約的歷史上、在我個人的歷史上,都是一個重大的決定性時刻,我如果不加理睬,似乎是很愚蠢的。」

所以麥氏寫出了《美好人生》,故事敘述兩個住在曼哈頓的家庭,受到九一一事件的震撼,從而重新檢視自己的人生。這本小說的主要人物,正是《繁華落盡》(*Brightness Falls*, 1992)的同一批角色,但是進入了中年期。《美好人生》幫助麥氏克服了憂鬱症,也標誌著他創作生涯的一個轉捩點。「我找到了一種書寫中年的方式。」他說:「書寫婚姻、書寫父親角色、書寫死亡。」費斯克忠認為《美好人生》是麥氏最傑出的作品,其人物角色表現出新型的錯綜複雜。

2008年7月以來,[17]麥氏一直在寫一部長篇,講述一個紐約人在失去財經和社會地位之後,被迫自我改造的故事。麥氏彷彿在撰寫即時的社會現況。他說:「我沒料想到,當前的種種事件,竟然會滲入這部小說如此之深。」

麥氏推測他的下一部作品,也將處理關於華爾街金錢文化崩壞的問題。他強調,這並非因為他一直在試圖捕捉時代精神,而是因為曼哈頓是(也永遠都會是)他的書寫題材。「明年或後年,紐約勢必會變得跟之前大不相同。」他說:「我不希望紐約陷入貧窮與混亂,但我覺得,多一點清醒,多一點嚴肅,並非壞事。」

(2009年1月)

---

17 時間大約是美國金融海嘯爆發的前後。

瑞克・慕迪
Rick Moody

　　瑞克・慕迪（Rick Moody）坦承，他曾經以為他不可能對自己感到無聊。他先是在《冰風暴》（*The Ice Storm*, 1994）（*他最為人所知的小說*），以諷刺手法，描寫出身於白人清教徒家庭的自己在尼克森時代的童年，後來又在回憶錄《黑色面罩》（*The Black Veil*, 2002），把他個人嗑藥和酗酒的歷史與某位祖先的故事穿插在一起（*那位祖先因不慎殺死一個朋友，而戴著面罩來悔罪*）。慕迪寫道：「瞭解我的書，你就會瞭解我的為人：讀了一陣子之後，你會躊躇、暴躁、不耐煩、沒把握、同情、而又寬宏大量。」

　　不過，他對我說，他現在發現自己是個乏味的寫作題材。我和他正在一家布魯克林的咖啡館，他正啜飲著花草茶，從他的樣子看來絲毫嗅不出他文字風格所呈現的狂躁，或者他昔日人生的動盪不穩。《黑色面罩》已是前一個時期的產物。他是在2001年9月10日，把此書的最終定稿交了出去。

「九一一之後，我很想處理整個文化，而非只是目光如豆地過度省思細小的問題。」他用他拖得老長的聲調說。

慕迪最新出版的《歐米伽部隊》（*The Omega Force*, 2008）（收錄三個中篇小說），要探索的主題是後九一一時期的精神偏執。〈K & K〉敘述一家保險經紀公司裡，有個匿名的同事在客戶意見箱裡丟進恐嚇信，後來這個謎團被一個工友揭發。〈亞勃丁用藥注意事項〉（The Albertine Notes）以科幻小說常見的高度電腦化的未來為時空背景，敘述在被炸彈夷為平地的曼哈頓，倖存下來的紐約人，深受一種名為「亞勃丁」（Albertine）的流行藥物所折磨，其藥性可激起人們在大爆炸發生以前的快樂回憶。〈歐米伽部隊〉敘述一名生活在一座小島上的退休政府官員，因故而逐漸相信這座島嶼即將被「深色皮膚」的外國人所侵略。

在慕迪看來，這三篇中篇小說的主角「陷入了某種精神失常，導致他們錯誤地解讀外在訊息。這正是小布希政府的病症，一而再、再而三地無中生有、杯弓蛇影，以為每個角落都有陰謀在進行」。

慕迪筆下的角色經常懷抱反叛心理與嬉皮風格，有時候，慕迪與艾格斯（Dave Eggers）、華萊士（David Foster Wallace）、列瑟（Jonathan Lethem）、尤金尼德斯（Jeffrey Eugenides）等人，同被歸類為反抗寫實主義前輩的美國後現代作家世代。但是，在慕迪身上，你幾乎看不到什麼會被一般俗見認為酷炫帥氣的跡象。現年四十六歲的慕迪，是個身材瘦小的男子，他穿著一件米黃色羊毛衫，羊毛衫下還罩著一件襯

了色的伯恩賽德（R. L. Burnside）紀念T恤。[18]他不抽菸、不喝酒（糖、咖啡因、肉，也一概不碰），練瑜伽，並且在一個民謠搖滾樂團擔任樂手。

慕迪是不可知論者，但也會上上教堂，因為他喜歡宗教儀式，覺得「你非得信仰個什麼不可」。1997年，他與人合編了一本探討《新約聖經》的論文集《喜樂的噪音》（*Joyful Noise*）：「我有個理論：左派要像從前那樣子產生巨大文化影響力的唯一方法，就是把《聖經》納為己陣營所用，我覺得《聖經》已被右派所挾持了。」

慕迪的小說處女作《花園州》（*Garden State*, 1992），檢視了紐澤西青少年生活漫無目標的痛苦。[19]當年，慕迪這本書寫到一半時，深受酗酒與吸食古柯鹼而引發的精神崩潰所苦，幻想自己將會因為種種違法踰矩之罪而被男人雞姦，於是慕迪住進了療養院。「你可以在書中清楚看出那個大斷層線──勒戒前，勒戒後。我想，《花園州》實在是一本可怕的書，但它在情感上脆弱而易懂，那是我喜歡它的地方。」

原本他習慣於一邊喝得醉醺醺、一邊寫作，他花了六個月把酒戒掉後，才得以再次提筆寫東西。重返他童年時去的教會，也幫助了他恢復心理健康。他自知缺乏節制力，於是此後滴酒不沾。「沒有什麼承平時間，可以容許我在派對上喝個一兩杯，同時說起話來還能保持幽默風趣。因為接著我就會多喝六或八杯，然後就想要搞別人帶來的女朋友。以前我有時候會

---

18 伯恩賽德（1926-2005），美國藍調搖滾大師。

19 美國人把紐澤西州暱稱為「花園州」。

醉到連自己正在寫的東西都無法閱讀。」

　　徹底把酒戒掉之後，慕迪的創作更上一層樓。「當你喝酒時，你無法真正在情感上理解其他的人。重度酗酒的人的性格，總是帶有被酒精刺激的性質。」他對那段濫用酒精或藥物的歲月並不後悔，因為那是「我要成為今日之我的一段必經之路。由於會酗酒嗑藥是根源於我的家庭問題，所以我不走上那條路的機率其實很小。」

　　慕迪在《黑色面罩》的巡迴宣傳活動上，反覆談及他在精神療養院待了一個月的往事，使得這趟巡迴「彷彿一趟究極地獄之旅」，他有時因此而後悔出了這本書。這本充滿了離題敘事與幽閉恐懼症般的狂躁的回憶錄，得到的評價很兩極，甚至，惡名昭彰的文壇殺手戴爾‧培克（Dale Peck，美國文學評論家，言論尖銳，毫不留情）還在書評上把慕迪封為「他這一世代中最差勁的作家」。

　　派克那篇冗長文章，引發了一場關於書評之職業道德的國際性筆戰，但慕迪只讀了該文的第一段。雖然慕迪從未對派克的評論有任何公開回應，但一聽我言及於此，他馬上針對派克指責他「四十歲就寫回憶錄，是為時過早，是驕縱過頭了」，駁斥道：「誰規定你必須有很多大事可講，才能寫回憶錄？」九一一事件的爆發，並未激使他去改動已送出的《黑色面罩》稿件的結語，那句子是這麼寫的：「身為一個美國人，身為一個西方國家的公民，就是身為一個殺人犯。不要騙你自己。拿面罩遮住你的臉吧。」後來在巡迴宣傳時，慕迪仍堅決這樣認為。

　　慕迪將其糾纏而實驗性的寫作風格，追溯到他1996年出版

的《紫色的美國》（*Purple America*）。該書講述一個酒鬼米蟲試圖照料他臨終母親的故事。「寫《冰風暴》或《花園州》的時候，我用了比較簡短而明白的語句，這是因為我當時認為該這樣寫。我認為，由於我出身於不經常直接表達情感的家庭文化，讀者沒有看出我作品中的情感特質。所以我決定寫一本能強烈展現情感，強烈得幾乎像是歌劇的書，於是寫出了《紫色的美國》。」

《冰風暴》的故事講述兩個在康乃迪克州的家庭的道德腐化，後來在李安的改編下，成為一部備受讚譽的電影。慕迪說，《冰風暴》之所以一直是他知名度最高的作品，是「好萊塢的錯，不是我的錯」。慕迪貶抑這本書，斥之為練習作。「這本書裡沒有一個句子是我能記誦的。它就是沒有詩意。」他開玩笑地說，想為《冰風暴》寫一本續集，「以導正那本書裡被我寫糟了的東西」。

《冰風暴》出書後，有些評論家把慕迪封為齊佛（John Cheever）與厄普代克（John Updike）的接班人，這兩位皆以擅長描寫郊區中上階級的內心抑鬱而知名。對於自己被拿來與他們相比較，慕迪興趣缺缺：「這種比較，是把我定型為白人清教徒作家。除了寫過這一本關於郊區中產階級家庭的書之外，我跟他們甚至連一點偶然的相似之處都沒有。」

慕迪的家人因《冰風暴》而感到受傷，但他們能夠理解為何他要寫這本書。「這不是容易的事，但他們能體會，寫作是我處理問題的方法。」他又補充：「這本書其實一點也不虛構。」1970年，慕迪的母親與他的生父離婚，嫁給了一個投資銀行家。此事造成了慕迪的創傷，他一直努力想要消解它，但

即便到成年時他仍為此掙扎。「對某些人來說,這種事只是讓他們感到疲憊。我哥和我姊就比較不像我這麼憂憤難平。」

慕迪的祖父是一個汽車銷售員。由於他的關係,慕迪相當欣賞做生意的語言。「他會講那種很容易與人熱絡的推銷員話術,我覺得相當迷人。我是一個不太愛社交、有一點拘謹笨拙的人,我喜歡推銷員表現出來的那種自在與自信。」

慕迪念大學時(布朗大學),曾受教於胡佛(Robert Hoover)、卡特(Angela Carter)與霍克斯(John Hawkes)這幾位後現代小說家。由於當時的慕迪既懶惰、又因吸毒而一副廢人模樣,他不相信自己給過三位老師什麼好印象,但他們對他來說意義都很重大。他記得霍克斯有「像叔伯般慈祥、貼心、慷慨的一面」,而卡特則有一種戲謔式的整人風格。「開課第一天,班上選課的人數超額了。於是她就把學生嚇出教室,而減到了十四人。她怎麼嚇呢?例如某個男學生舉手問:『您的上課風格是什麼?』她用溫文爾雅的口吻回答:『我的上課風格,感覺像是用鋼刃在男人陰莖根部切割那般,會讓人痛不欲生。』」

慕迪也選修了一些記號語言學的課程,從而培養出對後結構主義的術語的喜好。「那些語彙的強度很高,非常帶勁。我很喜愛德希達(Derrida)那種又長又糾纏的文句。我喜歡它的反叛性與不妥協性。我喜歡既是邊緣性的、又野心勃勃的論述。」慕迪喜歡在出人意料之處,把字句以斜體強調,這顯示了德希達的影響,不過慕迪則把這一點歸於奧地利文學家柏恩哈德(Thomas Bernhard)的影響(「一個超愛用斜體的人」)。

　　從慕迪筆下那些彎彎繞繞的句子，可以看出他企圖藉此掌握難以捉摸的現實。「我的語言經驗是拉岡式的，也就是持續不斷地想在文章裡擄獲我無法企及的東西。於是，我就寫出了這種詞語、子句與段落過分泛濫的文章。『顛倒錯亂』（shambolic）一詞，對我來說是極大的讚美。」

　　慕迪仍然反對傳統的寫實主義形式（假定現實可藉由語言來記錄的形式）。「寫實主義在政治方面是含糊曖昧的，尤其是就寫實主義依賴頓悟與公式化結構的這些方面來看。如果文學不努力進展，開發出新的『關於我們如何描述人生』的思維方式，那麼文學就只是與『當下的現況』配合罷了，而在美國，『當下的現況』是令人難以忍受的。」

　　但是慕迪在〈魔鬼學〉（Demonology）這個短篇小說中〔收錄於短篇集《魔鬼學》（*Demonology*, 2001）〕，不加任何掩飾地描寫他姊姊梅瑞娣（Meredith）在三十八歲時突然病發而猝死的事情。「我應該加入多一點的虛構，」這篇小說中的敘事者寫道：「我應該隱藏我自己，我應該考慮到人物塑造的種種責任。」慕迪是在梅瑞娣死去的二個月後，寫下了這個故事。「〈魔鬼學〉文如其實——這是個完美的寫實性故事。」他一直把姊姊的相片印在這本書裡，直到他自己的年紀變老，姊姊看起來已像是妹妹，他才不再印出那相片。「不能再把她的名字印在書衣上，對我來說很難受。」他說。

　　慕迪與梅瑞娣的孩子們感情日漸密切，他後來決定與他的伙伴艾咪・奧斯朋（Amy Osborne，環保人士）結婚，後來兩人也生了自己的小孩。「我一直太過專注於自己的作家事業，以致於對生兒育女的事沒想太多。直到有一次，我的自我

中心突然因頓悟而削弱了，於是生孩子的想法變得開始吸引我。」

　　慕迪這種從向內關注自我、到向外凝視世界的轉變，將更進一步地表現在他的下一部長篇小說（故事的部分場景設置於火星）。慕迪說，該書的反烏托邦性質，甚至會比〈亞勃丁用藥注意事項〉更加強烈，但因為──而非儘管──他的觀點很絕望，所以他心情相當愉快。「我深信人類的心理有著剝削的天性。這種信念解放了我，讓我不會一味地對於事物感覺舒服。我總是用最壞的一面來預想人類與社會機制的表現。當他們表現失常，我反而驚訝而且高興。」

（2008年3月）

童妮・摩里森
Toni Morrison

　　童妮・摩里森（Toni Morrison）於1987年出版其傑作《寵兒》（*Beloved*）（此書近來被《紐約時報》評選為近二十五年最佳美國小說榜首），並將此書題獻給被認為死於美國史上奴隸買賣的「超過六千萬」的黑人。她在當時悲嘆，從來沒有適切的紀念碑來紀念美國的奴隸：沒有碑銘，沒有樹木，沒有雕像，就連在路邊設一張紀念性的長椅也沒有。

　　2008年7月，一個國際性的摩里森研究學會的學者們與一群書迷，聚集到南卡羅萊納州的蘇利文島，設置了一張六呎長的長椅。該島曾經是奴隸船出入的港口。「我真的很喜歡那張長椅，因為它很簡單、不做作，而且它是開放的，任何人都可以坐在上面。」摩里森在電話上用她緩慢而輕喃的聲音對我說：「它不是那種傳統的紀念碑。」

　　獲得諾貝爾桂冠的摩里森，不只是個文學人物。在許多讀者心目中，推動從白人史觀中恢復非裔美國人歷史的她，更是

個偶像、圖騰。批評家有時覺得摩里森的文字艱澀難讀，即使如此，歐普拉（Oprah Winfrey）仍為她的四本著作背過書，而大賣了數百萬冊。當《寵兒》未獲美國國家書卷獎青睞，有四十八位非裔美籍作家聯名抗議，不久後《寵兒》便贏得普立茲獎。歐普拉還製作、並跨刀演出《寵兒》的電影版（台譯《魅影情真》），該片由強納森‧戴米（Jonathan Demme）執導、於1998年推出。

現年七十七歲的摩里森，最近出版了第九部小說《一種慈悲》（*A Mercy*, 2008）。她急欲擺脫國家良心的形象。在一場倫敦的演講會中，有一名觀眾稱呼她是非裔美國人族群的發言人，她則糾正他道：「我並非為你們發言，而是在向你們發言。」

四十年小說家生涯的大多時間裡，摩里森接受被歸類為「黑人女作家」，她寧可認為這標籤會帶來解放性、而非限制性。「那種貼標籤的事，真的很討厭。你不可能躲得掉，但你可以試著擁有它。」她笑著說：「我認為自己根本沒成功做到這點。」

《寵兒》令人震撼地展現出，奴役是如何使黑人女性照料孩子的能力變得畸形。小說的故事源於摩里森在舊報紙讀到的一則報導：一位名叫瑪格麗特‧迦諾的脫逃黑奴，由於不願見到自己的女兒重蹈其被奴役的命運，遂手刃親女。《一種慈悲》也探索了類似的題材，描寫一位名叫做佛蘿倫絲的女黑奴，被主人把她與母親拆散，送到一個英荷混血的農夫雅各的小農場，作為一筆債務的償付。

不過《一種慈悲》的時空背景定在一六○○年代的晚

期,比《寵兒》早二個世紀,當時,奴隸制度尚未與膚色產生關連。摩里森在此書所欲想像的,是身為奴隸的感受,而非遭受種族主義對待的感受。「正因如此,我才必須回到種族主義制度化、變成法律以前的時代。」十七世紀時,許多歐洲的國家和帝國紛紛在這塊新大陸上宣示擁有權,而摩里森「感興趣的,是那些逃離家鄉、來到新大陸、希望尋找新生活的普通人們」。

當雅各死於天花,他在農場裡所照管的人(包括一個印地安人僕役、二個白人長工),拚命要在這片嚴酷之地活下去。當雅各的遺孀也病倒後,佛蘿倫絲去尋找一名身懷醫術的鐵匠(一個身分自由的黑人),後來他成為她性幻想的對象。「我想要把美國文學敘事中的種族主義除去,」摩里森說:「把它拿掉,看看來自不同地域的人、不同階級的人、來自世界不同地方的人如何嘗試形成一個家庭,形成某種團體。」

寫作時,書名本來只叫「慈悲」(*Mercy*)〔典型的摩里森的一字書名,延續她前三本小說《爵士樂》(*Jazz*, 1992)、《樂園》(*Paradise*, 1999)、《LOVE》(2003)〕。「慈悲」意指書中最後一章裡的一個行為,但她覺得這個書名太普通了,於是改成《一種慈悲》。「這就只是人性的舉動。你不會從中得到任何利益,」摩里森說:「你也不會因此感覺爽快,你只是突然間做出只有人會做的事,那就是給予慈悲。」

《一種慈悲》原定於2009年出版,但後來出版社把時間提前到美國總統大選時。這本小說針對種族融合的描寫,於是更

廣為傳播。歐巴馬親自致電摩里森，請她為他背書，她則寫了一封信給他，描述他是「這次大選對的人」。

歐巴馬的勝選，廣泛被視為種族之間有所進展的里程碑，但摩里森的看法則與眾不同。她說她決定支持歐巴馬、而不挺希拉蕊，與種族完全無關。「我根本不是因為他的種族而對他感興趣。這種說法過火了。這就好比奧塞羅（Othello）。好比說，每個喜歡這齣戲的人、每個想要飾演奧塞羅的人，都是為了奧塞羅是個摩爾人的緣故。他們穿上古裝，把臉塗黑，把唇塗紅，演出歇斯底里的樣子。但這齣戲的重點根本與他是不是摩爾人無關。」

當摩里森在觀察總統大選的兩黨初選中有關種族的討論時，她感到彷彿一個膿瘡正在被戳破——這是一段洗清的過程，一旦完成，就能讓人們開始討論別的東西。「在過去，人們曾試著談它，但又不敢談它；想利用它，但又排斥它；然後，人們又試著發展一種談論種族的語言，你要用什麼外國話、火星話來說都可以，就是別明白說出『種族』一詞。」

1993年瑞典學院頒發諾貝爾文學獎給摩里森的時候，讚頌她「鑽研語言之美，期盼從種族的桎梏中解放語言」，是個「充滿想像力和詩意的內涵」的作家。有一小群黑人作家直言不諱地表示，她之所以獲獎，政治正確的因素多過於對她的文學成就。「有人攻擊我？」摩里森問：「攻擊我什麼？誰在攻擊？」我說，例如史坦利‧庫羅奇（Stanley Crouch）就是其中之一，他批評《寵兒》是一本「猶太大屠殺小說，只是把人物的臉塗黑、扮成黑人」。摩里森語氣軟了下來，不願被捲入爭

吵的她，只是說：「喔，史丹利，那是他的職業嘛。」[20]

　　黑人小說家查爾斯・強森（Charles Johnson）曾批評她，以負面手法描寫男性與白人。然而，當一個著名的非裔美國人遊說團體想要提議立法禁止出版馬克吐溫的《頑童流浪記》（*Huckleberry Finn*），因為書中使用了「黑鬼」（nigger）一詞，摩里森就表態反對。當辛普森（O. J. Simpson）和柯林頓遭受到女性主義者攻擊時，她也曾出言為他們辯護。1998年摩里森還曾在《紐約客》雜誌上寫文章，形容柯林頓是美國第一位黑人總統。她現在想必後悔當時的言論吧？「我沒說過那種話。〔證之白紙黑字，她確實說過。〕我那時的意思是說，他被對待的方式像個黑人——也就是說，他完完全全不受尊重，就被人說：『你已經有罪了』。」

　　摩里森生長於俄亥俄州的貧窮的鋼鐵工廠小鎮羅倫（Lorain），當地社會的劃分是依據階級而非種族。她的鄰居和學校同學來自於許多種文化。當時，種族主義是抽象概念：「我爸媽是從保守南方州搬來的，所以我很早就知道有另一個世界的存在，但那是他們的過去，而非我的現在。」她的父親喬治是一個焊接工，不讓白人踏進家裡一步。但她的家庭主婦母親蘿嬤（Ramah）則「一向不一竿子打翻一船人，而是個別評價每個人」。蘿嬤深深相信政治能帶來改變，還曾寫信給小羅斯福總統，抱怨麵粉中會出現象鼻蟲的事情。

　　就讀赫華德大學（Howard University，位於華盛頓，俗稱

---

20 史坦利・庫羅奇（1945- ），非裔美籍文化評論家、專欄作家、爵士樂評家、小說家。

黑人哈佛）期間，當摩里森提出以莎士比亞作品裡的黑人角色為題目的學士論文研究計畫時，還受到嘲弄。也正是在此時，本名Chloe Anthony Wofford的摩里森，選用「童妮」（Toni）這個暱稱（中間名Anthony的縮寫）當作名字。後來她到康乃爾大學撰寫碩士論文，研究了福克納和吳爾芙小說中的疏離（alienation）。不久後，她回到赫華德大學教書，之後才轉行到出版社當編輯。

她的小說處女作《最藍的眼睛》（*The Bluest Eye*, 1970），講述一位黑人女孩夢想擁有藍眼睛、金頭髮。這本小說沒什麼自傳性色彩，摩里森寫它，是因為「我從未在任何我喜愛的文學裡讀到有關於『我自己』的東西。所謂『我自己』意味著社會上最弱勢的人：兒童、女性以及黑人女童。」這部作品摩里森前後寫了五年，每天早晨四點半爬起來寫，白天則到藍登書屋出版社當編輯。1964年，她與牙買加籍的建築師哈洛德·摩里森離婚後，獨力撫養二個兒子哈洛德與斯雷德。

摩里森沒有再嫁，她說，她和前夫哈洛德之所以關係破裂，是因為他期待她當一個唯命是從、百依百順的妻子。為何她到中年才轉向創作？她表示：「其實我以前就對於能思考、創造自己的東西感到非常樂在其中。」在一九六○年代，沒有什麼黑人女性作家的聲音，缺乏她渴望寫出的那種剛強勇敢的小說的模範。「我想寫出黑人世界中真正高貴的人格。我想寫出真正的痛苦是什麼。」

在藍登書屋，她協助育成了好幾位非裔美國作家的文學生涯，諸如童妮·凱德·卞蓓拉（Toni Cade Bambara）、安琪拉·戴維絲（Angela Davis）、愛麗絲·沃克（Alice

Walker），她還編了《黑人之書》（*The Black Book,* 1974），此書前所未有地匯集了重要的黑人史料與文本。一直到她出版了《蘇拉》（*Sula,* 1973）、《所羅門之歌》（*Song of Solomon,* 1977）、《黑寶貝》（*Tar Baby,* 1981）之後，她才離開編輯工作，專事寫作。這是由於摩里森有經濟上的不安全感，她把原因追溯到經濟大蕭條年代的童年記憶。

摩里森在1992年的著作《在黑暗中戲耍／演奏：白人性與文學想像》（*Playing in the Dark: Whiteness and the Literary Imagination*）指出，黑人角色在美國文學經典裡佔有中心地位。她寫道，白人觀點中的非洲性（Africanness）「的未開化與蠻荒性質，……為純粹美國式認同，提供了發揮的舞臺和場域」。

如今，文學批評家不再把大多數非裔美國人文學都解讀為社會學的材料了，這令摩里森相當鼓舞。她憶起《紐約客》曾有一篇《寵兒》的書評，文章一開頭就拿小說中那個家庭與黑人電視情境喜劇《天才老爹》（*The Cosby Show*）的那個家庭做比較。她說，如今，「批評家把《寵兒》當作文學來討論了。他們討論它的語言文字、結構，以及它與其它種類的小說的關係。現在，如果你只是簡單丟下一句『這是黑人小說』，是無法了事的。」

（2008年11月）

保羅·穆爾頓
Paul Muldoon

保羅·穆爾頓（Paul Muldoon）初次與薛莫斯·奚尼
（Seamus Heaney）相見的過程，就像任何傳奇事件一般，現
實與虛構糾纏而難以分清。就連穆爾頓也不信任自己的記憶。
他依稀記得，十六歲時，在一場位於北愛爾蘭的詩歌朗誦會
上，有個老師介紹他認識奚尼，說他是「稀有的才子」（rara
avis）。會後，他把一些詩作寄給奚尼看，問道：「您可否教
導我什麼？」奚尼的回覆是：「我會的你都已經會了。」

後來穆爾頓就讀於貝爾法斯特（Belfast，北愛爾蘭的首
府）的女皇大學，導師就是奚尼。奚尼把穆爾頓的作品拿給
Faber & Faber出版社的詩歌編輯，接著，年僅二十一歲的穆爾
頓就出版了生平第一本詩集《新氣象》（*New Weather*, 1973）。
如今，出了十本詩集後（選集與全集不算在內），沒有任何愛
爾蘭詩人在角逐諾貝爾桂冠是穆爾頓的對手。

除了都留著蓬亂的頭髮，穆爾頓與他從前的導師奚尼的共

通點很少。穆爾頓活潑有趣的詩句（玄奧的隱喻與口語的措詞雜然並陳，並以反諷削弱情緒），與奚尼詩作中的高度嚴肅性與洗練，形成強烈對比。把奚尼的田園詩擺在穆爾頓那頑皮的實驗作品旁，奚尼似乎顯得老氣。

　　穆爾頓本人，也跟他寫的詩一樣地頑皮。儘管已五十八歲，他的神態與模樣仍帶有少年氣息。他體形圓胖，走起路來精神飽滿。他講起話來輕聲細語，溫文爾雅，很難看出他那些詩意的火花是從哪裡冒出來的。儘管在美國生活了二十年（任教於普林斯頓大學），他說話仍保有北愛爾蘭人口音抑揚頓挫的腔調。他穿著休閒西裝外套，留著亂蓬蓬的長髮，外型看起來介於教授與年華漸老的搖滾歌星之間。2004年，他與普林斯頓大學的詩學學者史密斯（Nigel Smith）等人共組搖滾樂團「拉克特」（Rackett，一個三車位的車庫樂團）。穆爾頓負責寫歌詞，彈吉他。

　　穆爾頓對於自己以謎語詩句聞名於外界，感到相當驚訝。他堅持說，他不曾刻意要「呈現啞謎或機智謎語，而是想要吸引讀者」。即使范德勒（Helen Vendler，可能是當今最卓越的美國詩評家），也曾建議穆爾頓為其詩作出版詩註。穆爾頓說：「確實，我可以想像，在某些狀況，少許的註腳也許有其助益。絕對有幫助。但要做詩註，該找別人來做。約翰・鄧昂（John Donne）與莎士比亞的作品需要註解，但是他們可不是自己來做。」

　　一般通常認為詩在本質上就比電影或音樂要困難，這一點也使穆爾頓大惑不解。他隔著黑框眼鏡注視著我（眼鏡上面是棕灰相間的瀏海），說：「我們一生中花了許多時間在看電

影，以致於我們沒察覺到自己對於電影其實已有相當的精通。在默片裡，有時必須在這場戲與下一場戲之間擺上那句著名的字幕『與此同時』（meanwhile, back at the ranch），不然完全沒法理解前一個鏡頭所發生的事與下一個鏡頭，在時間上是同步發生，而非先後發生。」他又繼續說：「我們也學會了流行音樂的非常複雜的文理。人們平常不讀詩，所以才說：『我不瞭解詩。』」

　　穆爾頓的詩，即便是難以理解的句子，在聲音上都具有鏗鏘有力的性質，使他的詩非常吸引人。他愛用奇險的韻，某些人甚至開玩笑說，他可以讓「knife」和「fork」押成韻。雖然詩句押韻已經不太時興了，但穆爾頓不認為押韻將消失。「這些小小的聲音和諧，是令我們愉快的。」他說：「押韻使事物容易記誦。在大眾文化中，押韻有非常強大的力量。從饒舌音樂到廣告詞，皆是如此。」說到對通俗文化的愛好，穆爾頓還曾在一首詩裡自封是「凡俗王子」。

　　穆爾頓這位高度融入於世界的詩人，卻是偏鄉子弟出身，著實令人驚異。他出生於北愛爾蘭的阿瑪郡（Armagh）的一個天主教家庭，是家中三名子女的老大。他的父母反對政治暴力，而穆爾頓繼承了他們的態度，在詩作中對於北愛爾蘭的派系衝突保持不偏不倚的觀點。

　　他的父親派屈克（Patrick）是一個菇農和菜販。穆爾頓形容他是個飽受生活拖磨、但性情歡喜的人。穆爾頓在〈混婚〉（The Mixed Marriage，意指天主教徒與非教徒結婚）一詩中，敘述派屈克小時候離開學校、到人力市集去出賣勞力：「他在八、九歲時離開學校／他拿起鉤鐮與鏈子／要掙得他可

能永遠得不到的田地。」事實上，他的父親離校去工作時是
十二歲。雖然幾乎完全不識字，老穆爾頓有一次在BBC聽見兒
子這首詩被朗讀播放，他說：「老天，你把我寫得年紀非常幼
小。」

　　穆爾頓的母親布麗姬是個小學老師，個性實際，作風強
硬。穆爾頓坦承她「像個惡魔，像得有點過分」。在〈奧斯
卡〉（Oscar）一詩，穆爾頓描述有一次他去雙親墓地祭拜，
他在墳前想像：「雖然她先他而走／早了整整十年，我媽的骨
骸／一寸一寸地移動／壓在我爸的骨骸上／她又重新把他控制
在股掌之間了。」在《智利編年史》（*The Annals of Chile*,
1994）的書前，穆爾頓題獻給Regan，這是他母親的娘家姓
氏，也是「anger」（怒氣）的變位字。

　　「這位母親」（穆爾頓在談話間是這麼提到布麗姬的）透
過通識性的雜誌來教育她的子女。今日，穆爾頓對於「關於生
活各種有趣的方方面面的書籍（包括歷史、地理、生物學等各
種東西）的興趣，還高於打著『文學』之名的東西」。

　　穆爾頓十五歲開始寫詩，當時他就讀於聖派屈克學院。他
記得當時學校裡有好幾位很棒的老師，會培養學生對詩歌的愛
好。「他們使讀詩、寫詩看起來像是很酷的事。我身邊許多同
學都在寫詩。愛爾蘭詩人蒙泰格（John Montague）是我們的校
友，所以大家有一種感覺：我們不必是活在舊時代的人，也可
以成為詩人。」

　　正是在讀聖派屈克學院的期間，穆爾頓發現了十七世紀的
英國詩人約翰‧鄧昂。鄧昂以擅長「玄學奇喻」而聞名（把兩
個渺不相涉的想法連在一起，從而引申譬喻）。「我有許多詩

作模仿他的手法——怪誕的創意，離奇的譬喻。」他說：「我喜歡約翰·鄧昂——喜歡他的廣博、他的掌控力、他的瘋狂。他非常機智，非常隨興，非常自信。他是模範詩人。」

穆爾頓悲嘆，在大多數的學校裡，很少有豐富的詩學教育。「通常，學校裡是以很陳腐的層次在教詩的：『哦，這是我們今天要教的詩。大家要注意第一節押了某某頭韻。然後要注意『hard』這個單字念起來要用力。』」

並不是所有的詩的技巧，都那麼容易看出來。一九八〇年代，當穆爾頓把〈松雞〉（Capercaillies）一詩投稿給《紐約客》時，編輯們似乎沒有注意到它是一首「離合詩」（acrostic）（〈松雞〉的每句詩行的首字母，可以拼出一個訊息：「這是一首《紐約客》要的詩嗎？」）儘管穆爾頓模仿了具有啟示性意象的田園詩（他當時認為《紐約客》偏好這種詩），編輯們對於這首離合詩的隱藏問題，顯然給了否定的答案——《紐約客》把它退稿。不過，這個疙瘩並未妨礙《紐約客》在去年聘請穆爾頓擔任雜誌的詩版編輯。於是，在普林斯頓繁重的教職之餘，他又身兼此職。

但一年大約只寫十二首詩的穆爾頓，並不需要更多時間來寫作。他說：「當我腦海中有個我初步認為將會有爆發性的意象或句子（或兩者皆有），而我很確定寫成詩一定有幾分趣味，我才會動筆寫詩。不然我從不刻意專注於寫詩。」他曾在貝爾法斯特為BBC擔任藝術節目監製，做了十三年，直到1987年才離職而前往美國。「跟現在一樣，我在那段歲月裡所有的文字創作，都是在午餐時間或週末時寫的。」

穆爾頓寫作時，鮮少考慮形式的問題。「我不知道筆下在

寫的句子是否會成為十四行詩（sonnet），除非在發展的過程中，它逐漸構成十四行詩的一個詩組。但我確實傾向於把詩寫成十四行詩，因為對我們來說，它的結構似乎是先天性地存在於腦中。十四行詩的基本概念，在很多情況裡是『我們先講這個，然後我們再講那個』，符合我們腦中一種非常基本的思維方式。」

詩並不會因為人的閱歷增長，而變得更容易寫。「詩，是由一個人內在的自我所製造而成的。」他一面抓著自己的肚子，一面說：「就好像蜘蛛從牠的内部吐出絲來結網，因此年紀愈老，吐絲會愈來愈困難，詩也就愈來愈難寫。詩人年紀愈老，反而愈寫愈退步。這是人生現實。」

然而跡象顯示，穆爾頓的詩如果有優劣之別的話，也是隨著年紀愈寫愈好。2003年，他的詩集《柔軟的細沙與碎石》（*Moy Sand and Gravel*）獲頒普利茲文學獎。2006年，詩集《馬緯度》（*Horse Latitudes*）出版後佳評如潮。雖然，評論家們從未質疑穆爾頓在字句上的巧思，但某些評論家（例如范德勒）批評他的詩作多訴諸於機智，而較缺乏情感。但范德勒在《新共和》雜誌發表的《馬緯度》書評中卻說「年紀漸老，使穆爾頓的詩作變得愈加深刻」，並讚揚他「使悲傷和嬉戲雙雙昇華」的能力。

在《智利編年史》裡，穆爾頓以〈入迷〉（Incantata）一詩，弔念在1992年死於癌症的前女友，愛爾蘭藝術家鮑爾斯（Mary Farl Powers）。他在詩中回憶：「你在我身上探查出一種傾向／我作為人與詩人，皆穿上太多矯飾／所以你稱我是『聚酯』或『聚氨酯』。」對於有些人指出，穆爾頓的作品變

得愈來愈情緒激動，他只是輕描淡寫地說：「我可以看出詩中有更明顯的情緒，但詩人總是會有情緒的。」

在〈泥巴衣物間〉（Mudroom）一詩，穆爾頓融合了猶太與愛爾蘭的意象，以慶祝他與猶太裔妻子、美國小說家潔恩・柯瑞里茲（Jean Hanff Korelitz）結婚。在〈記於黑馬客棧，1999年9月〉（At the Sign of the Black Horse, September 1999）一詩，穆爾頓思考自己的孩子的混合文化傳統。他看著新生兒子亞舍（現年九歲）的面容，「忽來一闖入者／不是來自馬格瑞（Maghery，北愛爾蘭阿瑪郡一座村莊）……而是那吃芥藍菜的孩子，頭上戴著大盤帽，Verboten（德語：嚴禁！）／不久之後他身上會配戴黃布做的星星。」在〈誕生〉（The Birth）一詩，他回憶他們的女兒桃樂西（現年十六歲）出生的片刻：「我隔著潮水般的眼淚看出去／當他們為她拉巴阿杜地歡呼幾聲／並迅速地／把她帶去育嬰室，然後檢查釘槍裡有沒有釘針。」

奔放的奇想，不只瀰漫在穆爾頓的詩作，也可見於他的論述文章中。2006年，他出版了《詩的結束》（*The End of the Poem*）（他擔任牛津大學詩學教授的五年間發表的十五篇演講稿）。這些文章的創造性雖然受到讚美，對於某些人來說，穆爾頓對於十五首詩的精讀，太過強烈地顯露他的個人習癖。牛津的文學教授康寧漢（Valentine Cunningham）形容這些文章是「精神病院——瘋狂的大集合」。

名字，在穆爾頓心目中是很重要的。在他解讀下，瑪莉安・摩爾（Marianne Moore，1887-1972，美國女詩人）的詩作之中，有一股抗爭之力，想要反對她自身對於過度裝飾的典型

摩爾式（Moorish，亦即伊斯蘭式）藝術的傾向。他表示，葡萄牙詩人佩索亞（Fernando Pessoa）以諸多「異名」發表作品，是因為佩索亞執迷於源自他的名字「pessoa」的人格（葡萄牙文，「pessoa」意指「人」）。[21]「詩人會有意無意地與自身的名字產生愛戀關係。」穆爾頓說：「我所教的學生，會無意識地把他們自己的姓名化入詩作中。這種事我看過好多次了。」穆爾頓表示，他與自己名字的親密關係是「深切的」。〔〈泥巴衣物間〉（Mudroom）是個例子〕。[22]

《詩的結束（或目的）》這個具有歧義性的書名，似乎在哀悼詩這個文學形式的死亡，其實不然，它是要表達穆爾頓的信念：讀者在觀看了詩的特質後，或許可以適度地以之作為欣賞的起點。他認為，二十一世紀之初對詩學來說是特別關鍵的時刻。「我覺得現在的情況有個好處，當今沒有任何人物可以壟斷詩學。世界各地有許多不同的聲音。譬如，一個人可以欣賞穆瑞（Les Murray）的詩，而毋須理解某個詩壇巨頭的某種概念。我年輕的時候，想欣賞詩，就必須牽涉當時被視為巨頭的休斯（Ted Hughes）、拉金（Philip Larkin）、古恩（Thom Gunn）。」

現今的詩壇巨頭，是奚尼、穆瑞、穆爾頓？他靦腆地微笑說：「呃，這我就不知道了。」

（2007年1月）

---

21 關於佩索亞的「異名」（heteronym），請參見本書對於葡萄牙作家喬賽・薩拉馬戈的訪談。

22 Mudroom與Muldoon諧音。

哈利・穆利希
Harry Mulisch

哈利・穆利希（Harry Mulisch）在荷蘭被視為國家良心。在這個深受納粹佔領期那段歷史所困擾的社會中，他被視為最重要的戰後作家。但是就穆利希自己看來，他並不那麼荷蘭。「我在荷蘭出生，但從某方面來說，荷蘭從未在我心中出生。」他沉吟了一下，向我指出他的雙親皆是外國人。[23]

穆利希正在他位於阿姆斯特丹運河邊的公寓接受我專訪。即將年滿八十的他，看起來比實際年齡少十歲。他穿著一件粉紅與白色相間的條紋襯衫和白色平底便鞋，還帥氣地戴著一組優雅的銀黑色夾雜的手鐲。聽到我描述他在荷蘭的崇高地位，他雖然一派氣定神閒，還是流露出些許興高采烈的驚訝眼神。「我有一個理論：人人都有一個絕對年紀，人人都將永遠

---

23 穆利希的父親是日耳曼人，一次大戰後自奧匈帝國移民到荷蘭。母親是猶太人。

抱持那個年紀。我的絕對年紀是十七歲。」

　　為了大張旗鼓慶祝穆利希的八十大壽，他的荷蘭出版商委託幾位知名的荷蘭作家撰寫六個中篇小說，每篇須以穆利希的小說作為創作的發想點。這是向穆利希致敬的非典型方式。他的作品生氣勃勃，深具獨創性與哲思性，迥異於大多數荷蘭純文學小說中的含蓄的寫實主義。「荷蘭的作家和畫家多半是自然主義者，他們描寫正常的生活。我不屬於那個傳統。」他說。

　　荷蘭文學的國際聲譽並不如荷蘭繪畫；即便名氣大如穆利希，也只有三分之一的作品被譯為英文。他最有名的兩本書是：《攻擊》（*The Assault*, 1982），一部緊湊而力度強大的懸疑驚悚小說，調查一宗於納粹佔領荷蘭時期發生、後來餘波蕩漾了數十年的政治暗殺；《發現天堂》（*The Discovery of Heaven*, 1992），一部七百頁的大長篇，以上帝的神蹟為探討主題。穆利希在此書中詳盡展示了他的百科全書式學識（從天文學、歷史語言學、神學、到建築學，包羅萬象），可說是此書的特色之一。

　　媒體有時候在報導時，誤指《發現天堂》是穆利希個人最得意之作。穆利希把那種要求作者在生平作品中選擇最愛的媒體行為，比擬為威廉・史泰隆（William Styron）的小說《蘇菲的選擇》（*Sophie's Choice*, 1979）中那惡意的質疑：「你最好別問一個母親最愛她哪一個孩子。」但是，他說，如果有一個邪惡的上帝（「如果上帝真的存在，他八成是邪惡的」）要他做這樣的選擇：摧毀他所有的作品，只有《發現天堂》除外，或者摧毀《發現天堂》，而保留其餘，他大概會選擇前者。

「並非因為它是我的最愛，而是因為這本書裡匯集了我所有的執念與關懷的主題。」

《攻擊》敘述主角安東（Anton，一個麻醉師）人生中的三十五年。1945年，由於某位為納粹做事的荷蘭女警官遭人謀殺，納粹黨衛軍殺害了安東無辜的家人，作為報復。全書故事分為五段，只有第一段的時空背景是在戰爭期間。穆利希表示：「對於習慣於在《安妮的日記》（*The Diary of Anne Frank*）這類書籍讀到二次大戰的年輕讀者，《攻擊》把後四段敘事的時空置於戰後，使他們能與這場戰爭有所連繫。」

後來《攻擊》被改編成電影，並贏得1987年的奧斯卡最佳外語片獎。穆利希固然欣賞這部電影，但是，沒人說電影比小說更優秀，著實令他鬆了一口氣。如果是那樣的話，將是他「最不願」看見的事。

這本小說的張力達到最高點之時，就是主角安東與一位地下組織前成員正面遭遇的時候。當年，那位地下組織前成員明知納粹勢必向當地百姓報復，卻還是殺了通敵的荷蘭女警，因而間接造成安東家人被屠殺。「讓我感興趣的是，罪愆與責任之間的差異是什麼。」穆利希說。

要探索這件由歷史造成的道德曖昧，穆利希是很有資格的。他的母親是猶太人（她娘家的人都被處決了），但他的父親是非猶太人，為納粹擔任一家銀行的行長，而拯救妻兒的性命（荷蘭的猶太人被運走前，財產皆被強迫存入該銀行）。

穆利希的母親在1943年遭到監禁，但由於他父親能直通當權者，她三天後就被釋放。由於父母的身分不同於常人，穆利希曾經因此表示：「我沒『體驗』到二次大戰；我就是二次大

戰。」

　　穆利希記得戰爭期間有一次他在電影院，電燈一開，才發現納粹把觀眾席團團圍住。納粹要所有人出示身分證，若祖父母加外祖父母中有三人是猶太人，當場逮捕，若只有一個是猶太人，則遣送到德國的軍火工廠當工人。但身上流著一半猶太血統的穆利希，卻可自由離開。「如果你的祖父母加外祖父母中只有二個猶太人，意味著你不夠猶太，還不到該殺的程度，但說到要讓你去德國的工廠當工人，你又太過猶太了。」

　　1944年，穆利希決定不再冒險去上學，從此他未再接受正規學校教育。雖然最初他以科學為志向，但十八歲時，亦即二次大戰結束後的幾個月，他轉向了寫作。他初次嘗試寫作的短篇小說，在報紙獲得刊登。戰後，他的父親因曾為法西斯政權工作而坐了三年牢，穆利希則持續靠搖筆桿謀生，所賺的錢只夠一日吃兩餐。

　　二十三歲時，穆利希的第一部長篇小說《阿奇博・斯特羅漢姆》（*Archibald Strohalm*, 1951），贏得為獎勵青年作家而設的雷茵・吉爾琳文學獎，以及高度的讚譽。雖然獎金很少，但他因為得獎而為自己找到了一位贊助者：「我那時的女朋友。她有份工作，而且認為我是個天才——非常聰明的女孩！——我差不多全靠她養。我當時很窮，但在戰後人人都很窮。」

　　穆利希隨後的諸多小說，充滿了智識的遊戲以及他對神話與神祕的喜好，使他在同時代的作家中脫穎而出。他比較喜歡天主教的崇高美學，而比較不喜歡嚴屬陰鬱的新教主義。他

說，新教主義解釋了荷蘭人為何抗拒幻想與裝飾：「天主教有雕像、祈禱文、教宗、教士，但是在新教，這些東西全消失了。」有些荷蘭的教堂，在宗教改革期間歷經摧毀而留下的遺址，至今仍荒廢在那裡。「身為作家，我不贊成毀壞美麗的雕像。我協助製作雕像。」

已有二十年未讀一本小說的穆利希，是文字雕刻師、而非讀者。談起有五十年交情的老友、同為荷蘭作家的諾特博姆（Cees Nooteboom），穆利希便興奮起來，但他也絲毫不難為情地坦承，他對諾特博姆的作品並不熟悉。「人們常問我，你現在還讀不讀小說？但那就跟我問讀者『你現在還寫不寫小說？』是一樣的。當我在書店裡站著讀某一本書的一頁，我就可以知道這本書是值得看、還是毫無價值。我不需要讀完整本書，就可以看出來了。」

穆利希只閱讀非文學類書籍，而且是與他所要寫的小說的準備工作相關的。他抬起手，朝著這寬闊書房裡的書牆指了指——這一些，是用來寫《發現天堂》的神學書籍；那一些，是有關納粹的書籍，用來寫他發表於1962年、探討艾克曼受審的論文：《艾克曼審判調查報告》（Criminal Case 4061）。[24]

穆利希這篇論文指出了艾克曼的平凡人性質，其理論近似於漢娜·鄂蘭（Hannah Arendt）於《艾克曼在耶路撒冷》

---

24 艾克曼（Adolf Eichmann，1906-1962），納粹黨人，是猶太人大屠殺計劃的主要規劃與管理執行者，有猶太大屠殺的建築師之稱。戰後成功以假身分逃往阿根廷隱姓埋名，但在1960年被抓到以色列受審，於1962年絞死。

（*Eichmann in Jerusalem*, 1963）提出的「邪惡的平凡性」（the banality of evil）。「我的書是先出的。」穆利希説，並指出鄂蘭也在書中引述並贊同他論文中的意見。

　　穆利希在近作《齊格飛》（*Siegfried*, 2001）中，再次探討邪惡的問題。這部小説的主角是魯道夫・赫特（Rudolf Herter），一個年老而自大狂妄的荷蘭小説家，他以一部厚達千頁的鉅著《愛的創造》（*The Invention of Love*）而聞名。在一趟新書宣傳之旅中，赫特接受一個記者專訪時，突然靈感一來，想處理希特勒的問題：「希特勒已被大家從方方面面檢視。那些所謂的解釋，只是使他變得更為難以辨識。也許小説才是一張可以捕捉到他的網。」

　　穆利希自己對希特勒的描述是：「之前倒是沒人這樣説過：希特勒會有如此龐大的權力，並非『雖然他什麼都不是』，而是『因為他什麼都不是』。他就像個黑洞。」穆利希在《齊格飛》裡想像希特勒有個兒子，並發現這孩子有三十二分之一的猶太血統。穆利希想知道，希特勒會不會殺了這個兒子？「他造成五百五十萬人死亡，但無一是他親手殺的，除了他自己。我心想：『難道此人心中沒有一點愛？難道他心中只有仇恨與毀滅欲？』」

　　穆利希語帶自豪地談及他被提名2007年的曼布克國際文學獎（該獎以一個作家的生平寫作成就來評選），但他卻臆測其他荷蘭作家可能心懷嫉妒：「荷蘭的國家狹小，而荷蘭人的心理也狹小。如果突然之間有個人變成大人物——例如，史賓諾

莎——此人就會遭到驅逐。」[25]不過，穆利希肯定心裡有數，他這句話說得誇張了，因為他知道即將有一場千人同慶的壽宴，以及大批的媒體報導、公開的文學論壇、相關慶祝出版品，共同歡迎他走向生命中第九個十年。[26]

（2007年7月）

25 史賓諾莎，十七世紀猶太裔荷蘭哲學家，因思想脫離猶太教正統，二十三歲時被逐出猶太人社區。

26 哈利・穆利希於2010年辭世，享年八十三歲。

村上春樹
Haruki Murakami

看起來，村上春樹正是日本先知型作家的寫照。他凝視窗外，望著東京都時髦的青山區裡一棟棟豪宅的屋頂，低聲而急切地談起日本的右傾現象。「我為我的國家感到憂心。」這位年屆六十、被廣泛認為可能是日本下一位諾貝爾文學獎得主的作家說：「我覺得身為小說家的我，有責任做點什麼。」

他尤其擔心亦為小說家的高人氣東京都知事石原慎太郎。「石原是非常危險的人。他是個煽動家。他憎恨中國。」村上說，他計劃發表公開聲明來反對石原，並在未來某一部小說中織入反國族主義的隱喻。我很難想像，我面前的這位作家居然經常被東京文壇人士嘲諷為不關心世事的流行作家（他們認為村上對日本小說的政治參與傳統帶來了破壞）。雖然如此，村上對於作家身兼社會導師的這項日本傳統，仍一貫避而遠之：「我認為自己就只是個小說家。」

村上抗拒文壇派系，遂有人以為他不屑日本及日本文

學。他不但拒絕實踐典型日本作家的公共義務（諸如上談話性節目、出任文學獎評審、參與文學節活動），也謝絕一切的電視與電話訪談。一如他筆下主角那樣夢幻與內向，村上不結交文壇友人，也不參加文學團體。他有許多時間都旅居於歐洲和美國。「我對日本的文學或文人不感興趣。我不從日本文學中學習典範。我創造自己的風格、自己的寫法。但他們不欣賞我這樣做。」他說。

村上的父母皆為中學日文教員，但他在青少年時期卻大量閱讀原文版的美國通俗犯罪小說，而抗拒雙親的閱讀品味。對他來說，閱讀，是為了「逃離日本的社會」。費滋傑羅（Fitzgerald）、卡佛（Carver）、錢德勒（Chandler）、馮內果（Vonnegut）等美國作家一直是村上的偶像。村上的文字隨意而即興，經常述及美國通俗文化的事物，與日本文學泰斗諸如三島由紀夫、川端康成、谷崎潤一郎的典雅文風形成強烈對比。

在他雜揉多種類型的超寫實風格故事中，主角多半是身無正業的漂泊人物，沒有兒女或長期的感情伴侶，且拒絕屈從於日本家庭與公司的群體性格。這些角色在生活中不喝清酒，說話不引用川端的文句，而是吃義大利麵，聽「電台司令」合唱團的音樂，讀戴頓（Len Deighton）的間諜小說。「我喜愛音樂，所以我在作品中會提到『電台司令』的歌似乎相當自然。那就好像電影配樂似的。但我寫作時是不聽音樂的。我必須全神貫注於寫作。」

2006年出版的英譯版短篇小說選集《盲柳，與睡覺的女人》（*Blind Willow, Sleeping Woman*）收錄了〈唐古利燒餅的盛

衰〉。這個短篇裡，村上以諷喻手法描寫1979年時他以小說處女作《聽風的歌》摘下新人獎後所激起的擾嚷和論戰。故事中，享有數百年歷史的和菓子老字號「唐古利」舉辦了一場新口味燒餅創作競賽，主角報名參加，並晉級決賽。他調製的新口味唐古利燒餅，在負責評審的上百隻烏鴉群間，引起了血腥騷動。年輕烏鴉津津有味地吃，年長的烏鴉則不然。

《盲柳，與睡覺的女人》共收錄二十四個短篇，寫作時間橫跨二十五年。在口吻有如聊天的序言中，村上寫道：「我覺得寫長篇小說是挑戰，寫短篇則是享樂。」〈貧窮叔母的故事〉一篇，闡明了村上「藉一個想法、一個語詞，就可以寫出一個短篇故事」的信念。故事中的敘事者自稱是個「想寫小說的人」，他被腦海中偶然浮現的貧窮叔母的形象深深吸引，並且說：「不知何故，抓住我的心的，都是我不了解的東西。」

村上一向在前一部長篇和後一部長篇之間創作短篇。「你可以在短篇裡為下一部長篇測試新的技巧。短篇的初稿二、三天就可以完成。寫短篇是一種實驗，是一種遊戲。」《人造衛星情人》（1999）便是從短篇〈食人貓〉（*Man-Eating Cats*）發展而來。在〈食人貓〉中，敘事者「僕」在希臘某個小島受到一段醉人的旋律所引誘，於是爬上一座山丘，後來他便「消失」了。很典型的村上式情節，以失落與自殺為基調。「我有許多朋友自殺，所以我的心裡有好幾處空掉的地方。我想我有責任好好看一看這些地方。人生中有眾多障礙與你產生衝突。有時候你就是想逃離這個世界。你一旦自殺，就不必擔憂任何事。你的年歲不再增長，你不再感到痛

苦。有時候自殺真的非常誘人。」

　　從短篇〈螢火蟲〉發展而出的《挪威的森林》（1987）是村上最著名的長篇小說。故事描寫性格內向的大學生渡邊徹如何渴求他那位精神狀態不穩的女友。一如渡邊徹，村上也成長於神戶、後來赴東京的大學念戲劇和電影。大學時，村上見證了1968、69年學運暴動如何遭受鎮壓，以及他那一代人的理想主義如何因而破裂。雖然村上沒有參與示威抗議，他筆下的人物卻經常與學運失敗所引發的空虛感搏鬥。「精神上，我支持抗議的學生。但我無法跟他們合作。我向來獨來獨往。」

　　儘管村上一直有閱讀習慣，卻不是個成績出色、積極於學業的學生。「我筆下的主角一點也不特別。他們有心事想告訴別人，卻不知如何說起，於是他們便自說自話。我想，學生時期的我也是像他們一樣的平凡人吧。」雖然懷有成為電影編劇家的憧憬，但村上最後體悟到「拍電影是一種集體創作，所以我放棄了當編劇家的想法」。

　　村上在大學裡認識了一生的伴侶，陽子。二人開了一家名叫「Peter Cat」（彼得貓）的爵士酒館，聯手經營了七年。「我沒興趣到Toyota或Sony之類的大公司上班。我只想獨立活著。但那並非易事。在日本，如果你不隸屬於任何團體，你差不多什麼都不是。」

　　他說，他筆下的人物通常「在尋找對的道路，但總是不容易找到。我想，那是年輕讀者喜愛我的小說的理由之一吧。在人生諸多的價值中，我最崇尚的是自由。我想要在筆下人物的身上保有那自由，所以我的主角往往不必通勤上班，他們也沒結婚，擁有做任何事、去任何地方的自由。」

村上之所以開始想寫小說，完全是偶然情況下心血來潮。村上指了指窗外一座棒球場說，1979年某一晚，他「在那兒看棒球，一邊喝著啤酒，心裡突然想：『我可以寫點東西。』」接下來六個月間，他每天在「Peter Cat」工作十四個鐘頭後，便利用零碎時間著手撰寫生平第一部小說。他先用英文寫下開頭幾個章節，再譯回日文。「當時我還不懂怎麼寫小說，所以我嘗試用英文寫，這是因為我的英文詞彙很有限。我知道的日文詞彙太多了，反而太過沉重。」

他寫作時，宛如爵士樂手在即興演奏，沒有計劃，隨順當下直覺的引導。「我沒有當作家的老師或同僚，以前的我只懂得傑出的音樂是怎麼一回事，包括節奏、即興、和聲等等。我一向只知道怎麼起頭。假如我已知結局如何，接下來怎麼發展我都曉得，那就不好玩了。你閱讀一本書時，會迫不及待地一頁頁看下去，想知道後來怎樣。我在寫作時也一樣。我迫不及待想知道後來怎麼。寫作，就好像你清醒時在作夢。睡著時，你無法作出一個連續的夢。如果你是作家，你就可以每天延續你的夢境。所以很有樂趣。」

1980年，村上第二本小說《1973年的彈珠玩具》成為暢銷書後，村上夫婦便結束「Peter Cat」的營業。此後的二部長篇《尋羊冒險記》（1982）、《世界末日與冷酷異境》（1985）——創造了宛如萬花筒的夢境，並融合冷硬派偵探小說與科幻小說、以及怪誕喜劇的手法——接連為村上帶來國際讚譽聲。

1987年，村上出版了以傳統手法寫成的長篇成長小說《挪威的森林》，令讀者大吃一驚。「我必須證明自己能以寫實手

法寫作。」村上這番涉足寫實主義風格，卻掀起了滔天大海嘯。《挪威的森林》狂銷二百萬冊。在村上看來，這太過分了。「它變成一個現象，不再是一本書了。揚名立萬使我非常不自在，因為名氣沒有帶給我任何珍貴或重要的東西。我感到遭受背叛。我失去了某些朋友。不知何故，他們離我而去。那時我一點也快樂不起來。」

他偕同陽子逃往歐洲，以避開《挪威的森林》的熱潮。在數個歐洲國家穿梭了五年後，村上前往普林斯頓大學擔任駐校作家。身在海外的村上，目睹了日本經濟泡沫的破滅。倏然間，主流日本也被迫面對那些困擾著村上筆下人物的種種問題了。「當時，我們不得不停下來思考——什麼東西真正對我們有益？我們的價值是什麼？我們已失去信心，因此必須找出別的東西作為社會的目標。戰後，我們逐漸變得富裕，我們也很有信心會繼續變得更富裕。」

「但如今，我們處於一團混亂之中，」村上繼續說道：「在此同時，國族主義蠢蠢欲動起來，而我們正好在尋找新的價值。所以情況是危險的，但基本上我認為情況會日漸改善。現在日本的年輕人不像二、三十年前的我們。一九六○年代的我們比較理想主義，而且充滿信心。」

1995年發生了另外二件撕裂日本的大變亂，把村上與日本之間的鴻溝拉近。1月17日，神戶發生大地震，造成六千五百人死亡。二個月後，奧姆真理教在尖峰時刻於東京地下鐵施放沙林毒氣。前四年都待在普林斯頓大學，一面創作其鉅著《發條鳥年代記》（1997）的村上，遂決定從自我放逐中返國。「並非出於什麼愛國主義，我只是想為我的同胞做點什

麼。」

村上的社會職志的加深，由2000年推出的《地震之後》（*after the quake*）（台版書名為《神的孩子都在跳舞》）可首先看出。此書收錄了六篇蒼涼而荒謬的短篇小說，描寫神戶大地震後人們內心所受的衝擊。前此不久，他也轉向非小說的寫作，針對倖存下來的受害地鐵乘客以及須為毒氣事件負責的真理教的某些信徒進行一系列訪談，把內容輯錄於《地下鐵事件》〔原為《地下鐵事件》（1997）與《約束的場所》（1998）二書，英譯本將之刪節後併為一冊〕。村上逐漸對工作纏身的上班族和OL產生同情，這些人是從前他覺得不值一寫的：「由於那些信徒是與社會疏離甚遠的人，因此許多人預期我會同情信徒。其實不然。那些信徒其實是膚淺的，而一般民眾才擁有真實人生的深度。」

一如筆下的人物，村上沒有小孩，遂能自由自在地執行每日的寫作、翻譯、健身的規律作息。早上六點起床後，他便寫作六個小時，其間抽一小時去跑步或游泳。「停止經營爵士酒館後，我開始養成跑步的習慣，因為我需要發洩體力。」傍晚後，他多半把時間花在聆聽爵士樂、把美國小說譯成日文。

村上以譯者的身分，為日本閱讀大眾引介了楚門・卡波提（Truman Capote）、約翰・厄文（John Irving）、提姆・歐布萊恩（Tim O'Brien）、葛雷絲・裴利（Grace Paley）等超過四十部以上的作品。「寫小說就像你自己設計一個謎，而翻譯則像是解別人設計的謎。換句話說，你寫自己的東西時，等於設計自己的電玩遊戲；你翻譯時，則是玩別人設計的遊戲。所以很有趣。寫小說時，你會以自我為中心，你必須有自信；但

翻譯時，你必須尊重文本，所以你的自我得縮成正常大小。這對你的心理健康很有幫助喔。」

我問村上，為何決定不生兒育女，他表示他無法懷抱父母那一代人的戰後理想主義：「我不是那麼樂觀的人。」他並且指出：「對我來說，書本更為重要。」他沉吟一下，然後微微露齒而笑（或許在暗示以下所言只是含糊帶過）說：「我不想當父親，因為我知道我的孩子大概會恨我。」他不願多談自己與父母之間難以和睦的關係，只說：「他們有他們的價值觀，而我有我的。我是獨生子，他們的存在對我來說很沉重。」

不管某些食古不化的日本學者怎麼說，比起費滋傑羅、卡佛、錢德勒等人的小說世界，村上的作品與自己的祖國的關係是較為密切的。西方的批評家習慣拿唐‧德里羅（Don DeLillo）與湯馬斯‧品瓊（Thomas Pynchon）來比較村上春樹。不過在日本，誠如村上所言，「人們並不認為我的作品是後現代小說。」

日本人的精神世界中，現實界與幻想界之間是可以相互滲透的。所以村上的故事會出現獨角獸頭骨、二公尺高的青蛙、背上有星形斑紋的羊，以及肯德基的桑德斯上校，是「非常自然的」。「奧菲斯（Orpheus）的神話故事你是知道的。他深入地府尋找亡故的妻子，但路途很遙遠，而且那兒有一條大河與一片荒原，所以他得歷經許多試煉才到得了目的地。我筆下的人物經常前往另一個域界，到另一邊去。在西方，有一堵厚牆隔在兩個域界之間，你得費力攀爬才過得去。但在日本，一旦你動了想去另一邊的念頭，輕而易舉，它

就在你腳下哦。」

（2006年5月）

班 · 歐克里
Ben Okri

　　班 · 歐克里（Ben Okri）正在欣賞一個造型獨特的礦泉水瓶。「這顏色真好看，不是嗎？」他說，一面舉起寶藍色玻璃瓶，對著光線瞧。他又向侍者點一瓶，並要了一個袋子，好讓他把瓶子帶回家。我和他正在倫敦這家奢華的郎廷大飯店。他朝著這瓶昂貴的水「噓」了一聲，說：「我不想被人看見我帶走這些飲料。我不希望它們因為我而出名。我只是想蒐集它們。」

　　區區一個瓶子，引起了歐克里睜大眼睛驚嘆。但這不令人訝異。他的小說中，魔幻與真實不斷交替出現，日常事物都別具魔力，有的預示著豐年或荒年，有的預示著誕生或毀滅。

　　為歐克里贏得1991年布克獎的長篇小說《飢餓之路》（*The Famished Road*），敘述幽靈童子阿紮羅（Azaro）在人界與靈界之間來去穿梭的故事，時空背景是一場西非的內戰。寫出《飢餓之路》後，歐克里又出了逾十本書，把廣義的非洲美

學、新世紀（New Age）靈學，以及拉丁美洲作家筆下大為成功而普及的魔幻寫實技巧，冶於一爐。

評論界對於歐克里的神諭式寫作風格毀譽參半，但他有一批死忠支持者。例如，布莉姬・瓊斯（Bridget Jones）便曾立誓要讀完《飢餓之路》作為她的自我修行之法。[27]

歐克里的世界觀裡，有一種刻意的天真。他不開汽車，不買電腦，不使用手機，與現代世界的複雜科技保持距離。當我拿出兩支錄音筆，他表情困惑地用手勢對我強烈示意，質疑我是否太依賴科技。

我解釋，由於我跟他一樣有科技恐懼症，所以才同時用兩支。但歐克里似乎沒聽到。他說：「我秀個東西給你看。」然後拿出紙筆，默默地寫起東西，在我的錄音中留下三十秒的無聲間隔。「電腦無法把這個錄起來，對不對？」他說，又語帶神祕地說了一句：「靜默（silence），是最上乘的活動。」

歐克里自視為靜默藝術家，不得已而使用語言文字，是令他備感懊惱的：「經驗的文本，是極為豐富而神祕的；但文字的文本，卻太過顯而易見。我內心裡有另一種文類，想要透過這個媒介來表達自己。」在最新的長篇《星書》（*Starbook*, 2007），他還真的使「靜默」發聲了，他寫道：「當靜默言說時，便有一長段的靜默。」

《星書》是一部集寓言、格言、預言性論述於一身的曲折故事，探討的主題有「原真」（authenticity）、「真理」（truth）、「視相」（seeing）等。故事講述一個體弱多病的

---

27 Bridget Jones，海倫・費爾汀所著《BJ單身日記》的女主角。

王子，努力要追求一個貧窮少女，她出身於一個隱形的藝術家部族（該部族的事業，就是把神靈的智慧，導入於具有預言性質的雕刻作品）。兩人的戀愛引發了一個謎樣的預示：一個由「白色精靈」統治的黑暗時代即將到來，唯有愛，才能加以徹底擊潰。那位王子的啟蒙，激起了他所屬的部族長老們的忿怒，因為長老們想要捍衛自身對權力的壟斷。

歐克里解釋，他把《星書》分成一百五十個小章節，試圖藉由這樣的寫法來刻劃「靜默」。他把切割章節所營造的效果，比擬為「遼闊空曠的景觀中的風之吹動」。每當他想要「使這一段的敘事，棲息於一個表現力十足的靜默之上」，他便把這一個章節收尾。

歐克里的手勢動作，有著武術行家那種緩慢而控制有度的節奏。他在青少年時期開始練習武術，以彌補體格發育上不如同儕。他的文筆與搏擊風格，都源於道家思想「你最好沒有任何樣式，樣式就是限制；無論敵人出什麼招式，你都隨順其招式」。

儘管歐克里筆下的語句節奏感強烈而華麗，他堅持說，他並不以追求雅緻的語言為目標。「當我正要用手擊倒你時，我不要你去觀看我的招式有多麼優美。」《星書》裡，那個藝術家部族的詞彙中缺乏形容「美麗」的詞；他們之所以把它從詞彙中刪削，是因為若要追求更上乘的精神意識，樣式是一種阻礙。

《星書》的開頭句是這麼寫的：「這個故事，是小時候我母親開始告訴我的。」這句話，便是整部故事汩汩流出的源頭。「如果我沒寫下那個句子，我就永遠寫不出整本書。你絕

對想不到，我花了多久時間才寫出如此平淡無奇的簡單句子。」小說的開頭，是尋找正確節奏的程序，因為「宇宙是音樂性的，當你把某種拍子打對了，某種真實於焉浮現」。

讀起來，《星書》就像個萬花筒般的夢境，而書中的諸神正是透過夢境與人們溝通。歐克里說，他「不能」（亦即永遠不會）針對他作品中的夢境扮演什麼角色表示意見，他只說，許多他最喜愛的小說——諸如《天路歷程》（*The Pilgrim's Progress*）、《堂吉訶德》、《化身博士》、《尤金‧涅金》（*Eugene Onegin*）——創作靈感皆源於夢境。「許多我們的偉大科學發現，靈感也源於夢境。創造力與夢，有同一種母體（matrix）。」

歐克里其人，就像他筆下的人物一樣難以捉摸，因為，人如其文的他，是以抽象手法表述概念，而避談具體的情感、動機與事件。他說，撰寫《飢餓之路》的那幾年，是他人生中最淒涼的一段歲月，但他說什麼也不肯吐露原因。「那是很漫長很漫長很漫長的夜晚，我原以為會持續到永遠。假如我沒熬過那段日子，我現在就不會活著坐在這裡。」

完成《飢餓之路》後，歐克里在隨後八年裡出了八本書。「彷彿我的人生道路本來堵塞了，這本書一出，便把我解放了。」《星書》則寫了五年，生產速度相對上較為緩慢。「之前那幾年寫那麼快，是蓄積已久的噴發湧出現象，現在則恢復為正常的河流了。」他之前較年輕時，經常狂熱地徹夜寫作，但現在他的寫作步調更加深思熟慮。他把創作野心視為寫作之敵，因為「宇宙並非由野心所生成，而是由至簡之道所生成」。

　　《星書》中，一再提到「星體之間的生命之書」。這反映了歐克里對於下面這個問題的興趣：我們的生命如何參與人類心智難以企及的無窮之敘事？「古代的哲學家相信，所有的現實，是上帝心中的一個夢（或者一本書、一個永無休止的敘事）。」把歐克里的小說看到最後，不太有結束的感覺，因為「藝術的真正目的，在於使你置身於一永無休止的旅途中」。藉由《星書》，他領會了「接觸到所有星體的那個高潮點」。

　　鄙視歐克里的人們，批評他過度張揚了俗豔的魔幻效果，而疏於經營人物與情節。在《星書》中，故事的敘述者還把那些人的批評，言簡意賅地歸納為：「太多神話，過度使用魔幻，而徹底破壞了通往天堂之路。因為，凡使人目眩神迷之物，都會蒙蔽人的靈魂，使其看不見真正的目的地。」評論家們又批評他的作品毫無章法，無法在表象之外傳達更深的意義。歐克里則表示：「有時候，作品正是由其精心製作的表象，來映照出它所要處理的問題，就像用火來滅火。」但，當他把問題模擬、映照出來，是否也冒著受其魅惑的風險？「不會的。如果你聆聽著宇宙的基礎元素，亦即某種節拍，那就不會有那個風險。」他以一貫的模糊答道：「如果節拍弄清楚了，你的精神就清楚了。」

　　對歐克里而言，歷史與神話之間有著衝突矛盾的關係。「古代的王國都曾經歷過度運用魔法的時期。當古埃及王國最相信神話的時候，就是它盛極而衰的時候。神話與魔法勝過了清晰，一直是非洲最大的問題之一。」

　　歐克里小說中的場景，都沒有具體命名，但經常被讀者假

定是歐克里的祖國奈及利亞。1991年他摘下布克獎時，媒體想把他的勝利說成是非洲寫作的一個里程碑，但他加以抵制，寧可把自己置身於普世的說故事傳統之中：「非洲文化中的普世性事物，才是我比較感興趣的。」

歐克里於1959年出生在奈及利亞中部種植堅果的米納村。十八個月大時，他的父親爭取到一筆獎學金、赴倫敦攻讀法律，他也隨之搬到倫敦。他記得自己六歲時，一方面早熟地讀著莎士比亞與《泰晤士報》（從第一頁讀到最後一頁），同時經常在街上遊蕩，迷路後再問人回家的路。他與死黨們一起模仿漫畫書《巴什街頑童》（*The Bash Street Kids*）中的主角們，於倫敦街頭漫遊，把汽車輪胎放氣，還擅自闖入一些民宅。

歐克里的父親獲得律師資格後，便全家搬回奈及利亞。當時，歐克里極為震驚，拒絕上船，但母親佯言他可以單獨留在倫敦，引誘他登船與家人道別，等到他被騙上船時，船卻開航了。舉家回國後不久，內戰就爆發了，但歐克里不願談論他的戰時經驗。「在童年時陷入於這種情況，可不是日常會有的事。沈思的範圍是無限的，因為那是成就今日之你的一部分。那正是我為什麼不談論它的原因。」

歐克里的父親對兒子的前途寄予厚望，遂透過私人關係，在他九歲時就把他送進中學就讀。「我跟那些身體肌肉多、臉上長鬍子的人們同班念書。當時的我一直未能完全擺脫困惑的感覺。」起初，他想要當科學家——更具體言之，是「發明家」——但那雄心在他申請大學遭拒時被澆息了。由於他十四歲就從中學畢業，大學的行政人員誤以為他是詐騙分子。「很幸運，我沒當成科學家。如果一下就當上你原本想當

的，大概太無聊了。遭遇一些挫折，比較有意思。」

　　申請大學被拒，恰好與他家道中落同時，但歐克里不願揭露家境衰敗的原因。接下來他居家四年，省吃儉用，自修英國文學與古代哲學。「假如我們家當時仍然殷實的話，我大概會跟幾個死黨哥兒們出去鬼混，去聽演唱會。我沒有任何正業的那幾年裡，其實是我真正的形塑時期。」

　　十九歲時，歐克里決心成為作家，遂前往英國，在埃塞克斯大學修習比較文學：「倫敦吸引才智之士。我的意思是，莎士比亞，狄更斯，哈囉！」他把重返倫敦，視為十八年前父親英倫之旅的再現。「十八年後我會回來這裡寫作，並不令人驚訝。我們人類是非常具有擬聲性，非常具有音樂性的。」

　　歐克里念到二年級時，由於奈及利亞的經濟陷入混亂，奈國政府撤銷了他的獎學金。當他叔叔的房子（他與叔叔同住）被拆毀時，他在街頭生活了數個月，睡在地鐵站裡，但仍閱讀不輟，雖然他已瘦到肋骨都凸出來了。

　　歐克里把潦倒落魄的這幾個月，視為自己形塑為作家的重要階段。他認為當代文學經常缺乏真實性，因為作家們與平凡大眾的生活脫節了。我問，贏得布克獎後，名氣頓時大增，是否威脅到他的寫作？歐克里說：「應付順境、比起應付逆境，需要更多的骨氣。許多人是在有錢、有名、有成就之後把自己給毀了，反而不是在窮困的時候把自己給毀了。」

　　歐克里顯然熬過了物質成功的試煉，而仍保持其精神；他堅持要支付這筆貴得令人咋舌的飯店帳單。考慮到他的勒德主義（Luddism），我對他說，我很驚訝他竟然有信用卡。他說：「我也很驚訝。」刷卡機不接受他的卡片。他又嘗試一

次，仍然失敗，然後他的結論是，那機器故障了。當侍者離
開，去找人來排除故障，我瞄了瞄歐克里的卡片，它在三天前
已過了有效期限。[28]

（2007年9月）

---

28 勒德主義：強烈反對機械化與自動化的態度。

佩爾‧派特森

　　一九八〇年代時，佩爾‧派特森（Per Petterson）在奧斯陸的一家書店工作，當時的他有志於寫小說來反映他的工人階級出身，他從美國「骯髒寫實主義」作家──諸如瑞蒙‧卡佛（Raymond Carver）、理查‧福特（Richard Ford）、安妮‧菲利普（Jayne Anne Phillips）等──尋找靈感。1988年，派特森原本預定要偕同一位卡佛作品的挪威版譯者，登門拜訪卡佛，但這時卡佛卻不幸死於肺癌。卡佛的遺孀建議他們還是維持原計劃來一趟；佩特森來訪時，在卡佛的藏書室裡住了四晚。

　　派特森與卡佛的小說，都有簡約風格，都關懷日常生活的質地與特徵，若給派特森的小說標上「卡佛體」的稱號，是實至名歸。派特森最新被譯為英文的小說《外出偷馬》（*Out Stealing Horses*, 2003），原文版在全國人口不到五百萬的挪威賣出了二十萬冊。該書奪下2006年的獨立外國小說獎，後來又擊

敗了進入決選的柯慈（J. M. Coetzee）、拔恩斯（Julian Barnes）、麥卡錫（Cormac McCarthy）、魯西迪（Salman Rushdie）等人的小說，勇奪2007年的國際IMPAC都柏林文學獎（獎金高達十萬歐元，乃全世界金額最高的文學桂冠）。

　　《外出偷馬》講的是一個青年的成長故事，但卻毫無這種文類經常會有的媚俗或灑狗血之處。故事敘述主角傳德・桑達（Trond Sander）在六十七歲時回憶起1948年的夏天，那是他的重大轉變期，當時他與父親一同待在接近瑞典邊界的一座小鄉鎮。自從妻子死於車禍，傳德一直沒有再娶，他重新修繕那棟隱居的小屋，打算在此孤身一人度過餘生，並回憶十五歲時，與他一同偷馬的知己好友，是如何不知不覺地成為另一宗悲劇的加害者。

　　派特森正在跑一趟美國宣傳之旅的行程，現在來到紐約站。我和他一起喝咖啡，他輕鬆活潑、詼諧逗趣，而他的作品卻是陰霾籠罩、黑暗無望。他說起話來滔滔不絕、毫無停頓（連不經意地瞄一眼他的水杯也沒有），與他簡潔而一絲不苟的文字風格形成強烈對比。「當我閱讀時，就剛好相反。」他說：「我必須一直喝東西。」

　　在派特森心目中，《外出偷馬》的部分意義，是要向諾貝爾文學獎得主哈姆森（Knut Hamsun）致敬。哈姆森在尚未成為納粹的熱烈支持者之前，寫過好幾部小說，講述在挪威北部，疏離的異鄉人如何艱難地進入人群關係極為緊密的極地聚落的故事。

　　派特森把哈姆森的小說核心，稱之為「挪威式的佛教——亦即，進入森林深處追尋孤獨的生活，獨自在自然中進行冥想

儀式」。

　　《外出偷馬》在國際上大獲成功，被派特森比喻為一椿「怪誕的意外」，但是，對於生平遭受悲劇打擊的程度不亞於自己筆下小說的他來說，這比喻頗為沈重。1990年的北歐星辰號渡輪失火事件，奪走了一百五十八條人命，佩特森的雙親、兄長、姪女都在死難名單中。原本，派特森也預定與家人一同登船，旅行到他們位於丹麥的度假別墅，但派特森在最後一刻碰巧因故耽誤，而逃過了一劫。

　　派特森在自傳性小說《長夜將盡》（*In the Wake*, 2000）的一開頭，描寫小說家亞爾維・楊森（Arvid Jansen）在酒醉之後，儀容不整、精神萎靡地在他以前曾經工作過的書店門口醒來，並且想不起自己是怎麼來到這裡的。透過倒敘，我們可以知悉他是如何走到這個低潮，我們也會知道六年前一場離奇的船難奪走了他的父母與兩個弟弟的生命。

　　在悲劇發生後，派特森滿懷悲慟了二年之後，決定與船難生還者和罹難者家屬共同組織一個支持團體。「我一直去和他們談論那件事情的發生。我們把一切具體地說出來，一直談論，一直談論。每個罹難者家屬至少都有三名親人死掉，而生還者則是極為驚險地撿回一命。每個人都瘋狂了，但沒有人意識到這一點。」

　　派特森並未談論他另一個哥哥的死（在船難的前七年就已過世），因為他覺得談論此事對於外人毫無意義。為北歐星辰號船難而舉行的全國性哀悼儀式過後，派特森瞭解了他父母那一代人為何有時候會頗為懷舊地談論戰爭期間的歲月。「你與你的盟友、鄰居肩並肩地站在一起。無論家庭裡發生什麼

事，都有一種有難同當的感覺。」

　　寫作並未減輕派特森的悲痛：「寫作不是懺悔。你若要接受治療，應該找心理治療師。」派特森動筆寫《長夜將盡》，已是悲劇發生的七年後，這時他已在精神上解決了所有他可能解決的問題。「如果我處在脆弱的狀態，我不可能寫出這本書。」這本小說重點不在船難，而在於促使主角亞維德沉思的陷入焦慮的家庭關係。「我不想成為所寫的東西盡是關於那艘船及那件船難的『北歐星辰號作家』。所以我描寫船難的經過，只用了區區四頁的篇幅。」

　　派特森的作品，大多以父子關係的緊張為中心主題。派特森自己與父親之間的矛盾情感，使得父親的死，尤其難以令他接受。他的父親在一家製鞋工廠工作，是一個喜愛戶外活動、但木訥少言的人。青少年時期，佩特森拒絕父親的價值觀，直到日後他才懂得欣賞父親的性格及其對體力勞動的愛好。這個領會瀰漫於派特森小說之中。「我很後悔，我們並未好好談話，我並未向他解釋為什麼我在年輕時要疏遠他。我總是想『反正有朝一日我會向他解釋。』但後來他就死了。」

　　派特森最後一次與母親的對話中，她對兒子說，希望他下一本書不要像前兩本小說（皆以少年時期的亞爾維‧楊森為主角）那麼「孩子氣」。她或許不喜歡他的書，但派特森可以肯定，她以他身為作家為榮。平時，她白天在一家巧克力工廠工作，而晚上則大量閱讀經典文學，她能用五種語文來閱讀。

　　派特森的《前往西伯利亞》（*To Siberia*, 1996），是以小說體裁，記述他母親在少女時期於納粹佔領下的丹麥的生活。故事的焦點在於她與她哥哥的關係（她把哥哥當偶像崇拜，而他

年僅二十五歲時就死於腦瘤）。書中，派特森描述她是個意志堅強的女人，拒絕抱怨生活的種種艱苦。「每當我媽談起她哥哥時，雙眼就會亮起來。」他說：「當她談論我爸爸時，眼裡就沒有同樣的神采了。所以我很小的時候就明白，她哥哥才是她一生最愛的男人。」

派特森大學時學業中輟，去受訓為圖書館員，二年後又半途而廢。「我害怕學院，因為我覺得他們好像懂得某種我不懂的東西。書店就是我的大學。十二年來，我一直在閱讀書籍，與一般民眾——包括讀者和買書的顧客——談論書籍的內容。」

十八歲時，派特森讀了海明威，領會到小說的語言和題材是可以從日常生活中擷取而出的，他於是想要成為作家。「那時，我一直嚴肅認真地寫，但我沒有完成任何作品，因為我老是覺得我寫的東西很爛。」三十四歲時，一個友人向派特森指出，他的人生之路已走了差不多一半，假如他此時沒闖出名號，大概永遠都沒沒無聞了。派特森聽聞此話後，便著手完成他的第一個故事。「當時我好害怕，以致於突然之間我好像開竅了。那就好像我開始戒菸時的感覺，我真的非常恐慌。」

1993年，派特森在第二任妻子琵雅（Pia，一個幼稚園老師）的慫恿之下，搬到鄉下去住。「我必須搬去那裡，以得到這女孩的芳心。在奧斯陸毫無機會，因為她想去鄉下。」他重新修葺位於挪威東部的小屋（現今他仍居住於此），跟《外出偷馬》裡的傳德所做的事情差不多，他父親曾經嚴厲威嚇他學起來的那些技術，那時都派上用場。「那就好像一記來自過去

的重擊。我心想：『喔，我那時應該感謝他的。因為我現在明白了，他強迫我走進森林裡而教給我的東西是重要的。』」

　　派特森的父親從不與兒子談論他出版的書，但派特森相信父親讀過。父親仍然對於派特森的書寫風格有著關鍵影響力：對話很簡省，但對於體力勞動的描寫卻很豐富。「我父親不懂得如何把他覺得重要的事物系統性地闡述出來，而是用他的肢體把它們做出來。但是當你少不更事時，你並不了解，他傳授給你的，是某種有別於言談的東西。為此，我想要感謝他，因為身為作家，這一點對我來說極為重要。因為我認為，言談實在是被過分重視了。」

（2007年10月）

喬賽·薩拉馬戈
José Saramago

　　薩伊德（Edward Said）在《論晚期風格》（*On Late Style*, 2006）表示，死亡的迫近，經常在作家身上引發下面二種反應之一。有些作家體現古代聖賢的典型，把他自己與世界之間新達成的寧靜與和諧反映在晚期作品中。對另一些作家而言，身體的凋敝衰敗，正表現了不可解決之矛盾與不和諧，這激使他們重啟令人焦慮而棘手的意義與認同問題。

　　在喬賽·薩拉馬戈（José Saramago）的《死神放長假》（*Death at Intervals*）之中，死亡（死神）不僅是中心主題，也是書中的主角。此書在2005年以他的母語葡萄牙文出版，2008年則出版由朱爾·柯斯塔（Margaret Jull Costa）翻譯的英文版。這位現今高齡八十的小說家，似乎想藉此書諧擬一個年近遲暮的作家對於死亡的執迷。薩氏以喜劇手法將持鐮刀的死神擬人化為一個女性，但是，他究竟是想要「溫馴地走進那死亡的良夜」？抑或向「人必有一死」的不正義性，發動一場徒勞

無功的反叛？[29]

《死神放長假》恰好介於薩伊德所說的二種「晚期風格」之間。在此書中，作者既沒表現出因衰老而感到屈辱的矛盾，也沒表現出自己因達到圓滿的道德性終結而心安。表面上，它是一個探討死亡對於文明之重要性的寓言。故事講述一個不知其名的國家的人民，突然間停止死亡了。自古人類便祈望永生不死，薩氏在書中使人類這由來已久的願望成真，藉以想像其地獄般的後果。但此書也是一本後現代小說，以具有自我意識的作者之聲來敘事，一方面令讀者注意其虛構的本質，一方面迫使讀者做出無法定於一尊的多種詮釋。

此書是這位葡文小說家的第十六部小說（把一本短篇集與一本中篇算在內），對於任何作家來說，這都是相當可觀的成就。對於一個出身於葡萄牙南方文盲農家的子弟來說尤其如此。「我們家很窮，大人都沒受過教育，眼界狹隘，一代接一代都是文盲。」薩氏在e-mail訪談上說：「只要是我拿得到的有字之紙，我都加以閱讀，甚至是地上撿來的報紙。要會寫作，得先學會閱讀。」

1947年，約二十五歲上下的薩氏出版了小說處女作，但其後便放棄了他的文學事業，陸續做過技工、譯者等工作，後來還當了記者。「以前我不覺得自己有任何值得訴說的東

---

29 「溫馴地走進那死亡的良夜」一語，借自英國威爾斯詩人狄蘭‧托馬斯（Dylan Thomas）一首他為餘日不多的父親所寫的短詩〈不要溫馴地走進那死亡的良夜〉（Do Not Go Gentle into That Good Night）中的句子。

西。」他說。直到五十幾歲，他才重新提筆寫小說。此後他便專職寫作，並在推出一部以十八世紀為背景的愛情故事《巴達薩與布莉穆妲》（*Baltasar and Blimunda*, 1982）（又名《修道院紀事》）後得到國際文壇的注意。此後便屢獲讚譽之聲。1998年他獲頒諾貝爾文學獎，是第一位獲此殊榮的葡文作家。諾貝爾獎委員會頌揚他的「寓言中充滿了想像、悲憫、與反諷」。

不過，薩氏的創作並非舉世稱賞。1992年，中間偏右的葡萄牙政府禁止國內某歐洲文學獎提名他的異端小說《耶穌基督的福音》（*The Gospel According to Jesus Christ*）。薩氏遂移居西班牙的蘭扎羅特島（Lanzarote），以示抗議。「這件事使我氣憤不已。」他說：「經過五十年的法西斯獨裁後，一個民選政府居然決定要禁一本書！」

連文學評論家對薩氏亦是毀譽參半。譽之者如哈洛‧卜倫（Harold Bloom），稱他是目前仍在世的作家中最偉大者。毀之者如帕可斯（Tim Parks）與班維爾（John Banville），認為薩氏把奇幻元素寫入現實世界場景中的技巧，是沒有意義的。班維爾還批評薩氏風格的魔幻寫實，主張「現實本身就夠魔幻了，毋需發明那些異想天開的東西」。

「現實是如何地『夠魔幻』呢？」薩氏反駁道：「現實不包涵任何魔幻。魔幻是想像的產物。是班維爾把我的作品歸類為魔幻寫實，我自己可沒這樣歸類。我自視為寫實主義作家，可自由地走在不同的道路上，自由地敲下不同的字母鍵。」在薩氏於2003年推出的小說《分身》（*The Double*）中，一位歷史教師請求上級授權他倒過來教歷史，亦即從現在教回

過去。就像小說中這位虛構的主人翁，薩氏自己也把現實顛倒，好讓現實更明晰地被呈現。

說教與顛覆，大體上是薩氏作品的典型特質，並非只有他的新作如此。從形式上看，他的標點斷句法是非正統的。他的文字有一種即興的性質，讀起來很像聽人在說話。

他連珠砲式、不太斷句的句子往往長得變成段落，而且一段經常長達好幾頁。他不使用引號，所以書中人物的對話與全知敘事者的聲音融成一片，營造出多種聲音不斷在變動的雜燴效果，時而令讀者感到迷惘。「標點符號是一種常規。有些語言並不使用標點，但是說那種語言的人，還是能夠理解所閱讀的東西。譬如我們說話的時候，我們就不使用標點符號。」

「我的風格，」薩氏繼續說道：「始於1979年我在寫《大地起義》（*Risen from the Ground*）的時候。我在該書描寫的世界，是二十世紀前三分之二年間的葡萄牙鄉村。那個世界裡，口述故事的文化在生活中具有主要地位，一代傳一代，而不使用書寫的文字。」薩氏本人，很像是《死神放長假》裡那位年老的鄉下腳夫。書中，有人請教那腳夫一句古諺語的意思，結果腳夫卻被嘲笑，因為「他說話的樣子，好像他正坐在爐火邊向孫子們說故事似的」。

《死神放長假》前半部的情節甚少，多數筆墨花在描寫死亡離開後的社會與政治的後果。譬如，該國政府在思考未來的世代如何供養快速增多的老年人口與殘障津貼；保險公司在尋找契約漏洞，以廢除對那些永遠死不了的保戶的金額給付；抱持共和主張的人躁動起來，要求改行人民授權的固定任期總統制，廢除處於植物人狀態的君王政體。此外，因為國外仍有死

亡，於是人們紛紛把家中的活死人送出國界「安樂死」。殯葬業營運也大受衝擊，如今只能為動物辦喪事。

薩氏顯然在諷刺人類渴望永生不朽的虛榮心。但薩氏並沒有科幻小說家的衝動，他不想解釋小說中假設的場景。為何這個國家之外的他國人民持續會死亡，而且國內的動、植物也持續死亡？他都不解釋。事實上，他刻意不詳述整個情況的邏輯，而在書中寫道：「我們得承認我們無法提出能令質問者滿意的解釋。」

這位年逾八十的作家從未追尋所謂的來生慰藉。他的老派無神論在《耶穌基督的福音》中清楚可見。小說中，性情狂妄的上帝為了在猶太人之外擴張信眾，而精心設計了耶穌的殉道。《死神放長假》再次深刻地表達了他的無神論：死亡之停止，意味了上帝之死。這個矛盾令神職人員感到絕望，他們遂轉而狂熱地編造新的神話以使迷失的信眾回歸教會。關於宗教，薩氏表示：「宗教存在，我也存在。我無法容忍它，它也無法容忍我。」

放了七個月的長假後，死神又重啟她的業務，但現在她會在人們死前遞送一封紫色信函，通知他們死亡即將到來。小說的後半部，死神以人格化的形象出現後〔死神（death）也一律以降格的小寫d來拼寫〕，這本書裡尖銳的諷刺也消失了。當死神送出的某一封奪命通知信，莫名其妙地被退回她的地下巢穴時，故事的末段情節於焉展開。居然有人躲掉了她的死亡傳票，她一時慌了手腳，遂化為人形，變身一位美女，追殺那名逃脫的獵物——一名孤獨的中年大提琴手，薩氏筆下典型的普通人。

　　薩氏的小說經常提到階級的差異與市場力量的掠奪性。他在1969年加入葡萄牙共產黨，當時葡國的共黨是對抗撒拉薩爾（António Salazar）獨裁的主要反對勢力。至今，他仍堅持共產主義的意識形態。「基督徒躲避在耶穌之下來堅持他們的信仰；而我則躲避在平等與團結的原則與理想之下。」他説：「共產主義被付諸實踐而造成了大災難後，似乎大家都要我轉而擁抱資本主義。很抱歉使他們失望了。在我的理解，身為一個共產主義者，是一種思想態度。我絕對不會放棄它。」

　　他曾在國際學術會議上發表演説抨擊國際貨幣基金會（IMF）與歐盟（EU）。2002年他訪問以色列時，曾把拉馬拉（Ramallah）與奧斯威茲相提並論，這為他招來罵名。[30]今日，薩氏説：「我在拉馬拉，看見了奧斯威茲的那種精神。只要那裡還有一個巴勒斯坦人活著，大屠殺就會繼續。以色列永遠都不會接受屬於巴人的主權國家的存在。」

　　所幸，他的小說比較不具教條思維。《洞穴》（*The Cave*, 2001）講述一名製陶匠與他的家人的故事。他們住在名叫「中心」（the Centre）的現代住商綜合大樓、購物城的社區外緣，由於生計被剝奪而陷入困境。《石筏》（*The Stone Raft*）出版於1986年（葡萄牙與西班牙於該年加入歐洲共同體），薩氏在書中預視了伊比利半島變成一個漂浮的陸塊，意味著他對於葡萄牙與經濟力較強大的北方諸國結盟後的葡國主權情況深感憂慮。

　　「我從未使用文學來傳達我的政治理念，但我的政治立場

---

30 拉馬拉（Ramallah），被以色列佔領的巴勒斯坦人城鎮。

很容易可以從我的作品中看出。」薩氏說：「我認為，本質上我其實是個評論家。我有很強烈的反省傾向，理論上來說，以論述文的形式來表達會更適切。但我不會寫論述文，所以我用小說來代替。」

雖然薩氏大多數的小說很像寓言，但它們從不以簡單的道德教訓為中心。他的獨門絕技是，營造一個荒謬的情境，然後以精確而縝密的客觀態度來刻畫其衍生的後果。在《盲目》（*Blindness*, 1995）裡，有一座城市的居民遭受一種使人目盲的傳染病的襲擊。但是人們眼瞎後所看見的，不是一片黑漆漆，而是一片白茫茫。薩氏表示，《盲目》是他創作中最難寫的小說：「在自己的手中創造恐怖，是件吃力不討好的工作，即使在文學世界也是如此。我付出了代價，我經歷了數個月的焦慮。」《死神放長假》也是以類似方式發展出來的。「在《盲目》中，我嘗試要檢視『如果我們全都盲了，怎麼辦？』這樣的問題。而《死神放長假》則要檢視『如果死神再也殺不死我們，會怎麼樣？』這個想法是突然間冒出來的。」

至今，《盲目》仍是薩氏最知名的小說，但它或許也被太過高估了。雖然薩氏創造出一個令人難忘的奇想，展現出政治的暴虐是如何使人們盲目而看不見人性，但他艱澀而不遵守常規的文字，卻妨礙了整個冒險故事的流暢。

薩氏的敘事一向展開得很遲。《分身》講述一位憂鬱消沉的歷史老師發現一個與他長得一模一樣的人在好幾部電影中軋小角色，但一直要到全書進行了一半，兩人才相見，接著才展開一段懸疑而驚悚的情節。此種冗長與延宕，若換作是功力淺

的作家來寫，讀起來就會令人悶到覺得沮喪了。

閱讀薩氏作品的真正樂趣不在於其情節，而在於他的聲音——忽而寬厚，忽而話中帶刺；忽而鄉土味，忽而都會風；忽而達觀，忽而迂腐。他筆下人物通常沒有名字，大多時候畏畏縮縮、平凡不起眼，或是文字校對員，或是店員，或是跑龍套的演員。但，他們的行為都無法預測。他們在《分身》中跟「常識」聊天，在《死神放長假》中跟一個叫做「盤旋在水族館的水上幽靈」的東西聊天。《所有的名字》（*All the Names*, 1997）裡還出現了一個會說話的灰泥天花板（該書講述一位受僱於中央戶政署的低階員工的故事）。

《死神放長假》書前引語，引述了維根斯坦（Wittgenstein）的假設：需要有「新的語言領域」，才有辦法思考死亡。有人或許會懷疑薩氏選擇引用這句話是刻意要反諷，刻意要誤導我們以為：死亡的發生，並非真的有個死神輕輕一發怒就使我們生命終結；死亡必定是間接透過譬喻語言（figurative language）才會發生。[31]對於葡萄牙文讀者來說，死神的角色是女的，或許不是件奇怪的事。因為拉丁語系中，「死神（死亡）」就是陰性的名詞。「就我們所知，死神沒有性別。」薩氏說：「要嘛沒性別，要嘛就是當我們提到它時，它帶著語言所賦予它的性別。我一點都不懷疑，在我的書中死神必須是女的。」薩氏把death（死神）的d由原來的大寫改成小寫，從某種意義來看，此舉形同把她斬首，削弱了她的

---

31 「譬喻語言」（figurative language）是一種附加的、綴飾的語言，它與具有科學性質與合理特質的「字面語言」（literal language）正好相反。

權威。

　　薩氏往往不用大寫字母來書寫所有專有名詞，譬如god（上帝）、marcel proust（普魯斯特）、socrates（蘇格拉底）、the catholic apostolic church of rome（羅馬天主教廷）等，都被薩氏用小寫降格。他曾寫道：「文字各有其自身的階級，自身的禮節，自身的貴族頭銜，自身的庶民印記。」他不按傳統的文法，拉平了這些階級的差異。但最適合深思人類語言的難以捉摸的性質，莫過於死神她自身了。有一次她對她的鐮刀解釋說，至少有六個詞具有「棺材」之意，並評論道：「這些人類就是這副德行，他們總是不太確定自己所講的話語所指的意思。」

　　薩氏對於「語言在不同情況下產生的偶然性，是如何塑造現實的？」十分感興趣，這一點在《里斯本圍城史》（*The History of the Siege of Lisbon*, 1989）中最清楚可見。故事中，一名校對員在一部史學著作裡區區插入一個「不」（not）字，便改變了該著作針對1147年里斯本被圍城的歷史記載。薩氏會玩弄語言，儘管如此，他不抱持後現代作家那種視真實為不可企及的虛無主義。

　　在《詩人雷伊斯逝世那年》（*A Year in the Death of Ricardo Reis*, 1984），書名中的英雄雷伊斯，就是葡萄牙詩人佩索阿（Fernando Pessoa）最常使用的四個「異名」之一。如同在《分身》中那位主角的分身，薩氏在《詩人雷伊斯逝世那年》裡也創造了一個邏輯上不可能存在的角色。他並非憤世嫉俗地認為自我是個幻象，而是要探問「真實存活的意義為

何？」[32]

　　薩氏的作品經常對傳統的故事加以嬉玩。《洞穴》中，他重寫了柏拉圖的洞穴比喻，來展現真實已經被消費性資本主義的虛擬現實所取代了。《死神放長假》則顛覆了中世紀後期的死神之舞的寓言。在中世紀，死神之舞常常被用來比喻：人們無論階級貴賤，都會被死神吸引來跳這支舞（薩氏對此有強烈的政治性共鳴，並不令人驚訝）。但這本小說中，故事卻反過來，不是死神化身樂師引領人類走向死亡，而是那位人類大提琴手在誘惑死神。

　　《死神放長假》的大團圓結局，暗示了回歸初始的可能性。這結局也營造出一個環形結構，呼應了生命的循環。這意味著，縱使死神（死亡）持續宰制人類，縱使人類的生命仍有限度，人們說故事的衝動是不會終止的。這本小說終究缺乏薩氏在《巴達薩與布莉穆妲》詮釋宗教審判年代的葡萄牙的那種想像力，而且也看不太到《分身》或《所有的名字》裡那種形上的豐富性，但作者那怪異的聲音卻一如往常地令人陶醉。

　　安伯托‧艾可（Umberto Eco）曾在《倒退的年代》

---

32 「異名」（heteronym）是葡萄牙大詩人佩索阿（1888-1935）發明的文學手法。佩索阿化身為諸多不同的「異名者」來出版他的作品，但「異名」不同於一般作者的筆名或化名，「異名」是要反映詩人多種性格中的一種，可謂詩人創造出的人物，是故不同的異名者的出身背景、個性皆不同，詩人欲假借不同的異名分身來展現其複雜的內心世界。「自我」才是詩人真正的性格。佩索阿曾創造七十多個異名者，但最常使用的分別是Alvaro de Campos、Ricardo Reis和Alberto Caeiro、Chevalier de Pas等。

（*Turning Back the Clock*, 2007）表示，一個年紀老邁的知識分子面對人終須一死的最佳方法，就是體認到，他終於能擺脫這個世界的愚蠢。薩氏之所以在《死神放長假》不羈地展現他譏諷的衝動，原因或許在此吧。

《死神放長假》中的敘事者評論道：「我們人類充其量只能向即將砍下我們首級的行刑者吐吐舌頭。」薩氏頑皮地向死神（死亡）吐了個舌頭，但他也讓自己聽任死亡的必然性。薩氏說，此書「揭示了一件絕對可以肯定的事——我們不可能阻止死亡。我想，接受這點，我們便展現了我們的智慧」。[33]

（2008年12月）

---

33 喬賽·薩拉馬戈於2010年辭世，享年八十七歲。

格雷安・史威夫特
Graham Swift

在「酷不列顛」國內，作家經常藉由高談闊論一些容易成為新聞標題的意見，並招搖他們標新立異的生活方式，以博取媒體版面。但格雷安・史威夫特（Graham Swift）與眾不同。他的媒體形象一向謙遜而低調，他的言論往往嚴肅而拘謹。身為一個曝光度甚低的A咖作家，他的個人生平，一如他筆下的人物一樣，似乎平凡而不起眼。[34]

史氏目前共有八部長篇小說——最著名者，就是1983年出版的《窪地》（*Waterland*）（一部以英國東部的低窪沼澤地形為背景的家族故事），以及1996年為他贏得布克獎的《遺囑》（*Last Orders*）（台版譯為《天堂酒吧》）——透過這八本書，

---

34 酷不列顛（Cool Britannia），意指一九九〇年代的英倫搖滾風潮等英式文化，後來英國工黨首相布萊爾也以打造「酷不列顛」的國家品牌形象為口號，強調英國必須轉型，發展高附加價值的創意經濟。

史氏已成為幫英國治療藝術技巧陳腐之疾的重要醫生。他的作品沒有當代作家埃米斯（Martin Amis）、魯西迪（Salman Rushdie）、拔恩斯（Julian Barnes）等人筆下那種華麗的情節或天花亂墜的語言炫奇。他能從不裝腔作勢的場面，營造出令人欲罷不能的戲劇效果，他能從日常語言之中，創造出抒情詩般的畫面。

史氏的近作《明天》（*Tomorrow*, 2007），緣起於他想要探討幸福這個主題。幸福是一個單純的想法，但也是一個極少小說家扛得起來的挑戰。誠如托爾斯泰在《安娜·卡列尼那》那著名的開頭句所言：「幸福的家庭都是相似的；不幸的家庭則各有各的不幸。」因為戲劇性決定於衝突，所以，家庭幸福在本質上是沒有戲劇性的。「在幸福之中，沒有故事可言。」現年六十歲、人在倫敦的史氏透過電話對我說。

所以，他寫了一個原本關係緊密的家庭，其生活之平靜遭到危及的故事。「要書寫幸福這個題材、又要使它保有戲劇性，方法就是選在它最脆弱的時間點切入。」《明天》的故事開始於凌晨一點，這時寶拉（Paula，事業有成的藝術品交易商，一對十六歲雙胞胎的母親）躺在床上睡不著，焦慮地期待早晨的到來。等到日出之後，寶拉與丈夫麥克（Mike，一家科技圖書公司的執行長），準備要告知兩個孩子（一男一女）其身世的真相。

這本小說結束於它開始的數個小時後（也就是那對夫妻向孩子宣布真相前的黎明時分），至於後事如何，讀者只能猜測。「一個可能性是，這家人將繼續幸福快樂地過下去。失去幸福的可能性，給了幸福一股急迫感。」

　　書寫幸福這個主題，並不會使創作過程變得極其愉悅。「無論你寫的是悲傷還是喜樂，當你寫得順手時，都會有陶醉的快感。」

　　從表面上看，史氏的文字風格似乎是隨手寫就，有時甚至令人感覺輕率，但是那其實是大師巧匠的手筆。在《明天》裡，某些看似隨口說出的語句，在若干精心布置的時間點上重複出現，以致於陳腔濫調——例如「有時候做母親的，就是看得出事情有異」、「做母親的，只希望給孩子最好的」等——竟能達到一種詩意與聲韻效果。大概沒人能想到會有這種可能性。「我並沒有在某個字或句上做記號，然後進行重複。我是非常直覺性地那樣寫。」

　　但對史氏而言，寫作之大者，不在於文字。「寫作最巨大的挑戰之一，是以文字寫出大多數人在大多數時候非常難以用語言文字表達的東西。重要的不是那些文字本身，而是那些文字試圖要傳達的情感。」

　　史氏小說的鮮活真實性，顯然是第一人稱敘事者所帶來的效果。「我們每個人都是以第一人稱而存在的，所以如果你以第一人稱書寫，你就會自然而然更加趨近於真正的生活。以第一人稱所寫的故事，讀者會知道為什麼敘事者要講這個故事。以第三人稱所寫的故事，勢必是突如其來地、從一個作者決定的神祕的點說起。我總是微微地覺得，作者若使用第三人稱，是以較為優越的姿態來講故事。」

　　《遺囑》是史氏創作生涯的分水嶺，它解放了他，使他運用起一種通俗的筆調。「我很仰賴那種教育程度不特別高的敘事者。我發現，看似受限的語言，其實能有非常強的表現

力。」與《遺囑》相同的是，《明天》的故事從頭到尾也在一天之內進行。「當你把一切的事情都置於一段短時間內來敘述，所得到的那種強度與氣氛，是非常吸引我的。」

然而，《明天》也有延伸回到五十年前的段落。寶拉以想像的方式，在腦海中建構丈夫麥克在二次大戰期間誕生時身邊的種種事件，當時，麥克的父親正在外打仗。對於史氏筆下許多的人物而言，二次大戰具有重大的歷史影響。

史氏出生於1946年，他的父親當時是海軍的領航員，史氏早年就培養出對戰鬥的興趣。青少年時期，他開始質疑自己成長過程中學到的那些被美化的戰爭觀點。「當時的我，一方面處理歷史的真實效應，一方面處理歷史被神話過的模樣，並且把兩者加以比較——對於日後將成為小說家的我，這個思考經驗頗有益處。它教導我，平凡而卑微的生活，是可能被非常巨大的東西完全沖毀的。」

於劍橋大學獲得英國文學學位後，史氏進入約克大學，攻讀英國文學的博士學位，但他花在寫短篇小說的時間多，花在寫博士論文的時間少。「念博士班的主要價值在於，它給了我時間去進行文學創作。」由於對學術生涯毫無興趣，他在隨後的十年為了謀生，曾當過中學英文老師、警衛，以及農場僱工。

他的第一部長篇小說《糖果店老闆》（*The Sweet Shop Owner*）出版於1980年。「我之前的人生中有非常大的部分，實際上是孤獨一人、被眾人冷落的，我是一個作品得不到出版的寫作者。當我環視與我同輩的人們都有非常舒適的工作，我就會停頓下來憂慮，甚至嫉妒。但接著我便回過頭來，省視下

面這個事實：我是很幸運的，因為我發現了真正能激發自己動力的事物。」

1983年，他出了第三本小說《窪地》後，名氣隨之而來。這是一部華麗的歷史紀錄。「這不是我的典型風格。我平常的風格比較沉靜，比較私人，比較內心，如同《明天》的表現。」

在史氏好幾部小說之中，海洋形成了具有獨特氛圍的背景布幕。在《明天》，海灘既是一段長達數十年的戀情的地點，也是一件差點溺斃的事件的地點。「任何的水濱，任何的海岸線，都是邊緣地帶。那是一個元素遇上另一個元素的地方。邊緣地帶本身就有內在的戲劇性。它可能有潛在的危險，也可能成為人們喜愛的東西。」

《明天》在探討：子嗣的重要性，對於人的認同之作用。史氏把這個故事的中心主題簡述為「生物之延續，及其對於維持人的延續感究竟有多重要」。那麼，為什麼史氏與他的畢生伴侶康迪絲（Candice）沒有生兒育女呢？「這單純是我們的選擇。我們沒有小孩也過得很快樂。這本小說大體上不是我個人經驗的反映。」

史氏謙卑的公眾形象，並未能使他免於陷入爭議。《遺囑》摘下布克獎不久後，《澳洲人報》刊登了墨爾本大學的學者約翰·弗勞（John Frow）的投書，該文指控史氏不當地借用了福克納（William Faulkner）《在我彌留之際》（*As I Lay Dying*, 1930）的內容。這在英國媒體掀起了激烈的辯論。布克獎的評審之一威爾森（A. N. Wilson）在《獨立報》寫道，假如評審團當初意識到其與福克納小說的肖似之處，史氏就不會

在決選中勝出了。

　　史氏坦承，他確實受到福克納那本小說的影響，但他對於剽竊的指控大為驚訝。「只要我們還在世，我們就會一直處理那種關於人們如何處置死者遺體的故事。福克納對於這種題材並無專屬權。如果不是我贏得布克獎，我不認為會有任何人視它為剽竊。不幸的是，當你知名度一高，你就樹大招風，媒體上各種惡意的活動都會找上你。」

（2007年4月）

托比亞斯・伍爾夫
Tobias Wolff

1972年，當《華盛頓郵報》的同事正在調查轟動天下的水門案時，托比亞斯・伍爾夫（Tobias Wolff）在該報擔任位卑職輕的訃聞版撰稿人。有個同事察覺伍爾夫這個菜鳥記者尚未把工作程序學全，故意打電話來，謊報一則死訊。另一位記者警告伍爾夫，其中可能有詐，而救了伍爾夫。但這位初露頭角的短篇小說作家後來經常納悶。如果他真的錯把那位生者的死訊刊登於報紙，會發生什麼事。

伍爾夫從他乏善可陳的記者經歷之中，寫出了〈凡人〉（Mortals）這個短篇小說。故事敘述有個男人渴望被認可，打電話到報社刊登自己的訃聞，當訃聞見報後，又打去投訴，以繼續其騙局。這個淒涼而滑稽的故事，收錄於伍爾夫的短篇故事集《話說……》（*Our Story Begins*, 2008），此書是他前三部短篇集的再次精選，並外加十篇新作。

伍爾夫一直到出版了《這個男孩的生活》（*This Boy's Life*,

1989），也就是他記述自己坎坷的少年時代的回憶錄，才獲得了主流成功。此書後來改編為電影，於1993年出品，由李奧納多·迪卡皮歐（Leonardo DiCaprio）飾演少年伍爾夫。在那之前，伍爾夫主要以短篇小說創作之美國文藝復興運動健將的名頭而為人所知。他、理查·福特（Richard Ford）、瑞蒙·卡佛（Raymond Carver）等人，一齊被貼上「骯髒寫實主義」（dirty realism）之先驅的標籤。所謂「骯髒寫實主義」，意指一種以藍領階級生活為素材，風格灰暗而極簡的短篇小說新正統。（伍爾夫怒斥這個術語「毫無意義」。）

伍爾夫筆下的短篇故事，經常在探討人們為了重塑其自我、為了渲染其平凡無奇的生活而述說的謊言。伍爾夫本人就大大受惠於虛張聲勢。十四歲時，伍爾夫住在華盛頓州偏僻的奇努克村，他人小鬼大，非法在空白成績單上偽造一連串的A，並在印有校名的信箋上杜撰推薦信，藉此申請到美國東岸的貴族菁英私校「希爾高中」的獎學金與入學許可。在《這個男孩的人生》裡，他寫道：「我覺得有滿肚子的話必須說出來，滿肚子的壓抑的真實。我相信從某種角度來看（雖然無法被證實），……我是一個鷹級童子軍，一個厲害的游泳選手，一個品格正直的少年。」[35]

這個男孩掩飾真實的天分，似乎注定會使他身陷囹圄，他的父親（一個酒鬼與騙子），也曾因開空頭支票而在牢裡蹲

---

35 美國童子軍分成六級，鷹級是最高級。在美國要獲頒「鷹級」童軍資格，不但要取得二十一項橫跨多種領域的技能資格徽章，還須具有強烈的服務熱誠及領導能力，獨力完成一項社區服務計畫。

過。但伍爾夫沒坐牢，而是透過虛構小說來述說真實，從而經營出他的作家生涯。他以簡約而冷調的文筆，在故事中經營出老派的頓悟。誠如《話說……》的書名所暗示，他的故事遵守傳統的形式，都有清楚的開頭、中間、結尾。伍爾夫把自己的作品，與巴斯（John Barth）、巴瑟姆（Donald Barthelme）的短篇拿來當作對比──「他們的短篇大膽而具冒險性，但並非敘事性基底很強的小說：他們的小說，是對於小說的傳統成規的反省，以及對於時間的實驗。」

不過，他曾在一九七〇年代寫過好幾篇後現代短篇小說（但從未發表），並自覺頗得益於此。「那些習作使我學到很多關於小說結構的東西──把故事的形式視為可塑的、人為構造的東西來檢視，而非把它當作公認的、神聖的職責。」現年六十四歲的伍爾夫，目前在史丹福大學開寫作課。我正與人在加州的他通電話。「我把當年那些實驗之作都埋葬了，因為我不希望讀者把注意力放在那些實驗上頭。」

另一個重要的文學影響，是比伍爾夫大七歲、亦為作家的兄長。他們的父母在托比亞斯五歲時離婚，托比亞斯跟著媽媽搬去西岸，而哥哥吉福瑞（Geoffrey）則跟著爸爸同住於東岸。兄弟有六年失去聯絡，直到托比亞斯十五歲時兩人才重聚，但兄弟倆卻不約而同立志當作家。「我發現我哥──我敬佩他，那是一種對於幾乎未曾謀面的人的敬佩──完全沉迷於文學之中。」

自此以後，兩人保持緊密的關係，他們──至少在名氣較大的弟弟的說法中──一直沒有視彼此為競爭對手。伍爾夫表示，由於吉福瑞不寫短篇小說，而且七歲的年齡差距，意味著

哥哥是他的良師益友，而非競爭對手。

　　兩兄弟共同有文學的嗜好，也許並非不可思議的巧合，而有不少遺傳的成分在其中。他們的父親亞瑟（Arthur）是個慣性瞎扯的高手，是個魅力十足、滿口謊言的詐欺藝術家。如今是虔誠天主教徒的伍爾夫，一直到十九歲時，才知悉父親出身於猶太教，而非他自稱的新教聖公會。

　　吉福瑞在《詐騙公爵》（*The Duke of Deception*, 1980）一書，敘述他與父親的生活。十年後，托比亞斯在《這個男孩的人生》描寫經濟拮据但無止境地樂觀的母親蘿絲瑪莉（Rosemary）對他的養育。她的第二任丈夫德懷特（Dwight），不比亞瑟好到哪裡去。德懷特是一個修車工，喜歡辱罵這位繼子，並且一邊載著他、一邊酒醉駕車來驚嚇他。伍爾夫坦承：「她挑男人的眼光不佳。」起初，她對於兒子把她的事情寫出來，甚感不安，但是「當所有的書評出來，都說她是美麗而勇敢的母親，她便立刻興奮起來」。

　　前往希爾高中就讀前，伍爾夫去拜訪生父與哥哥。這次的家人團聚，是出於亞瑟的提議，但他在托比亞斯抵達的兩週後卻精神崩潰，那年夏天的大部分時間他都在療養院度過。儘管如此，伍爾夫仍是令他興奮的。「我爸爸有非常可愛與脆弱的一面。我認為，就是那脆弱的一面，使他非常害怕被人嘲笑或被人歧視，那驅使他把自己偽裝起來。」伍爾夫的第一個孩子出生後（他一共生了三個孩子），他變得較不能原諒父親。「當我體會到生出一個小孩意味著什麼，我就覺得無法想像，居然有人可以就這樣丟下孩子、拍拍屁股一走了之。」

　　希爾高中的環境，堅定了伍爾夫想成為作家的欲望。

「那學校有一種以文學為至尊的氛圍。在那學校裡的英文老師可說是貴族。」學校曾舉辦了一個向其校友愛德蒙・威爾森（Edmund Wilson，知名文學評論家）致敬的作品朗讀系列活動，此外，大作家威廉・高汀（William Golding）與大詩人羅伯特・佛洛斯特（Robert Frost）也曾經於伍爾夫在校期間受邀來訪。他回想，「學生們激烈地競爭，個個都想擠進資優生英文班，該班在最後一年級將由校長親自教課」。但伍爾夫沒能通過學校的標準。在一次關鍵的數學考試中不及格後，他的獎學金被撤銷，他也因而被迫離開學校。

伍爾夫在2003年發表的長篇小說《老學校》（*Old School*），描寫一九六〇年代一所嚴格排外的男子寄宿中學裡的陰謀與各種競爭對抗。小說的敘事者是一個隱藏自身猶太血統的猶太人，他為了贏得一次文學獎競賽（獎品是獲得大作家海明威接見一次），剽竊了一個短篇小說。伍爾夫在這部長篇裡，寫進了「我從華盛頓州的鄉下學校，到這個非常昂貴、菁英意識很強、文學意識很強的學校，心裡被觸發的那種認同危機」。

與出版社所述不符，《老學校》並非伍爾夫的第一部長篇，發表於1975年的《醜陋的謠言》（*Ugly Rumors*）才是他的長篇處女作，但該書早已絕版，而且在他的已發表作品清單中被刪去。我問為什麼？他堅決地說：「我不承認它。我不喜歡它。所以你就問下一個問題吧。」

離開希爾高中之後，伍爾夫在軍隊待了四年，其中一年被派到越南。「入伍似乎無可避免。」他說：「所有我在成長過程中認識的人，都去服役了。我入伍時，越戰尚未開打，所以

還沒有是否該服兵役的反文化質疑。」

由於伍爾夫的文學偶像中，有好幾個人——包括諾曼·梅勒（Norman Mailer）、海明威、雷馬克、詹姆士·瓊斯（James Jones）——皆曾入伍，使他覺得當兵很有意義。「我當時心想，若要當作家，我應該對軍旅之事有所了解。」不過，後來證明，那些戰鬥課程並沒有那麼吸引人：「我發現我內心有一種想要濫用武力和權力的誘惑。」

從越南回國後，他花了六個月準備牛津大學的入學考。這位高中輟學生，進入牛津研修英國文學，並以最優異成績畢業。柯林頓當時也是牛津的學生，但兩人並沒有交情。伍爾夫開玩笑說，說不定他曾經把自己沒抽過的大麻菸遞給柯林頓呢。

他之所以想去英國，是因為那是一個逃脫美國那種人人三句話不離越戰的環境的機會。「那種關於越戰退伍軍人回國時是如何如何被人虧待的說法，大部分都是鬼扯，但人們就是一直想從我身上套問出那些事情。」越戰過了二十年，他才開始動手書寫越戰歲月的回憶錄《法老的軍隊》（*In Pharaoh's Army*, 1994）。我必須「找到一個形式來處理那些記憶，隔著一段距離來看待身處於那些記憶中的自己」的時候到了。

伍爾夫說，如果他日後寫出第三部回憶錄，內容將會是他在美國的文學人生的回憶。考慮到他鮮少書寫到自己過去的寫作歷程，他這樣說，相當引人好奇。在《這個男孩的人生》，伍爾夫敘述了十歲時他如何為自己取名「傑克」〔依照傑克·倫敦（Jack London）之名〕。但該書牽涉到文學的地方，屈指可數。「寫那本書時，我想要避免文學回憶錄裡通常

會有的強調寫法：也就是說，每一件與未來成為作家扯得上關係的小事情，都被戴上一頂帽子。」

我問，《這個男孩的人生》所描寫的那個小淘氣的特質，如今還有哪些仍留在他身上？伍爾夫說，「對家的渴望，對家人的渴望，以及把自己吹捧為神人的傾向」。但他又說：「我再也不自我吹捧了：我已經太疲累，太蒼老了。」所以我們可以篤定地說，這位當年任意杜撰自己的推薦信的小撒謊者，絕對不會自己動手寫自己的訃聞。

（2008年7月）

亞伯拉罕 · 約書亞
A. B. Yehoshua

　　當亞伯拉罕·約書亞（A. B. Yehoshua）於1998年開始撰寫
《被解放的新娘》（*The Liberated Bride*），正值中東和平談判達
到高峰的時候。一個有希望解決以、巴難題的方案，似乎終於
在望。到了2001年，當他寫到這本書的最後幾個章節時，以色
列再度失控地大量製造流血衝突。「我們好不容易觸摸到和平
了。」約書亞的聲音因挫敗與悲痛而低沉下來：「我們已經觸
摸到和平了，而現在我們又回到殺戮。」

　　《被解放的新娘》這本小說裡有許多場景——例如描寫以
色列與其佔領區之間、曾經可以自由出入的邊界——如今看起
來，皆是烏托邦。約書亞筆下的主角瑞菱（Rivlin）是一個猶
太人的東方學家，他在以色列的檢查哨之間來去自如，既出席
一場舉辦於葉寧鎮（Jenin，由巴勒斯坦人治理的難民城鎮）的
音樂會，聆聽一位修女歌唱家演出，又前往拉馬拉
（Ramallah，巴勒斯坦首府）參與一場浪漫詩的文藝節活動。

「從前，我不必帶任何武器，獨自開著車，就可以任意去所有那些地方。」約書亞説：「他們都非常愛好和平。他們從前投資在觀光業的基礎建設的數字相當龐大，我那時非常驚訝。」

　　小説背景設於1998年，也就是巴勒斯坦人的第二次起義抗暴（Second Intifada）爆發的三年前。故事講述瑞菱想要在一年之內，完成他關注的兩件關係密切的事——於公，他想在學術上探究一九九〇年代爆發於阿爾及利亞的恐怖事件的歷史根源；於私，他想解開他兒子離婚的謎團。

　　但是，巴勒斯坦人發動多次自殺攻擊後，約書亞大體上屬於樂觀主義與輕鬧劇的敘事，滲出了微微的幾滴血。他在小説中播下了敏鋭的凶兆種子，預示了即將來臨的巴勒斯坦人之起義。他以巴勒斯坦的叛軍巴爾古堤（Marwan Barghouti）（「一個非常勇敢的人」）為原型，刻劃小説中那位拉瑪拉詩歌創作競賽的召集人。由於巴爾古堤在恐怖行動的再起，扮演了重要角色，現在正於獄中服刑。

　　約書亞出生於1936年，是第五代的耶路撒冷市民，他與同為以色列小説家的阿默斯・奧茲（Amos Oz）的住處僅隔著兩條街。幾年前，長年擔任海法大學比較文學教授的約書亞，在這個職務退休，現在與結縭四十八載的妻子一起居住於海法這座港市。他妻子的職業是精神分析師，她不吝於把專業伎倆施於丈夫身上。「我總是一直被分析，」他説：「我都不敢跟她述説我的夢境。」約書亞把自己身為以色列作家的角色，比擬為一個社區的精神分析師：他的目標是「發掘以色列人的潛意識，並點出隱藏於其中的真實」。

　　《被解放的新娘》以希伯來文出版於2001年時，激進反對現存社會體制的台拉耶夫詩人兼文學評論家雷歐（Yitzhak Laor），[36]在以色列最重要的報紙《國土報》（*Haaretz*）上，極其殘忍地將這本小說活體解剖。雷歐這篇三千字的筆伐，嚴厲抨擊該小說形同以「阿拉伯人凶殘的種族主義的仇恨」，藉文學來進行種族清洗。約書亞在這部小說中簡短地譏刺了雷歐幾下，把雷歐説成一個可怕無情、利用以巴衝突來向論敵公報私仇的知識分子。

　　對於雷歐力圖以人身攻擊的方式把他釘在尖椿上處死，約書亞則不屑一顧。「他一直認為，我就是阻擋他進入海法大學任教的人。」約書亞説：「許多阿拉伯人都欣賞我這本書。」兩人之間的深仇大恨，似乎既是政治的，也是私人的。

　　儘管約書亞是以色列左派的忠堅分子，長期支持巴勒斯坦建國，但他也是以色列最大聲疾呼支持前總理夏隆（Ariel Sharon）在西岸地區豎起安全圍牆的人。雷歐在評論中指出，這個政策形同是「把巴勒斯坦人集中隔離起來」。

　　《被解放的新娘》是一則寓言，旨在探討人類對邊界的需要。在小説中，人們對於邊界的侵犯，存在於父、子之間，夫、妻之間，師、生之間，以及以色列的猶太人與其境内的阿拉伯人少數族群之間的模糊不清的文化界線之間。凡此種種，皆支持了約書亞的信念：豎立一堵分隔二個民族的牆，是有其必要的。他筆下的角色沒有一個人能擺脱自身的政治脈

---

36 雷歐對於猶太復國運動是抱持反對態度的。

絡。他運用這些人物與人物的關係，來比喻這個猶太人國家的種種挑戰。

約書亞所抱持的好戰的猶太復國主義，有時候使他與若干年輕一輩的以色列作家〔如克萊特（Etgar Keret）〕陷入嚴重爭執。年輕一輩的作家不像他，有那種把作家視為先知的傳統以色列觀念。約書亞構思史詩性的大部頭故事，高聲呼籲人們注意其政治意涵，然而克萊特則創作微觀的小故事，以嬉皮式的反叛，來抗拒與以色列這個國家一同成年的那個世代的意識形態熱情，從而炫示其玩世不恭。

約書亞回想，有一次他參加舉辦於希臘的一場學術會議，克萊特亦是與會者，兩人針對海外猶太人的問題當面起了爭執。克萊特強調猶太人是藉由親緣關係而連結著的，然而約書亞則維持他那惹人爭議的一貫信念：流亡異鄉乃是猶太民族的「疾病」，要治這種病，唯一的「解藥」是以色列復國運動。克萊特的作品，或許是吸取了當代以色列的疏離與絕望，其理想主義乾涸了，而代之以犬儒主義；但約書亞的猶太復國運動熱情，一直以來絲毫未減其熱度。

約書亞認為，猶太民族的無疆界性，以及導因於此的認同模糊，正是猶太人在歷史上大受迫害的根本原因：「正因為猶太人的認同有其糢糊之處，所以反猶主義者可以輕易地在猶太人身上投射問題與想像。猶太人，就好像一個有著許多脫漏的文本。我身為一個猶太復國主義者，我很清楚我們的目的是大家團結在一起，而不是再次到世界上漂泊流浪。海外猶太人必須了解，正是他們的認同結構招致了反猶主義。假如那代價太高的話，他們必須有所抉擇。」

　　約書亞之所以持續呼籲以色列政府拆除在佔領區的屯墾社區，也是基於這樣的原則。「由於我們之前想從巴勒斯坦人手中奪取一點土地，以色列違反了最神聖的復國運動規則──亦即，我們打破了我們的邊界。」他相信，唯有居住於明明白白的以色列國界之內，反猶主義的病態衝動才能被止住：「現在巴勒斯坦人憎恨我們，但其實他們並非抱持反猶主義的想像而憎恨我們。」

　　對克萊特而言，約書亞針對海外猶太人的立場，顯然是「要求受害者負起被傷害的責任」。

　　克萊特說：「他這種說法，與那種『她不該穿那麼露』的針對強暴受害者的反應，沒什麼兩樣。他宣稱以色列人才是完整版的猶太人，但在我看來，他的想法非常奇怪而且錯誤。以色列人的原型，主要是猶太人不想離鄉背井、漂泊海外，而非所謂的完整版猶太人。如果說海外猶太人的領袖是知識分子，那典型的以色列政治領導人就是軍事將領或農夫（兩者皆是更好）。猶太人的世界主義式與自我反省式的批判思想，也很難在原型的以色列人身上找到。典型的以色列人是更為……單純、務實、不拐彎抹角，在我看來，那根本不是猶太思想的延續或進步。」

　　雷歐認為約書亞抱持一種「畸形的國族主義」，那是約書亞因出身於中東世系的猶太人，而產生的一種脆弱歸屬感的反映。「由於約書亞是西班牙系猶太人（Sephardic Jew），他從來沒有『真正歸屬』於以色列復國主義者要實踐的西方式夢想，他一直在否認以下這個簡單的事實：我們的民族，如同世界上的每個民族，是一個由許多不同的人種、膚色、信仰、欲

望、恐懼、選擇而組合起來的集合體。對他而言，每一個活在以色列領土之外的猶太人，都威脅到他自認是『多數族群的一員』的定義。這正是他寫作上的弱點：除了人的國族認同，他沒有能力去思考人。」[37]

約書亞坦承，當他還是新人作家的時候，他曾避免書寫自己的西班牙系猶太人出身，但他又說，有些人指控他刻意抹消自身種族淵源，其實他們是被誤導了。當年，約書亞在以色列知識分子圈初露頭角之時，他希望人們以國籍身分（以色列人）、而不是以族群身分（西班牙系猶太人）來定義他。唯有當他建立了他作為以色列人的自我，他才回歸到他的西班牙系猶太人背景，以利其創作。「由於新住民的大多數人都來自不同的國家，面對出身世系對他們來說是比較簡單的，因為他們人人的背景都在海外異鄉。」他解釋道：「我的身分印記就在中東，所以我曾經力圖要疏離自己的族群身分。」

約書亞自幼就相當熟悉以色列東方學家的背景。他的父親就是一個阿拉伯學家，能講一口流利的阿拉伯語，並養成他兒子一種信念：阿拉伯人也是「家族的一部分」。

「東方學家是一群非常傑出的人士，他們不只努力想要瞭解阿拉伯人的政治，也想要瞭解其內心善惡良知的深層。他們認為，因為我們要回到以色列的國度，我們想要與他們永遠一同生活，所以我們必須瞭解我們的鄰居。」但約書亞的父親在政治信念上不是鴿派，父子在這一點是不同調的。「因為他讀

---

37 西班牙系猶太人，意指在中世紀時，居住在西班牙和葡萄牙境內，講帶有希伯來和土耳其字彙的西班牙語猶太人，後來又大量移民北非與中東。

過他們的東西，他常常對我說：『我們與阿拉伯人之間，永遠沒有和平之日。』有時候我認為被他說對了。」

家學背景給了約書亞信心，他覺得自己應該不太費力就能夠剖析阿拉伯人的心理，正如他不太費力就能夠分析猶太人的心理。他的父親於1982年過世，恰好在同年，以色列對黎巴嫩發動侵略。這兩件同時猝然來襲的事件，促使約書亞投入於寫作《曼尼先生》（Mr Mani）（約書亞說：「我寫得很棒的小說」）。此書初版於1990年，是一部雄心勃勃而編織精巧的耶路撒冷城市描繪，運用了他父親十二篇已發表的關於耶城的研究論文。這本小說由五篇單方面「對話」組成，每一篇都由曼尼家族的一個成員來敘述（這五人各自都在猶太人歷史上的某個重大時刻陷入於危困之境）。「當時，我第一次感到自己無法瞭解以色列同胞。」他說：「就好像我發現家裡有人發瘋了。這本小說是一種心理分析的程序，藉由回到過去，以瞭解現在。」

約書亞開玩笑說，除非他能帶著全世界所有猶太人一起去澳洲，他才會想去澳洲居住。「我很希望能有一個小澳洲，讓世界上所有猶太人集合在這裡。然後，你將會看到，反猶主義不再存在了。生活在我們的國度裡，生活在我們自己人之間，生活在明明白白屬於自己的疆界內，這是我們的夢想。但你不可能提供我們一個澳洲。」他笑著說：「如果你可以切一塊，並用海水把它圍住，也許就行得通。但如果把我們置於澳洲的內部，我們勢必會立刻混入墨爾本與雪梨。」

（2004年4月）

第二部分

非文學類

伊恩‧布魯瑪
Ian Buruma

　　《紐約客》雜誌在某個平常工作日的晚上辦了一場慶祝會，一群時髦的年輕人聚集於此，一同探討殘酷的惡魔是為何物。抑或，他們是來此爭睹年華漸老的文學時尚王子馬汀‧埃米斯（Martin Amis）與伊恩‧布魯瑪（Ian Buruma）一同討論邪惡之淵源。身穿黑色皮夾克的埃米斯懶洋洋地坐著，一面用他那尼古丁醃過的嗓音痛罵《古蘭經》。[38]

　　穿西裝、打領帶的布魯瑪則坐得直挺挺，用一口BBC的正統英國腔說道，是某種疏離導致了穆罕默德‧布耶里（Mohammed Bouyeri，第二代摩洛哥裔荷蘭人）在2004年殺死西奧‧梵谷（Theo van Gogh，經常挑起爭議性議題的電影工作者、專欄作家）。「可是，伊恩，」埃米斯插嘴說：「你不

---

38 馬汀‧埃米斯（1949-），英國小說家，風格後現代，在當今英國文壇
　　具有相當崇高的地位。

認為，這件事之所以重大，就是因為牽涉到伊斯蘭教嗎？」[39]

「不，」布魯瑪冷靜地回答：「我認為這是偶發事件。」他表示，如果伊斯蘭原教旨主義者硬是要合理化流血暴力，那麼就算改用一種俗世的意識形態來解釋，也可以找理由講。

布魯瑪身上完全沒有埃米斯的名流氣。他沒有埃米斯那種不修邊幅的酷樣，視禮法為無物的機智，或語不驚人死不休的炫麗言論。然而，他的舞台魅力並不亞於埃米斯。他不必製造爭議，就能刺激大家討論敏感議題。他不靠個人風采來折服聽眾，而是用淵博的學識。布魯瑪（英裔荷蘭人）曾在2006年推出的《阿姆斯特丹謀殺案》（*Murder in Amsterdam*），批判反伊斯蘭教不遺餘力的阿雅恩·賀西阿里的教條式觀點。該書以極為精細而冷靜的文筆，論述了他的祖國荷蘭的多元文化主義之沒落。但矛盾的是，布魯瑪這時卻說起一些為阿雅恩·賀西阿里辯護的話。

布魯瑪一向不願採取極端立場的態度，未必為他帶來名氣，卻使他廣受尊敬。布魯瑪名列《外交政策》與《展望》雜誌於2008年所選的世界百大公共知識分子之中。他是多產的作家，針對亞洲與歐洲發表過多種歷史、報導和文化評論著

---

39 西奧·梵谷（1957-2004），荷蘭大畫家梵谷之弟的曾孫。西奧·梵谷，與索馬利亞裔的國會女議員阿雅恩·賀西阿里（Ayaan Hirsi Ali）合拍了一部叫做《屈從》（Submission, 2004）的影片，主旨在批判伊斯蘭教對女性的虐待，並指出《古蘭經》的內容成為性侵犯強姦婦女的「理據」。此片引發極大爭議。2004年11月2日，西奧·梵谷在阿姆斯特丹被信奉伊斯蘭教的穆罕默德·布耶里謀殺身亡。

作。他的新作《愛上中國的人》（*The China Lover, 2008*），是他第二部長篇小説。布魯瑪從不提出諸如「文明衝突」或「歷史回歸」之類的漂亮句子，而是仔細剖析各種問題内容的細微差異，雖説這樣往往吃力不討好。[40]

布魯瑪自認是個自由派，重視自由更甚平等，並相信財富應適度均分。依他之見，世上所有的民主體制中，美國在自由與平等的平衡做得最好。他的作家友人大衛・瑞夫（David Rieff）説：「值得注意的是，在這個左派和右派持狂熱態度互相對決的時期，布魯瑪不受任一方的狂熱所影響，他似乎都無動於衷。他不會被某種政治正確所控制，也不會因為伊斯蘭教或新保守主義分子的狂熱，而陷入恐慌。」[41]

布魯瑪現居於紐約市哈林區一棟俗氣的新建複合式公寓（這棟樓的設計，説不定是受到喀拉哈里沙漠的建築風格所影響）。布魯瑪雖然不會非常親切地主動與人閒話家常，但他無可挑剔地謙恭有禮、和顏悦色。他這間通風良好的高樓層公寓裡，有著混合了日式和現代風格的裝潢。

他一生中書寫過好幾個不同的文化。2008年，伊拉斯謨斯

---

40 「歷史回歸」是2008年美國共和黨總統候選人麥凱恩的外交顧問卡根（Robert Kagan）所提出，針對福山（Francis Fukuyama）在蘇聯解體後提出的「歷史終結」論（即西方自由民主體制勝利、冷戰意識形態之爭結束），認為二十一世紀將回歸大國角力時代，美國有必要保持強大國力，以民主軸心的角色，帶領其他民主國家面對專制國家的挑戰。

41 大衛・瑞夫。美國作家、政論家。其著作多以移民問題、國際衝突、人道主義等議題為焦點。他是知名評論家蘇珊・桑塔格的兒子。

獎（Erasmus Prize）頒發給他，以表彰他「對於歐洲文化的貢獻」，荷蘭評審委員會讚美他是個「新的世界主義者」。在布魯瑪看來，在《阿姆斯特丹謀殺案》一書遭荷蘭媒體攻擊之後，他獲得這座一年一度頒發的桂冠，感覺好像拿到一個無罪證明。

「荷蘭出現一種相當地方褊狹性的嫉妒，敵視我這個曾經離開荷蘭、又返回荷蘭的人。」他說：「他們產生一種感覺：『他或許自認在紐約是個大人物，但他算老幾，竟敢到這兒來告訴我們荷蘭是什麼樣子？』」《阿姆斯特丹謀殺案》主旨在揭露，荷蘭在戰後的多元文化主義、自由移民政策與慷慨的社會福利等等共識，怎麼會產出一種自滿與排斥的文化，導致荷蘭無力與新移入的穆斯林少數族群好好打交道。

2007年，布魯瑪在《紐約時報雜誌》（*The New York Times Magazine*）為拉瑪丹（Tariq Ramadan，溫和派穆斯林、歐洲伊斯蘭教的辯護者）寫了一篇友好的人物小傳。伯爾曼（Paul Berman）在《新共和》雜誌回敬了一篇二萬八千字的文章加以駁斥。他抨擊，布魯瑪掩飾了拉瑪丹曾經支持對婦女施虐與提倡反猶太主義的過去，而不理會從前曾是穆斯林、但現今改為啟蒙自由價值而奮鬥的阿雅恩・賀西阿里。[42]

---

42 拉瑪丹（1962-）。父親是埃及穆斯林兄弟會的重要人物，遭埃及總統納瑟爾驅逐，遷居瑞士。拉瑪丹出生於瑞士，為瑞士籍。現為牛津大學東方研究學院的當代伊斯蘭研究領域的教授。他提倡對伊斯蘭典籍進行再詮釋，重視西方世界的穆斯林的多元性質。2009年起，他被埃及、沙烏地阿拉伯、利比亞、敘利亞等國家列為不受歡迎人物，因為他批評這些不民主的政權排斥最基本的人權。

　　針對自己被稱為伊斯蘭教激進派的辯護人，布魯瑪以其一貫的沉著回應道：「說那種話的人，是從敵友的角度在看這場辯論，他們不願挑戰賀西阿里。如果拉瑪丹是敵人，那麼替他說好話的任何人，都成了啓蒙價值的叛徒。我那篇文章力圖要解釋的是，為何穆斯林婦女不支持為她們爭取權益的賀西阿里？為何支持她的，大多數是白種、中産知識階層的荷蘭人？往往，改變信仰的人都會變得格外熱心於宣揚新信仰之好、指摘舊信仰之惡，她也是一樣。」

　　其實，布魯瑪的政治主張無疑與賀西阿里較為接近。「我沒有信任何教，我沒有拉瑪丹那種過時的、第三世界的左翼思想。可是，如果你在歐洲要找一個對於受過高等教育的穆斯林融入民主社會有正面影響力的人，那麼，拉瑪丹是比較有希望的，單純因為他是個信徒，而她（指賀西阿里）則是無神論者。」

　　1951年出生於海牙的布魯瑪，成長於一個雙語家庭，家人把英國人視為救星。布魯瑪的母親生於英國，她父母是德國猶太移民，猶太大屠殺使他們失去了許多親人。布魯瑪的父親是個律師，祖父為荷蘭門諾教派牧師。他的父親在戰爭期間被迫到一間德國工廠工作。

　　每逢暑假，布魯瑪就到英國與外公外婆一起過，對他來說英國像一首田園詩。他在1999年推出的《伏爾泰的椰子：歐洲的英國文化熱》（*Voltaire's Coconuts: or Anglomania in Europe*）中追憶：「外公外婆到荷蘭看我們，感覺上好像從更為廣闊而迷人的世界來了二位信使。」

　　布魯瑪的母親要他穿上及膝長襪、法蘭絨短褲，把他打扮

得像個英國男童，使他在班上同學間顯得很突出。男童時期的
布魯瑪會模仿母親優美的手書，藉之使自己跟英國的優雅教養
做連結。

　　一次，布魯瑪因畫了納綷卐字，遭校長嚴厲訓斥。「每個
老一輩的人似乎還一直在抗戰。」布魯瑪在《罪惡的代價》
（*The Wages of Guilt*, 1994）寫道。該書比較了德國人和日本人
各自對軍事侵略的記憶，指出德國人勇於面對他們戰時的暴
行，而日本人則一直拒絕面對。

　　納粹屠殺猶太人的實情一直要到一九六〇年代後期才正確
地為公眾所知。布魯瑪說，他是在穆利希（Harry Mulisch）於
1963年出版的艾克曼（Adolf Eichmann）審判調查報告，才第
一次讀到這件事。所以，雖然小時候他和朋友們知道學校裏有
一位歷史老師於戰爭時站在錯誤的一方，但「我們那時候並不
因此感到很困擾，因為他是個好相處、很親切的人」。[43]

　　布魯瑪在家裡說二種語言。在文化同質性極高的海牙，雙
語能力使他在同儕間特別突出。（在他回憶中，海牙的居民沉
默寡言、不吐露心事、姿態高傲、動輒對人輕慢，他「迫不及
待想離開」那地方。）1968年阿姆斯特丹的學運風潮雖然感覺
跟他很遙遠，但無論如何，布魯瑪「前所未有地對示威抗爭或
搞學運強烈感興趣」。

---

43 艾克曼（Adolf Eichmann，1906-1962），納粹黨人，是猶太人大屠殺
　　計劃的主要規劃與管拒執行者，有猶太大屠殺的建築師之稱。戰後成
　　功以假身分逃往阿根廷隱姓埋名，但在1960年被抓到以色列受審，於
　　1962年絞死。

　　布魯瑪二十歲時，母親死於癌症。他在母喪不久後離開荷蘭、前往倫敦。他說：「能過一個屬於我自己的生活的興奮感，幫助我輕易克服了喪母之慟，也許是太過輕易了。」但照顧二個妹妹的父親就深陷於哀痛之中，「他再也找不到一個像我媽那樣的人了」。

　　布魯瑪曾在荷蘭的萊頓大學修習中文，但他既非毛澤東信徒，亦非如他的同學有志成為漢學家。他沒興趣參與國家舉辦的前往毛中國的參訪團，也沒什麼興趣詳細檢閱中共的圖文資料，看看有無任何中共政權被顛覆的蛛絲馬跡。誠如他在2001出版的討論中國異議分子社群的《壞分子》（*Bad Elements*）中所寫的：「以前的我，完全沒興趣做中國研究。」

　　但布魯瑪卻迷上了日本的電影和戲劇。有志成為電影導演的他，於1975年靠著一筆獎學金赴東京學電影，並在那裡結識了喜好日本文化的知名人士唐諾・李奇（Donald Richie），李奇遂成為他重要的導師。今已八十五歲的李奇說：「某方面來說，他是個天真無邪的人，事情的正、反兩方他都願意考慮。他仍保有他的清新，這在紐約的知識分子圈是很罕見的。他絕對樂於聆聽新的想法。」當年，李奇替他找了一份為英文的《日本時報》（*The Japan Times*）寫影評的工作。李奇還使用布魯瑪拍攝的一些照片，配上文字敘述，於1980年聯名出版了《日本刺青》（*The Japanese Tattoo*）一書。

　　有志於電影的布魯瑪，很受他在當電影導演的舅舅史勒辛格（John Schlesinger）所鼓勵。〔史氏的代表作為《午夜牛郎》（*Midnight Cowboy*, 1969）〕由於史氏是男同性戀，自己沒有孩子，因此他們格外親近。但兩人的關係裏有著某種緊

張：「他總是説，他的作品是直覺性的，不是從觀念生出的。當他跟被他稱為知識分子的人相處時，都非常不自在、不舒服。他一向把我視為那種把事情理性化、觀念化的知識分子。我想，我一直都蠻想要變得更像他一點。」

雖然布魯瑪拍過幾支紀錄片，他終於體會到自己欠缺拍電影的耐性，遂一心投入報導寫作。他的第一本書《面具下的日本人》（*Behind the Mask*）〔又名《鏡像下的日本人》（*A Japanese Mirror*）〕出版於1983年，探索了日本下層社會的異性扮裝癖、賣春術、「高貴流氓」（yakuza）等等。後來他到香港擔任了四年的《遠東經濟評論》（*The Far Eastern Economic Review*）文化版編輯，然後於1990年返回倫敦，接下《旁觀者》（*The Spectator*）週刊的國際新聞版編輯工作。

布魯瑪素來欣賞《旁觀者》對左派理想主義的挖苦調調，但進去後覺得公司午餐難吃，而且公司對於有錢的特權階級與保守人士特別敬重，令他覺得作嘔。1991年，一名自殺炸彈客刺死印度前總理拉吉夫・甘地（Rajiv Ghandi），副主編説，如果找以諾・鮑威爾（Enoch Powell）來寫相關的評論分析，會比布魯瑪建議的幾位印度記者來得好，這時，布魯瑪心知他該辭職了。[44]

2002年布魯瑪為《衛報》每週寫一篇專欄文章，他那種中間政治立場也造成類似的緊張，因為《衛報》讀者群通常本能地反對以色列和美國。布魯瑪深具信心地把以色列描述為民主

---

44 以諾・鮑威爾（1912-1998），英國政治人物，極富爭議性，強調英國民族主義與國家認同、反對大英國協的人移民英國。

政體，當他的友人東尼・賈德（Tony Judt）提議以、巴共組雙民族的單一國家來解決以、巴衝突，布魯瑪還說這辦法是瘋狂的。不過，身兼以色列政策評論家的布魯瑪，卻被小說家奧齊克（Cynthia Ozick）譴責是個「道德卑下的懦夫……跟在『騎牆派』的旗幟後面。」[45]

在布魯瑪與以色列哲學家馬格力特（Avishai Margalit）合著的《西方主義》（*Occidentalism*, 2004）中，布魯瑪企圖展現薩依德（Edward Said）在《東方主義》（*Orientalism*, 1978）的論點之反面。在布魯瑪看來，「如果有一個西方對東方的觀點是『去人化的』（dehumanising），那麼同樣也會有一個『去人化的』東方對西方的觀點。薩依德得出一個洞見，然後企圖套在所有其它東西上頭，以證明他的看法為真。這對阿拉伯世界的學術界與知識界有非常壞的影響。」

布魯瑪的新作《愛上中國的人》是以日本影星李香蘭的一生為基礎所寫成，故事橫跨東、西方。李香蘭在一九三〇年代後期展開演藝生涯，在日本的宣傳電影中飾演中國少女，這些片子的目的在於激發人們對日本佔領滿州之事的共鳴。在美軍佔領日本期間，她改以山口淑子的名字，演出一些為美國宣傳的電影。後來她又變身好萊塢演員，取名為雪莉・山口（Shirley Yamaguchi）。

山口一而再、再而三地變身。後來她在日本出任參議員，以中間偏右的政治立場從政十八年。她也曾在電視台主持談話節目，不時發表支持阿敏（Idi Amin）、金日成、阿拉法

45 奧齊克（1928-），猶太裔美國小說家、評論家。

特等人物的言論。「她覺得大戰期間自己站錯了邊，所以戰後她必須站在弱勢者那方，這意味著同情第三世界的領袖們。」布魯瑪說。

既然光是李香蘭的事蹟就已如此奇特，為何還要把她的一生寫成虛構性的小說？布魯瑪原本考慮寫一本非文學性的書，但最後他判斷自己想要說的，不只是山口的故事：「更使我感興趣的是，人們如何想像她？那些想像又是如何與各種政治與歷史想像混雜在一起？」因此，他為這本小說創造三段式結構，每一段各有一男性敘事者從不同的歷史背景中觀察山口這名演員，分別是：日據時期的滿州、戰後的東京以及一九七〇年代的貝魯特。

布魯瑪於1987年為《訪談》（*Interview*）雜誌訪問山口，因而第一次見到她本人。但她的答話，都是修飾過的漂亮說詞，都在意料之中，沒什麼令人印象深刻的東西。之後他們又見過二次面，但他說：「就算從沒跟她見過面，他也可以寫出一模一樣的書。」2001年，就在紐約恐怖攻擊事件後二天，他們最後一次通電話，山口冒出這樣一句話：「是的，這個奇怪的世界還是老樣子。」

三年前，布魯瑪離開倫敦、前往紐約，希望轉變自己。因為他與日本籍妻子壽美惠的婚姻破裂了（二人育有一女，伊莎貝爾，現年二十三歲）。再者，位在紐約州北部的巴德學院（Bard College）聘他為兼任教授（職稱是民主、人權暨新聞學教授，可謂包羅萬象），所以他便順勢遷居紐約。

2007年，他娶了另一個日本女子，小他二十歲的堀田惠里。一次，他到牛津大學發表演講後，認識了惠里，她是牛津

大學的博士生，專研國際關係。二人生下一女，約瑟芬，今年二歲，她在家多半說日本語。

布魯瑪在1996年出版的文集《傳教士與淫蕩者》（*The Missionary and the Libertine*）中指出，西方人在傳統上懷著一種刻板印象來看待東方人，以為東方人是性解放的。布魯瑪在書中也寫到自己第一次愛上日本女孩，是在二十一歲觀看楚浮1970年的電影《床笫風雲》（*Bed and Board*）時，愛上了片中由寬子‧貝豪兒（Hiroko Berghauer）飾演的女主角。

我問，日本女性為何吸引他？布魯瑪含蓄地微笑，說他總是在尋找不同：「倒不是因為日本女性的什麼特質。」惠里有什麼至今對他仍是謎團的東西呢？「沒有，即使我初次到日本時，我也不覺得日本有多神秘。我很迷日本，它很不同，但並非深不可測。」

考慮到布魯瑪與《紐約書評》雜誌的關係（*他定期為之撰稿，已逾二十年*），他會遷居紐約，似乎也很合情合理。《紐約書評》的傳奇性創刊人之一西爾佛斯（Robert Silvers），現年八十歲，已擔任主編達四十五年，有傳言說他很可能指任布魯瑪當接班人。布魯瑪是否願意接受這職務？

「我尚未接到這份工作的邀約，所以無法回答這問題。」他斷然答道：「我跟鮑伯（Bob）從來沒談過這件事。」[46]

西爾佛斯非常看好布魯瑪擔任主編的前景：「如果我身體不行、必須辭掉這工作，我想，伊恩會是個很了不起的主

---

46 Bob是Robert的暱稱。

編，如果他想當的話。不過我不認為他會接手。以他這麼傑出的作家，為何會想花時間編輯別人的文章呢？但，他是個極為善解人意、令人喜歡的人，許多作家都會與他合作愉快的。」

西爾佛斯又說，布魯瑪的興趣之廣，罕有人能相比，「他處理許多不同的文化，都很有把握。正當你以為他是個日本通，他卻寫起關於印度的小說，或寫起現代英國史，或寫起在歐洲的伊斯蘭教。伊恩到哪裡都像回到了家。他去亞洲也一樣自在，我認識的人裡去過亞洲的，就屬他最把那兒當成家。」

在《上帝之塵：現代亞洲之旅》（*God's Dust: a Modern Asian Journey*, 1988），布魯瑪寫下他想像中的國家歸屬的概念：「我一直很想知道，完全不覺得拘束而且自自然然地把一個國家當成自己家是什麼滋味。」但2001年他在一場萊頓大學的演講中，批判某些旅居國外的荷籍作家把他們自己浪漫化為放逐。布魯瑪不受那種風氣所染。「有時我會感到有一點錯亂，但不是很強烈。」布魯瑪斜瞄著旁邊說：「我仍然不時返回荷蘭和英國。我仍然說荷蘭語。所以我從來沒有破釜沉舟、自斷退路。我不是那種移居外國、然後拒斥自己出身世界的人。」

（2008 年11月）

諾姆‧喬姆斯基
Noam Chomsky

　　諾姆‧喬姆斯基（Noam Chomsky）回頭看了看掛在辦公室牆上的羅素（Bertrand Russell）黑白肖像，他感覺羅素正在評判他。「看他的眼神，」喬氏說：「好像我做錯了什麼事。」我問，為何羅素的幽靈要譴責他？喬氏表示：「我敢說他一定能想到什麼可批評的。」這位高齡八十的語言學家與左派政治運動者，是個從來沒承認犯過錯的人。

　　根據「藝術人文類期刊引文索引」（A & HCI）的統計，喬氏是歷史上文章最常被引用的十大思想家之一，排名在黑格爾之前、佛洛伊德之後，而且他是「十大」殿堂內唯一仍在世者。他還曾被《展望》與《外交政策》雜誌選為世界最佳的公共知識分子。

　　此外，他也是「尚在人世就被宣告死亡」的卓越名人團體的一員（包括教宗若望‧保祿二世、賈西亞‧馬奎斯、馬克‧吐溫，都在此列）。2006年，委內瑞拉總統查維茲

（Hugo Chávez）在聯合國大會的演說中褒揚喬氏2003年的著作《要霸權還是要生存：美國對全球統治之追求》（*Hegemony or Survival: America's Quest for Global Dominance*），並表示無緣在喬氏生前與之面晤，甚感遺憾。〔或許查維茲當時心裏想到的是那隻被用於動物溝通研究的已故的黑猩猩寧姆·猩姆斯基（Nim Chimpsky）。〕查維茲演說後，《要霸權還是要生存》一書隨即登上亞馬遜書店的暢銷榜第一名。[47]

自認是「自由派社會主義者」的喬氏，是個非典型的大學校園政治運動旗手。在我面前，這位腳穿運動鞋、身穿蓬鬆的灰色套頭毛衣、戴著一副大號眼鏡、輕微駝背、神態祥和的教授，絲毫沒有切·格瓦拉的英雄魅力。我來到他在麻省理工學院的這間極為樸素的研究室，與他對坐於圓桌，他那輕柔而略微沙啞的嗓音，幾乎傳不過桌子。研究室外擺了一箱箱過期的左派刊物，上頭貼著紙條，以潦草的字跡寫著：「贈閱」。

每當喬氏授課，吸引學生們擠滿大講堂的，並非振奮人心的漂亮修辭。「我不是演員。」他沉吟一下，又說：「如果我有演戲的天分，我也不會動用它。」喬氏風格（如果可以稱之為一種風格的話），是以冷靜、理性、不懈的態度，呈現一波

---

47 寧姆·猩姆斯基（Nim Chimpsky, 1973-2000）。1973年，美國心理學家泰瑞斯（Herbert S. Terrace）開啟一個名為寧姆計畫的實驗，目標在於教導黑猩猩美式手語，以駁斥語言學家諾姆·喬姆斯基所主張的「語言是人類獨有特質」的說法。泰瑞斯從靈長類研究協會得到一隻黑猩猩，取名為Nim Chimpsky（黑猩猩的英文是chimpanzee），以此諷刺Chomsky。

波綿密的歷史統計數據與實例，闡明事實，從而控訴美國霸權。儘管他十分謙遜，對著大批的崇拜者演講，想必使他獲得一種快感吧？「比起『你在他人眼中是如何如何』，還有許多事情是更重要的。」喬氏耐心地答道。

喬氏針對美國對外政策的批判，所獲迴響之熱烈，全世界無人能出其右。但美國的媒體幾乎完全忽略他。「在美國，我大概被視為一種威脅吧。」他推測道。喬氏拿出一幅裱了框的自由派雜誌《美國前景》（*American Prospect*）2005年3月號的封面。那張封面繪出喬氏與錢尼（Dick Cheney）近距離斜著眼互瞪的畫面，二人中間則夾著一群嚇得發抖的自由派人士的姓名。「這幅圖有趣地暗示了他們以『嚇壞了的小懦夫』作為自我形象。」

有些語言學家說，喬氏之於語言學的重要性，正如愛因斯坦之於物理學。

喬氏革命以前的年代，有時被記為「喬氏紀元前」（BC，亦即Before Chomsky）。1957年，未滿三十歲的喬氏出版了他第一本書《句法結構》（*Syntactic Structures*），一反「結構主義者」的正統說法，喬氏主張人類的造句能力是與生俱來的，而非純粹經由學習獲得的行為。喬氏推定所有人類都共有一種「普遍語法」（universal grammar），是故，語言學家的任務不僅在於描述各種不同語言的文法，更在於描述那些天生的語法原則。

喬氏生長於大蕭條年代的費城，早年就對語言和政治有深入思考。他的父親威廉・喬姆斯基（來自烏克蘭的移民），是一位希伯來文學者與中世紀文法專家。母親艾爾喜在幼兒時期

就從白俄羅斯移民來美，是個猶太小學教師。他家是人口眾多的大家庭，家裡有許多人失業，但喬氏對於這段大戰前歲月的記憶倒是頗為愉快：「雖說走到哪裡，都會看見人們在受苦。但在智識上與政治上，那也是個非常活潑的時代。」

　　每逢週末，他就坐車到紐約市，幫忙他的托洛斯基派的身障姨丈經營書報攤。不少人在攤子旁對時事進行熱烈的討論，喬氏便加以吸收。他常泡一些無政府主義者開的書店，閱讀一些小型政治刊物，與歐洲來的難民聊天。1939年巴塞隆納失守後，年僅十歲的喬氏便投書學校報紙，談論歐洲法西斯主義的高漲。

　　二十一歲時，他與家族友人卡蘿‧沙茲（Carol Schatz）結婚。喬氏夫婦前往以色列一座合作農場住了好幾個月，甚至考慮永久遷居於此。打造一個無政府主義烏托邦的願景十分誘人，但他後來感到意識形態的激情令人窒息，而且以色列對阿拉伯人和東方猶太人（Mizrahi）的種族歧視令他沮喪。[48]

　　一九六〇年代中期，喬氏的學術聲望奠定已久。然而，時值美國開始轟炸北越，他感到，比起思考語言句法，有更迫切而優先的事該做，遂全心投入政治運動。他曾參加1967年一場「向五角大廈示威」的反戰遊行，遭到逮捕，並與諾曼‧梅勒

48 猶太人可粗分為二大支。一是德系猶太人（Ashkenazim），分佈於東、西歐；一是東方猶太人（Mizrahi），分布於伊比利半島、北非、中東。德系猶太人對東方猶太人有優越感。東方猶太人佔以色列人口一半以上，但以國政府幾乎全數由德系猶太人組成。美國境內的猶太裔美國人也幾乎全是德系猶太人。

（Norman Mailer）被囚於同一間拘留室。梅勒在《黑夜進軍》（*The Armies of the Night*, 1968）形容他的難友「身材細瘦、五官鮮明，神情有如苦行者，散發著一股和善、但道德上絕對完美的氣質」。卡蘿回到學校撰寫她的語言學博士論文，這樣一來，假如喬氏身陷囹圄或失去工作（這個可能性不小，因為當時麻省理工學院大部分預算來自國防部），她才能維持家計。[49]

　　喬氏夫婦的長女艾維法，現為專研拉丁美洲的學者，亦長期投入政治運動。兒子哈利是個小提琴手和電腦程式設計師。么女黛安自二十幾歲起，就與一個桑定民族解放陣線的政治運動者在尼加拉瓜同居至今。她過著貧窮的生活，並刻意戒絕布爾喬亞式的舒適享受。那麼，喬氏是否對自己舒適的生活方式感到內疚？他說：「就世界標準而言，我們美國人的生活明顯享有特殊待遇。但，如果我們放棄此種生活，並不能幫助誰。」我暗示道，他這番話聽起來像在控告黛安的生活方式。他苦著臉說：「如果她家有自來水，而不是依靠晚上幾小時的水渠流水，我會比較高興。但，那畢竟是她的選擇。」

　　喬氏的第一本政論著作《美國強權與新官僚》（*American Power and the New Mandarins*）出版於1969年，是他討論越南的文章合集。書中若干論點，形成日後他批判美國對外軍事干預的基石：美國政府打著人道主義修辭，不過是為其帝國主義野心作掩飾。而自由派知識分子則為美國諸項暴行，提供合法化的

49 諾曼・梅勒（1923-2007），美國小說家、報導文學家。得過普立茲獎和美國國家書卷獎的《黑夜進軍》是他的代表作。

遮羞布。

1975年，柬埔寨政權落入赤柬（Khmer Rouge）之手。喬氏對美國對外政策之痛恨，導致他寫出同情波布（Pol Pot）的文章。1978年，喬氏與赫曼（Edward Herman）推出合著的《大變亂之後》（*After the Cataclysm*），書中，柬埔寨共產黨人致命的社會改造工程，被他們合理化為一種「為了治療美國軍事攻擊所造成的經濟大破壞」的情有可原的補救藥方。[50]

時至今日，喬氏比較圓滑了。他堅持說，他那些討論赤柬政權的著作，須置於特定的脈絡來理解：亦即，必須把西方媒體上針對西方國家及其代理國家所犯的罪行的處理，與針對那些敵國所犯的罪行的處理，對照來看。「我們把赤柬的暴行與印尼在東帝汶的暴行對照來看。在柬埔寨，那些暴行是官方軍隊所為，我們對此是無能為力的。對此，西方媒體強烈疾呼、義憤填膺、還過分聳動地渲染，這些媒體宣傳恐怕連史達林都會自嘆不如。」

1975年，印尼的蘇哈托總統（美國的盟友）入侵東帝汶，屠殺逾十萬人民。在喬氏看來，「這是我們美國人的罪過，我們有能力對這件事有所作為，但西方媒體則沉默、並拒絕承認有此血腥事件。如今，事實俱在，如果你選擇否認，也是一種選擇。就像選擇否認猶太大屠殺。」依此邏輯，大衛·厄文

---

50 波布（Pol Pot, 原名沙洛沙），赤柬「首腦人物」，1963年2月起出任總書記直至1998年逝世。於1975年至1979年間，因赤柬政權的迫害，有超過二百萬人死亡，佔柬國人口五分之一，是二十世紀最血腥暴力的人為大災難之一。

（David Irving）就不會與美國的自由派政論界扞格不入了。
「現在興起了一種文類——薩曼莎・鮑爾（Samantha Power）
是帶頭人物——在這種文類中，我們美國人自我譴責，因為我
們對他人的罪行沒能做出反應。但實際上，美國人要嘛完全忽
視，要嘛斷然否認自身有罪過。」[51]

　　薩曼莎・鮑爾於2003年推出《來自地獄的難題：美國與大
屠殺年代》（*A Problem From Hell: America and the Age of
Genocide*），嚴厲斥責美國把頭轉開、刻意不看蘇哈托的大屠殺
行動。喬氏則說：「我們沒有把頭轉開不看，我們是眼睜睜地
看著它發生。」他稱鮑爾「是那種受過自由派高等教育的知識
分子，顯然把歐威爾（Orwell）的名言『國族主義者往往漠視
現實』奉為圭臬。」但，在批評喬氏的人眼中，鮮少有學者專
家對現實的掌握比喬氏更靠不住了。[52]

　　喬氏呼籲以色列轉變為一個猶太人與巴勒斯坦人的雙民族
國家（bi-national state），因而成為許多猶太人的眼中釘。批
判喬氏者認為，如果把以色列變成一個阿拉伯人佔絕對多數的

---

51 大衛・厄文（1938-），英國作家，擅長二次大戰軍事史。他同情希特
　　勒的第三帝國及其反猶主義，否認有猶太大屠殺。曾於訪問奧地利期
　　間，因公開讚揚德國納粹黨而遭判罪入獄。

52 薩曼莎・鮑爾（1970-），曾任戰地記者，採訪南斯拉夫內戰，後
　　以《來自地獄的難題》一書獲普立茲獎。現為美國總統歐巴馬的特
　　別顧問與國家安全委員會成員。喬治・歐威爾，英國小說家，曾在
　　〈國族主義的若干特點〉一文中歸納國族主義有三大特點，分別是執
　　迷（obsession）、不穩定性（instability）、漠視現實（indifference to
　　reality）。

國家，那麼，對於將會變成少數族群的猶太人來說，這形同自殺之舉。但喬氏只是簡單地說：「我認為他們對我的敵意會漸趨衰減。」他沉思一下，又表示，世界上許多區域已朝聯邦體制邁進，以色列應當效法。「世事是複雜而形形色色的。若能使各種文化和語言體系更加豐富，我們所有人都會受益。」

向以色列政府提出批評的猶太人，往往被貼上「憎恨自己猶太身分的猶太人」（self-hater）的標籤，被貼標籤者大多氣憤不已，但喬氏卻以此為榮。「史上最先使用這個詞彙的是以色列王亞哈（King Ahab），此人在《聖經》裡是邪惡的化身。他譴責先知以利亞（Elijah）是仇視以色列的人。為什麼？因為以利亞批判這位邪惡國王的惡行。把我拿來跟先知以利亞相比，我肯定不會有受辱的感覺。」

即使是包容喬氏針對以色列所持的種種極端看法的人，通常也因他與新納粹分子有掛勾之嫌而感到困擾。1979年，喬氏曾連署一份請願書，目的是要捍衛法國文學教授傅里松（Robert Faurisson）的言論自由權（傅里松因發表否認猶太大屠殺的言論，遭其任教的學校停職）。請願書中描述，傅里松的言論乃是這位「受敬重的」學者的「研究成果」。

喬氏另外還寫了一篇文章給傅里松的出版社，文中形容傅里松是「一個相對來說非政治性的自由派」，喬氏並囑咐他們，可盡量利用這篇文章來進行請願。喬氏對我說：「當時，我一一檢視了所有證據，然後我說：『好吧，如果那些批評傅里松最厲害的人，所提出的證據裏最有力的不過如此，那麼傅里松大概算是一個相對來說非政治性的自由派吧。』」

然而，當喬氏獲悉傅里松要挪用那篇文章作為其著作

《我的答辯》（*Mémoire en Défense*, 1980）的序文，喬氏卻想縮手，但書本已經送印了。「我試著撤回它，我覺得那篇文章被挪用為序文，是一個錯誤。」他說：「我知道，法國的高級知識分子圈有一股極不理性的歇斯底里，以及對言論自由的絕對痛恨，如果它被放在傅里松的著作裡，會被大大地錯誤詮釋。」[53]

　　對喬氏而言，媒體是國家用於控制思想的精巧機制：「西方的知識分子社群總是致力於支持國家力量。」難道媒體的消費大眾和記者都只是沒有獨立思考能力的盲從者？「我說的是大致的傾向，」他擋開我的詰問，說：「事實上，也有一些非常不錯的人與優秀的記者。」

　　在這個執迷於民意調查的時代，可以說政治人物對於民意的一時波動往往關注太多，而非太少。但喬氏不認為民調對政治人物有多大影響力，並補上一句：「維繫領導權的方式之一，就是不公布民調結果。那樣幹已經成為基本守則了。」

　　難道，2008年七千億美元紓困方案遭到全國各地抗議之後數度修改，不正是人民民主的作用？「那作用只是表面上的。美國政治體制已十分敗壞，公眾能做的，就只是大叫『不行！』假如我們擁有一個健全、運轉正常的民主體制，公眾不只會大叫『不行！』他們還會提案，並堅持要民意代表通

---

53 傅里松（1929- ），法國文學學者，1973年起任教於里昂大學，因公開否認猶太大屠殺而知名，相關爭議與官司不斷，後於1991年遭撤職。喬姆斯基曾表示，他那篇為了傅里松而寫的文章，只是單純捍衛一般的言論自由權，絕不是支持傅里松的言論內容。

過立法。」在喬氏心目中，美國是四年一任的獨裁體制：
「美國政體的運作方式是，每四年你能在二位候選人之間做個
選擇（而且雙方的主張你都反對），然後，你就得『閉
嘴！』」

不消說，歐巴馬的主張就不是人人都反對，但喬氏自有其
一套看法。「歐巴馬是個危險人物，」他斷然說道：「他是中
間偏右的民主黨人，堅持美國在必要時，可以不受國際法約
束，並且訴諸武力。」喬氏如此堅持不懈地提出憤世嫉俗的看
法，能帶來什麼希望呢？很多希望，喬氏自豪地說。事實
上，他認為這世界正在改進。「如果你檢視歷史，你就會看到
這世界明確而顯著地變得更為文明。過去四十年便是如
此。」他認為，只要我們能克服美國民主制度中人為的蓄意失
能，我們便可樂觀看待公共輿論。

九一一事件後，喬氏重獲左翼激進派的歡迎。他抗議美國
出兵阿富汗，稱之為「無聲的大屠殺」，但他的聲音在政論界
簡直孤掌難鳴。他的訪談錄小冊子《9-11》（*September 11,
2001*），大賣成千上萬冊。然而從前曾經支持喬氏的專欄作家
希欽斯（Christopher Hitchens），卻指責喬氏「喪失了在越戰
年間使他成為偉大的道德和政治導師的優質內容」。喬氏在該
書中認為，柯林頓總統於1998年下令轟炸蘇丹的昔法
（Al-Shifa）製藥工廠的行動，堪與九一一事件的暴行相比。
這一點困擾了許多人，也困擾了希欽斯。

美國的情資以為蓋達組織使用昔法工廠來製造化學武
器，但結果證明搞錯。一名工廠警衛因柯林頓下令的轟炸行動
被直接殺死。但，由於工廠無法再生產，極可能有成千上萬的

蘇丹人因缺藥而死亡。我問，柯林頓的轟炸雖然糟糕，但如何能與蓋達組織駕駛客機撞進世貿大樓、蓄意殺害數千人相提並論？喬氏糾正我：柯林頓的攻擊行動在道德上更卑劣。他談起了螞蟻。他說，當我們出門散步時，明知必會壓死一些螞蟻，但我們無意殺害牠們，因為牠們不值得以道德來考慮。蘇丹人亦是如此：「我們明知我們將害死許多蘇丹人，但我們無意殺死他們，因為他們甚至不被當作值得道德判斷的個體來考慮。好，哪一種的道德層次更低？」

這場訪談後不久，卡蘿・喬姆斯基於2008年12月過世，享年七十八歲。訪談間，一談到妻子的末期肺癌，喬氏的聲音頓時低了八度：「我倆人生中大多的歲月都在一起過，而現在她癌末病危了。」幾年前，喬氏動過癌症手術，成功活下來，現在相當硬朗。他對自身的死亡無所畏懼。「小時候，我以為死亡是無法形容的恐怖事物。隨著年歲增長，那種想法已經消失了。我現在覺得，我已經比一些宗教經典上所說的壽限，還多活十年了。」

訪談時間到了。他的助理打開辦公室的門，打斷我們的約會。喬氏今天非常忙碌，他還要為小學母校拍幾張照片。即將滿八十的他，把那所學校的紀念鴨舌帽戴上，在攝影機前亮出他牙齒間隙頗大的笑容。一時之間，毫無驕氣、毫無英雄魅力的喬姆斯基教授，就這樣自在地站在鏡頭前。

（2008年11月）

安伯托・艾可
Umberto Eco

安伯托・艾可（Umberto Eco）年事愈高，智慧也隨之益增，沒有比他討論「愚蠢」更可以顯現這一點了。來到艾可於紐約下榻的飯店裏的音樂酒吧，昏暗的燈光下，坐在矮沙發、橢圓身形的他上身向前一傾，對我表示，面對人終須一死的最好方式，就是覺悟到你其實不會錯過什麼。這位現年七十七歲，甫從波隆納大學退休的記號語言學教授，心中絕不對一般大眾懷抱錯誤的期待。當其他作家的作品令他不悅，他只是達觀地嘆口氣說：「如果他夠聰明，就會當上波隆納大學的記號語言學教授了。」

艾可累計獲頒三十四個榮譽博士學位（被他拒絕過的榮譽學位，也差不多這個數目），他的淵博學識，可謂稀世奇珍。他可以大談超人，內容之巧妙，絲毫不遜於他談論莎士比亞，如此機敏的智識，惹得安東尼・伯吉斯（Anthony Burgess）嫉妒地說：「哪有人知道那麼多！」早在一九六〇

年代，艾可就是研究大眾文化的先驅。當時，以大眾文化作為
學術研究對象還沒蔚為風尚，「許多學界人士在夜間偷看偵探
小説和漫畫，但從不聲張、從不談論，因為讀那些東西被視為
自慰。」[54]

出版界一般認為，深奧難懂的觀念是無法產生利潤的，但
艾可公然挑戰這種看法。他在1980年推出小説處女作《玫瑰的
名字》（*The Name of the Rose*），後來大賣五千萬冊。表面上，
該書是一個以十四世紀一座修道院為背景的偵探故事，然而書
中到處可見神秘古奧、未經翻譯的拉丁文段落，還用了宗教神
祕學的語彙在故事中穿插了一段愛情。「讀者可不像出版商以
為的那麼笨呢。」艾可神情歡快地説，似乎忘了他剛剛對一般
大眾的看法。

艾可之於出版界的影響力，近似「亞曼尼」之於義大利時
裝界。他的新作《談醜》（*On Ugliness*, 2007）（台版譯《醜的
歷史》），帶領讀者遊歷西方藝術史上的不悦目畫面。該書彙
集了許多圖像，並附上評論。雖然這些評論對於專業藝評家來
説嫌太薄弱，但光是《談醜》這個炫目的書名，保證能在世界
書冊之林占有一席之地。近來艾可出版了他在報章雜誌上雜文
的選集《倒退的年代》（*Turning Back the Clock*, 2007）；其實該
書取名為《談愚蠢》反倒省事，因為書裡談論到這個大眾媒體
時代裡公眾生活的墮落。

艾可的相貌慧黠而不醜。他穿著西裝、下巴蓄鬍，挺著一

---

54 安東尼・伯吉斯（1917-1993）英國著名小説家、劇作家、評論家。代
　　表作有《塵世權力》、《發條橘子》等。

個他自認可媲美已故的帕華洛蒂的大肚子。他已經戒菸，但從前每天抽六十根菸的習慣，還是在他粗啞的嗓音留下了痕跡。這場訪談從頭到尾，他都含著一根未點燃的香菸。

他的姓氏「艾可」（Eco），在義大利文是「回響」之意。對於身為「記號語言學」代表人物的他，這個姓氏極為適合。因為今天歐洲學術界對於這門探討語言之限度的學問之所以產生迷戀，與艾可的提倡有極大關係。「記號語言學在探討溝通的問題、意涵的問題，這門學問是一個聯合體，有數種研究方法在彼此競爭。」艾可教授解釋說：「但只有一種方法是好的，那就是我的。你出去可別跟別人講喔。」

他的記號語言學同行，例如羅蘭・巴特（Roland Barthes）、克瑞斯堤娃（Julia Kristeva）、拉岡（Jacques Lacan），堅持走菁英路線，作品往往艱澀難解，有鑑於此，艾可賦予這門學問一種平易近人的面目。他在報紙上撰寫用語通俗的新聞評析，他所寫的論文著作（主題從中世紀美學、到大眾媒體，包羅萬象）也不使用太專業的術語。

許多論者為艾可的小說貼上「後現代」的標籤，這一點他是接受的。其小說的情節，經常圍繞著語言的歧義性，並向各時代諸多的作家、哲學家、神學家致敬。「後現代是一種敘述形式，想當然耳地認為一切都已被人說過。假如我愛一個女孩，我不能說：『我不顧一切地愛著你。』因為我知道，芭芭拉・卡特蘭（Barbara Cartland）已經說過這句話。但我可以

說：『借用卡特蘭的句子，「我不顧一切地愛著你。」』」[55]

艾可在1997年出版哲學著作《康德與鴨嘴獸》（*Kant and Platypus*），談到十八世紀時有多位科學家爭辯，究竟該把這種長有鴨子嘴和海狸尾巴的生物，歸於哺乳類、鳥類、還是爬蟲類？最後艾可把鴨嘴獸描述為一種後現代動物。「後現代文本引用其它文本而寫成，而鴨嘴獸則引用其它動物而生成。」艾可說：「波赫士（Borges）曾說，鴨嘴獸是一種由其它動物的部分拼組而成的動物。可是，由於鴨嘴獸在演化史上出現得非常早，說不定是別的動物以鴨嘴獸的部分組成。」

正如鴨嘴獸，艾可其人也難以歸類。四十八歲時，他推出了小說處女作。原本，出版社委託他編一套由學者撰寫的偵探小說的選集，但他後來交給出版社的卻是一部五百頁的大書《玫瑰的名字》。義大利文學缺乏偵探小說的傳統，何以如此？艾可將之歸因於義大利在文藝復興時期捨棄了亞里斯多德的《創作學》（*Poetics*，或譯《詩學》）。「《創作學》是一套純敘事的理論。義大利文學在傳統上對語言較感興趣，對情節則較沒興趣。」

我問，為何這麼晚才興起寫小說的衝動？艾可不願回答，只說：「就好像你覺得想尿尿，你就去廁所撒泡尿。」我又逼問，艾可才說，他跨足小說創作，是為了彌補二個小孩長大後的空虛：「我再也沒有可以說故事的對象了，所以我開始寫小說。」

---

55 芭芭拉‧卡特蘭（1901-2000），英國著名的羅曼史小說家，被封為言情小說女王。

　　於1986年上映的《玫瑰的名字》電影版（由史恩‧康納萊主演），被拍成一部十分普通的奇情冒險片。從此以後，艾可拒絕了所有想改編其作品的人，連接洽都不給機會。他表示，之所以決定不再接受改編，緣於一個小事件（此事可能是艾可虛構的）。他曾目睹一位年輕女子走進書店，看到《玫瑰的名字》便說道：「喔，他們已經把那部電影改編成小說了呀。」史丹利‧庫伯利克（Stanley Kubrick）亦曾有意改編艾可的第二部小說《傅科擺》（*Foucault's Pendulum*, 1988），不過，庫伯利克死後，艾可便後悔拒絕了這位導演。

　　《傅科擺》敘述米蘭一家出版社裡三名飽經挫折、世故倦怠的編輯，一時興起，把歷史上各大陰謀論串連起來，綜合為一個超級「計畫」，後來卻發現這唬人的把戲逐漸逸出他們的控制。為了撰寫《傅科擺》，艾可從十座城市蒐集了一千五百種神祕學書籍來進行研究。這本小說以非凡的先知卓見，預言了《達文西密碼》（*Da Vinci Code*）所產生的破壞性狂潮。「我發明了丹‧布朗（Dan Brown）。他就是我的小說中那些把許多荒謬的神祕學材料當真的乖張人士之一。他使用的材料，有許多是我在小說中引用過的呢。」

　　《傅科擺》招來尖刻抨擊。批評者覺得，此書缺少他前一本小說的驚悚情節，而且書中那些艾可自己喜好談論的學術性稀奇古怪的事物，著實令人難以吸收。近年來遭受伊斯蘭教發布砍頭追殺令的魯西迪（Salman Rushdie），靜下心來讀了《傅科擺》，並在《觀察家週報》抨擊它「缺乏幽默感，人物空洞，毫無像是人話的句子，充斥著讓人看到腦筋麻木的各式各樣的吊書袋。各位讀者，我討厭它」。

　　艾可鮮少在小說裡外露情感，因此反大眾文化的批評家有時批評艾可的作品只是偽裝成小說的腦力遊戲。艾可贊同艾略特 (T. S. Eliot) 所說的，文學是感情的一種逃避，艾可說：「唯有當你不處於戀愛時，你才能寫出真正的情詩，你才能在不淪為自己強烈激情的受害者的情況下，檢視之前的感情。」

　　他在2004年推出的小說《羅安娜女王的神秘火焰》（*The Mysterious Flame of Queen Loana*），卻一反常態地感傷。該書含有幾乎不加掩飾的自傳性成分，勾勒了艾可在義大利皮德蒙地區的少年歲月。此書講述一位罹患失憶症的古書交易商，在重訪童年時期老家的期間，記憶一點一滴地回復。故事從頭到尾，他陸陸續續重新邂逅了老家所貯藏的那些墨索里尼統治義大利時期的老唱片封套、書籍、舊雜誌和郵票（書中並附有這些物品的插圖。艾可開玩笑說，這是為了方便「不識字的人」），他的自我身分於是在這樣的過程中再次顯現了。不過，艾可現在並沒有計畫要撰寫他成人歲月的回憶錄，他害怕「許多女士可能會被連累」。

　　艾可生長於亞歷山卓亞（Alessandria，老牌的Borsalino製帽公司的所在地）的一個中下階級家庭。他的父母對法西斯政權的態度是無可無不可，但艾可十歲那年，卻因贏得一場「義大利法西斯青年」作文比賽，而展開了他的文學生涯。那篇得獎文章的標題是：「我們是否該為墨索里尼的榮耀與義大利的不朽命運而死？」

　　艾可寫完以亞奎納（Thomas Aquinas）之美學為題的博士論文後，對於中世紀符號的興趣愈加堅定。他二十幾歲時，博士論文便獲出版，之後他花了許多年為剛成立的義大利國家電

視台製作文化性節目。他還與友人共同成立「六三社」（模仿
德國鈞特·葛拉斯的「四七社」），呼籲全面改革傳統文學技
巧。但學術仍是他生命力的泉源。

《玫瑰的名字》大賣後，艾可其實是有能力退休、甚至買
下一座私人島嶼的。

但他繼續執教，以學術生活為主，文學創作為輔。即使退
休後，他仍定期在波隆納大學籌辦學術研討會。他喜歡居住在
波隆納，他並不因人人皆認得他而感到痛苦，「大家都認得
我，所以我在大街小巷走透透，也根本沒人在乎。我就是波隆
納景觀的一部分。」

在英語系國家，學院中人若參與公共事務，經常為同僚所
側目。艾可認為原因出在英、美多數大學的校園環境。「牛
津、劍橋，哈佛、耶魯，都位於城市外緣，因此，大學校園與
政治世界是分開的。在義大利、德國、法國、西班牙，大學的
地理位置都在城市的中心。」

《倒退的年代》一書，談到了中間偏右的總理貝魯斯柯尼
（Silvio Berlusconi）如何藉由壟斷媒體來維繫他的支持度，義
大利的民主又是如何在他的治理下崩解。投票給他的義大利人
民，以為他不會盜取公家的錢，但他們沒考慮到，為了富上加
富，他另從別的地方A錢，艾可說：「其次，他們以為『因為
他很有錢，所以他會幫助我們富起來。』這種想法完全錯
誤。因為，當你們貧窮，我才是富有。」[56]

---

56 貝魯斯柯尼既是政治人物，也是企業家。他在2010年富比士雜誌的全
　　球富豪排行榜中名列第七十四。

雖然艾可曾在1964年出版的《末世因故延期》（*Apocalypse Postponed*），痛批馬克思主義理論家〔例如阿多諾（Theodor Adorno）等〕對大眾媒體的妖魔化，但如今他對媒體的看法卻很悲觀（但還沒悲觀到認為末世將來臨的程度）。他說，在一九五○年代，亦即許多義大利人仍然只會講地方方言的時候，電視在統一義大利語上扮演了重要的角色。當時的電視頻道只有一個，固定於晚間播送，所以節目都非常講究，「如今在義大利，我們可能會看到上百個頻道，而且一整天都在播，所以品質低落。」現在的義大利報紙，篇幅幾乎是從前的二倍多，這意味「你要一直發明新聞，或把相同的故事重複十遍，或憑想像捏造情節和虛假的解釋」。

艾可自稱是和平主義者，認為舉世皆應視戰爭為禁忌。如果自己的家人受攻擊，艾可還是會出手防衛，但他言下之意是，軍事侵略不是伊拉克問題的解答。他故意板起臉孔、耍寶地說：「如果小布希夠聰明，他就會當上波隆納大學的記號語言學教授了。」

（2007年11月）

羅伯特·費斯克
Robert Fisk

2001年的九一一事件發生後不久，羅伯特·費斯克（Robert Fisk）在巴基斯坦邊界附近，遭到一群阿富汗難民圍毆成重傷。一名穆斯林教士在最後關頭出手干預，即時喊停，這才救了這位資深外國特派員一命。不過，在貝魯特居住了三十四年的費斯克——先是擔任《紐約時報》記者，繼而（自1988年起）擔任《獨立報》（*The Independent*）記者——對於攻擊他的人們毫無怒意，他只氣自己在情急之下還了手。

康復後，他寫道：「我做了什麼？我竟然對阿富汗難民拳打腳踢……我竟然動手打那些無依無靠、手足傷殘的人們，那些我的祖國等等若干國家正在殘殺的人們。」他提到，其中一位攻擊者「完全不知罪惡為何物，只知自己無辜地成為這世界的受害者」。在費斯克眼中，這群人的暴行「完全是他人所造成，完全是我們一手造成」。費斯克又寫道，如果他自己是一個阿富汗難民，當他看見西方人，心中也會激起相同的殺戮慾。

在這個媒體對中東施行假中立報導的時代，費斯克對於穆斯林世界的同情與道德性的憤慨，為他在全球各地贏得熱情的支持。但有些人視他對待阿拉伯人的態度是自命清高——即使阿拉伯人試圖殺死他，他也說阿拉伯人不可能做錯事。批評費斯克的人譴責他宣揚摩尼教式的觀點：亦即，視西方國家為大撒旦，而阿拉伯人只是帝國計畫下的犧牲者。但即使是這些批評者，也經常不得不佩服費斯克的過人勇氣和豐富經驗。

七度獲選為英國年度最佳國際新聞記者的費斯克，報導過中東十一場重大的戰爭，以及不可勝數的大小動亂和屠殺。許多中東評論者被華府智庫餵食意見，回收利用各大新聞社的報導，然後從倫敦或紐約宣洩他們的見解。然而費斯克卻是親臨現場做見證，為那些深受西方對外政策所苦的人民發聲。他避免與其他西方記者共事，以免被他所謂的「狼群心態」感染。「許多記者希望能接近權力核心，接近政府高層，接近政客。」這位現年六十三歲的記者說：「但我不做那樣的事。」

即便如此，他曾經訪問過中東地區大多數的重要權力掮客，包括三度訪問賓拉登。在《為文明而大戰：佔領中東》（*The Great War for Civilization: the Conquest of the Middle East,* 2005）——此書厚達一千三百頁，是費斯克擔任中東特派員逾三十載的回憶錄——他記述賓拉登曾讚美他的報導很「中立」、並試圖招募他的事情。這位蓋達組織的首領告訴費斯克，有位「弟兄」曾作過一個夢，在他夢中，「有一天你騎著馬來加入我們。你留了鬍鬚，成為教徒，穿著跟我們一樣的長袍。那意味你是真正的穆斯林。」費斯克聽了甚感驚恐地答

道：「賓拉登首領，我不是穆斯林，記者的職責就是實話實說。」那位聖戰士聽了甚感滿意地說道：「如果你實話實說，就意味著你是一個好穆斯林。」

費斯克毫不諱言他偏袒遭強權踐踏者，聲稱「我們應該不存偏見地看待不正義的一方。」他解釋道：「這不像足球賽。你會給足球比賽的兩隊均等的機會。可是當納粹屠殺營被解放時，你不會給納粹黨衛軍相同的時間逃跑。」西方政客的詐騙，以及媒體與政客共謀撒謊，令他憤慨不已，這把怒火燒遍了他的新書《戰士的年代》（*The Age of the Warrior: Selected Writings*, 2008）（*他五年來的專欄文章選輯*）。

在費斯克看來，媒體力求貌似客觀的「假平衡」，掩飾了其與壓迫方勾結之實。當某件事實的證據充分，但各方對此事的看法針鋒相對時，媒體則狡猾地使用依違兩可的句子，譬如「各中東專家之間的意見莫衷一是」來加以平衡。「我發現我無法看懂《紐約時報》對中東的報導。」他表示：「因為它小心翼翼地想要確保每個人都能夠批評其他人。但讀者閱讀報紙，是想要知道該死的記者在想什麼或知道什麼。」費斯克平均每週會收到二百五十封讀者來信，他指出「讀者遠比記者更加文理暢達」。

費斯克發現，最扭曲的語義學，莫過於媒體報導以、巴問題時所用的字眼了。以色列佔領區被改稱為「主權有爭議的區域」，猶太屯墾區變成了「猶太社區」，暗殺巴勒斯坦軍方人物，被冠以「標靶獵殺」之名，至於隔離圍牆，則被稱為「安全屏障」。我問，他對以、巴問題的發展有何預測？「永無休止的戰爭。除非我們回到聯合國安理會第242號決議

文——亦即，把安全部隊從1967年戰爭所佔領的區域撤走。」但他連忙又指出：「我看不出大家有心這樣去解決。如果你繼續為猶太人建立屯墾區，而猶太人硬要待在屬於阿拉伯人的土地上，然後說阿拉伯人是非法的，那正是引發戰爭的該死的因素。」

演員約翰·馬可維奇（John Malkovich）對於費斯克對以色列的立場十分不滿，曾在2002年的「劍橋聯合會」上表示，他很想殺了費斯克。很快的，眾多部落客紛紛把費斯克染血的合成圖片貼上網，揚言要搶在馬可維奇之前完成這項工作。動詞「費斯克」（to fisk），成了部落格世界的新語彙，意思是：複製一篇文章到網頁上，然後逐項地證明其誤（詆毀費斯克者，頗以此為樂）。[57]所以，費斯克不使用e-mail、不上網，而嘲笑那是「垃圾」與「仇恨之網」，就不令人奇怪了。「網路上完全沒有責任感，」他說：「網路上的東西你不能提起訴訟。它帶來大量的以訛傳訛。」

有人說，費斯克的著作呈現了一種親阿拉伯的偏見。費斯克反駁道：「我對於阿拉伯國家的獨裁者們，一向嚴厲批判。」他在土耳其是個爭議性人物，曾一度遭驅逐出境，因為他報導土耳其軍隊劫掠了原本要送給庫德族難民的救援物資。為他出書的那家伊斯坦堡的出版社，堅持靜悄悄地出版他的《為文明而大戰》的土文譯本，完全不做公開宣傳，就怕因為書中〈第一次大屠殺〉一章而被告上法院（費斯克在那一章

---

57 美國許多對費斯克反感的部落客，喜歡把費斯克所寫的報導或評論貼上網，然後在每一段文字後，撰寫反駁、批評或嘲諷的文字。

裏提出證據，指稱鄂圖曼土耳其帝國在1915年屠殺了一百五十萬的阿美尼亞人）。但是，費斯克在阿拉伯世界的粉絲群，卻非常廣大。2000年時，有謠言誤傳《獨立報》因「猶太遊說團」的施壓，將會解僱他，該報社在五天裏收到來自穆斯林的三千封抗議e-mail。支持他的阿拉伯人之多，可見一斑。近來，費斯克聽聞有一本海珊（Saddam Hussein）的傳記在開羅十分暢銷，書名為《從出生到殉道》。一看書皮上的作者名，居然叫做「羅伯特·費斯克」。

雖然能操一口流利的阿拉伯語，費斯克並未喪失其「英國性」，或者像一些外國特派員那般「裝成本地人」：「當然，我吃黎巴嫩食物，但我也吃披薩和法國菜。」他表示，黎巴嫩是中東地區教育程度最高、最國際性的社會，也是他進行新聞工作最便利的根據地：「貝魯特有一點像二次大戰後的維也納──你在這兒看得到各種人。伊朗情報員在這兒，我敢說CIA一定也在這兒。如果你想認識來自索馬利亞或蘇丹的人，這兒也找得到。」

與身材苗條的《愛爾蘭時報》外國特派員蘿拉·馬洛（Lara Marlowe）離婚之後，費斯克透露，他現在認識「好幾個年輕女子」。但他堅拒回答私人問題。

費斯克出生於英國東南部的肯特郡，是比爾·費斯克的獨生子。比爾曾在第一次世界大戰服役，官至中尉。投入了畢生心力在記錄中東諸國種種失敗的費斯克十分清楚，這些國家是他父親那一世代以人工方式所創造出來的。英國在1918年後瓜分中東，那正是「為何這個地方如此地搞得一團混亂、以及為何我來此的原因」。比爾是很專制的父親，他管黑人叫「黑

鬼」，仇視愛爾蘭人。在他晚年，他的種族主義對兒子來說已無法忍受，1992年他以九十三歲高齡過世前的餘日，費斯克仍拒絕去探視他。在《為文明而大戰》書中，費斯克用一章的篇幅來描寫他父親的戰爭經驗，也算是「為了沒去探視父親，而向父親致歉」。

　　儘管父子有種種歧異，比爾倒是支持兒子的生涯選擇。1982年以色列對貝魯特圍城期間，當以色列政府警告記者離開黎巴嫩，費斯克的母親佩吉打電話告訴他，她與比爾皆獲得與他相同的結論——他應該固守崗位，因為，以色列政府只是企圖阻止平民傷亡的情況被報導出去。費斯克是唯一在整個一九八○年代都待在貝魯特的西方男性記者，他曾經遭遇兩次綁架的企圖，皆大難不死。「後來，我要花百分之九十的時間來想辦法避免被綁架，其餘百分之十的時間則為報社工作。我們西方人喜歡作息固定，而綁架者也知道這點。你必須完全打破你的西方式思考，改用他們的腦袋來思考。」所以，他開車穿過真主黨的地盤去機場，恐怖分子根本不會想到他竟會經過此地。

　　費斯克二十九歲時，已累積了數年的北愛爾蘭衝突的報導經驗，此時《紐約時報》以中東特派員的工作，向費斯克提出「聘用邀請」。他在回憶錄中回想，當年，國際新聞版主編向他保證，這將會是「一趟伴著明媚陽光的絕佳冒險之旅」，而他也滿心期待：「我蠻納悶，當英國人拿伊拉克向法薩爾國王（King Faisal）提出『聘用邀請』時，法薩爾作何感想？或者，當邱吉爾（Winston Churchill）拿外約旦（Transjordan）向法薩爾的兄弟阿布杜拉（Abdullah）提出『聘用邀請』時，阿

布杜拉作何反應？」然而，浪漫的期待很快便消失了。「一旦我到前線跟那些伊拉克軍隊在一起，或者跟那些在壕溝中的伊朗人在一起，眼睜睜看著人們在我周邊被殺死，那種好萊塢式的興奮便消磨殆盡了。這可不是快樂時光。」

不過，他所展現的面對危險的興奮，一度令達爾林普（William Dalrymple）替他取了個「戰爭上癮者」的封號。[58]費斯克大聲地說：「如果我衝到黎巴嫩南部，然後設法全身而退地回來，並且發布我的報導，那麼我就可以去法國料理餐廳吃一頓晚餐，並且說：『我辦到了！我辦到了！』」他偏好「國際特派員」的稱號，而不喜歡「戰地記者」，他表示「自稱是『戰地記者』的人，形同自我宣傳為浪漫的破浪神」。[59]

十二歲時，費斯克看了希區考克的電影《海外特派員》（1940），激發了他想成為記者的欲望。他正在考慮，退休後他或許會投入於電影劇本創作，撰寫一些以中東為題材的劇情片。現在他正與別人合寫他的第一部電影劇本，他說：「目前，在眾多寫作方向中，我最想寫電影的劇本。我認為電影——我不是指DVD或電視上播的——大概是現有的媒介中最具說服力的。」

他的下一本書——取名為《高貴之夜》（Night of Power），典故出自穆罕默德受到天啓的那一夜——將以一九九〇年代初期的波士尼亞戰爭為中心主題。西方列強眼看塞爾維

---

58 William Dalrymple，蘇格蘭人，知名歷史學者、旅行文學作家。

59 破浪神，裝飾於船首的雕像。

亞人對波士尼亞穆斯林發動種族清洗，卻漠不關心，而激化了
阿拉伯世界對西方國家的憤恨。他說：「回首過去，我當時應
該要更加警覺波士尼亞的事情在中東引發的後果。」

在費斯克眼中，中東從來沒像現在這般荒廢：「每天早
晨，我在這裡的床上醒來，會問自己：『今天，爆炸將會在哪
裡發生？』」他的公寓位於貝魯特以美景著名的海濱大道
（Corniche），2005年，他從這裡聽見了那場殺死黎巴嫩前總
理哈黎理（Rafik Hariri）的爆炸聲響。費斯克在阿富汗受到暴
徒攻擊後，第二位致電關切的人，就是哈黎理。看到焦黑的屍
身時，費斯克完全認不出這是他的朋友。「我還以為這是哪個
賣麵包的男子。」他說。[60]

費斯克在大門旁掛了一張攝影明信片，畫面是奧匈帝國的
斐迪南大公（Archduke Franz Ferdinand）與他的妻子正要離開
塞拉耶佛的市府大廳，兩人將於五分鐘後遭到刺殺。把這照片
掛在此處，是為了提醒他自己，「你出了門後，會發生什麼事
非常難說」。雖然如此，費斯克強調，他在中東撐過了三十
年，這是因為他心中有恐懼，而非無懼：「如果你不怕危
險，那你必死無疑。我希望能活到至少九十三歲，也就是我父
親的年紀。」

（2008年7月）

---

60 Rafik Hariri（1944-2005），分別於1992-1998以及2000-2004年間擔任黎
　　巴嫩總理。2005年2月14日在貝魯特遭人以炸藥暗殺身亡。據報導，
　　真主黨涉嫌重大。

湯瑪斯‧佛里曼
Thomas Friedman

　　我和湯瑪斯‧佛里曼（Thomas Friedman）聊不到幾句，就明瞭彼此想談的議題並不相同。佛里曼別的不想碰，只顧談他鼓吹美國領導全球性綠能革命的新書《世界又熱、又平、又擠》（*Hot, Flat, and Crowded*）。而我，卻還想討論伊拉克戰爭。他曾在《紐約時報》一週二次的專欄上，熱烈而激情地鼓動伊戰，為之搖旗吶喊。「要談伊拉克，得另外來一場專訪才行。」曾三度獲普立茲新聞獎的他回絕説。

　　佛里曼以一貫的通俗而夾敘諸多趣聞軼事的筆法，把《世界又熱、又平、又擠》這本入門書寫得魅力十足，以此大聲疾呼人類急需潔淨能源體系。隨著伊拉克的局勢因內戰而搖搖欲墜，美國也面臨到來自阿拉伯世界空前深重的敵意。當初鼓吹入侵伊拉克的自由派專欄作家中，名氣最響亮的就屬佛里曼，我們很難不感覺到，他想藉《世界又熱、又平、又擠》改過自新，為自己揭開一個「嫩綠」的新頁。

佛里曼從未相信過小布希所說的，海珊（Saddam Hussein）擁有威脅美國安全的大規模毀滅性武器。他也不輕信海珊政權與蓋達組織（Al-Qaeda）有密切掛勾。照他看來，美國的國安危機不在於大規模毀滅性武器，而在於「大規模毀滅性人民」，亦即伊斯蘭國家高壓政權所哺育的仇恨文化。賓拉登這種人，就是從中產生的。

那麼，何不鼓吹攻打沙烏地阿拉伯或伊朗這樣的伊斯蘭教政權國家，而是俗世政權的伊拉克呢？佛里曼直言不諱地表示，因為伊拉克是美國能打的。在他詮釋裡，侵伊之舉，是把美式民主輸出到阿拉伯世界的良機。在他想像中，海珊的伊拉克被推翻後，民主運動將於阿拉伯世界遍地開花。

經我逼問，佛里曼還是回答了我的全部問題。畢竟這位出生於明尼亞波利市的權威人士，自稱是「明尼蘇達君子」，[61]從不高調回嗆批評他的人。在電話中，他流露出那種鄉村高爾夫俱樂部的常客會有的輕鬆和藹（高爾夫球是他最愛的消遣，他在著作裡經常間接提到這項運動），也流露出那種廣告製作人常有的歡娛性情。他的文章裡，經常可見諸多公司行號和品牌名稱，加上天花亂墜的比喻和流行用語，讀起來頗像一篇篇的廣告文案。他說：「能夠命名、陳述、定義某事物，就能夠擁有它。」例如，他發明的那句鏗鏘有力的廣告詞：「世界又熱、又平、又擠」，就陳述了一個由氣候變遷、全球

---

61 在美國一般刻板印象中，明尼蘇達州居民通常文質彬彬、態度禮貌和善，言語上避免強烈表達個人好惡或與人衝突，故有明尼蘇達君子之稱。該州也因此被暱稱為「君子州」。

化、人口過剩三大問題匯聚的年代，為當前的「能源－氣候年代」（Energy-Climate Era）下了定義。

1989年出版的《從貝魯特到耶路撒冷》（*From Beirut to Jerusalem*），是佛里曼以他在黎巴嫩與以色列的十年採訪經驗所寫成。書中，他針對1982年敘利亞政府軍在哈馬城屠殺上萬名遜尼派穆斯林的事件，發明了「哈馬規則」（Hama Rules）一詞。日後，「哈馬規則」儼然成為專橫的阿拉伯政權不分青紅皂白地施暴的代名詞。

在《瞭解全球化：凌志汽車與橄欖樹》（*The Lexus and the Olive Tree*, 1999），佛里曼首度以一本書的篇幅頌揚全球化。他在書中主張，接受自由化市場「黃金約束衣」（golden straightjacket）的國家，就等於為該國的和平未來在進行投資。他聲稱，當社會向國際開放，逐漸深受消費主義影響（「凌志汽車」象徵這一點），那種因為效忠部落、國家與歷史而激起的敵意行為就會消失（「橄欖樹」則象徵這一點）。

《瞭解全球化》並提出「黃金拱門衝突防制理論」，斷言只要有麥當勞連鎖店營業的國家，彼此之間就不會發生戰爭。但該書上市不久，美國就轟炸南斯拉夫，連帶摧毀了這個理論。不過佛里曼辯稱，他「想要定的不是物理定律，而是大趨勢的原則」。

黃金拱門的假設在《世界是平的》（*The World is Flat*, 2005）演變為「戴爾衝突防制理論」，以戴爾電腦公司替換了麥當勞。他斷言：「只要是屬於某一全球供應鏈（例如戴爾）的任何兩國，彼此絕不會戰爭。」

　　依據他的論點，只要賦予巴勒斯坦人經濟保障與物質娛樂，巴勒斯坦極端分子對於聖城的關注，再也不會強到足以激起他們進行自殺炸彈攻擊。然而長期以來，巴勒斯坦人卻無休無止地延續導致他們一貧如洗的衝突行動。返祖情懷的作用之深，超乎佛里曼所設想。

　　《世界是平的》以「平坦」的角度重新理解全「球」化世界。佛里曼認為，網路革命以及市場、科技、各國人民的相互依賴，抹平了經濟的運動場，如今各地人士要進入全球市場，可謂前所未有地容易。

　　但實際上，全球化經常意味著區域性聯盟內部的互相貿易，而非整合性單一世界經濟體。美國和歐洲都持續保護自家產業，而非與富裕程度不如他們的國家公平競爭。況且，國際貿易的機制也是由強權政治所主宰。

　　根據諾貝爾經濟學獎得主史迪格里茲（Joseph Stiglitz），全球化加深了開發中世界的不平等現象，使得世界更加不平坦。但佛里曼不以為然：「社會主義制度是使人民均貧的佼佼者，而市場則能使人民程度不等地富裕。全球化程度最弱的國家——例如北韓、古巴、大量出口石油以前的蘇丹——都是貧窮的國家。」

　　身為一位專欄文章能同步刊登於國際各大報的外交政策導師，抹平的世界使佛里曼受惠良多。「這是專欄作家的黃金年代。你的意見可以傳播到更多地方，讓更多的人知道。在我所知的合法樂趣中，最棒的非此莫屬了。」那他心目中的非法樂趣為何呢？經我逼問，自稱一心向善的他堅持說：「我不打算談那方面的事。」

在中東地區，佛里曼的專欄上那張肖像可謂家喻戶曉，以致於他走到那裡的街上，不斷有路人找他攀談。《紐約時報》民意論壇的前任編輯柯林斯曾說，與佛里曼同遊中東，就好比同小甜甜布蘭妮一起逛購物中心那般萬眾矚目。2002年，沙烏地阿拉伯國王阿布杜拉（當時為王儲）欲提議，假如以色列撤回到1967年以前的疆界，各阿拉伯國家就承認以色列的國家地位。這項以、阿和平方案，最初正是透過佛里曼的專欄間接提出的。

政商達官貴人之所以喜歡佛里曼，並不令人意外。他那些支持全球化的著作，有時像極了吹捧企業CEO的文章。他的報導經常無條件讚美朝中政要，為其擦脂抹粉。佛里曼親切的口吻，過分樂觀、認為一切將臻於至善的種種預測，以及噱頭十足的巧妙詞句，使他成為廣受大眾喜愛的時事評論家。但他論述的主題，往往需以更多的懷疑態度來看待。的確，伊拉克戰爭變得問題叢生，他卻拒絕宣告它徹底失敗，仍舊強調「未來六個月」才是成敗關鍵──即使他在2003年就說過這句話，而今已2006。

現在他承認，戰爭的代價大得令人難以置信。「當時我之所以那麼寫，是因為我相信這場戰爭會成功。現在我只希望，能從如今的局面演變出一個像樣的結局。也許伊拉克能擺脫這團混亂，也許一年之後情況就會改觀。」

小布希團隊想在派系林立的伊拉克建立民主制度的計劃，之所以受到佛里曼力挺，大概是源於當年他在黎巴嫩採訪派系衝突時的那段飽經鍛鍊的經驗。佛里曼說，美國準備入侵伊拉克前的那段時間，他內心經歷了「希望與經驗之間」的掙

扎。黎巴嫩給了他「經驗」，但也給了他「希望」，尤其九一一之後，他格外希望中東能誕生一種不同的政治體制。

最後「希望」勝出，他於是欣然支持伊戰。但他無意一味為伊戰操心勞神：「我的目光一直向前看，而不向後看。假如你坐在我的位子，有如此之多的人在評論你的所作所為，那麼向前看便是你唯一的生存之道。」

《世界又熱、又平、又擠》的美國海外版，另加了副標題：「為何這世界需要綠能革命？我們如何挽救地球的未來？」佛里曼的診斷結果為何？「我們使用石油、煤或天然氣為主的汙染性能源已經成癮。在一個愈來愈熱、愈平、愈擠的世界裡，油癮的毒害愈來愈大，激化了五大關鍵問題，使之大大超出了臨界點。這五大分別是氣候變遷失控、產油國獨裁、能源（與自然資源）供需失衡、生物多樣性消失、能源匱乏。」

根據佛里曼，過去二十年來，美國政治吹起一種「自甘愚蠢」的風氣：政治領袖不願動手解決跨世代的大問題。「美國已經失去國家精神。依我看，綠能正是我們找回輝煌感的辦法。我們必須把心力集中在『綠』議題上，一如從前我們針對『紅』議題（反共）所做的那麼用力。」該書撰寫時，書名原訂為《綠色是新的紅、白、藍》但他最後心想：「我們不配用那書名。」於是更改。[62]

在佛里曼的分析中，發展綠能也是國家安全的一種必要手段。美國企業支撐了中東國家的石油財富，而中東國家則把錢

---

62 紅、白、藍是美國國旗的顏色。這個標題象徵綠能是美國的新願景。

拿去資助伊斯蘭原教旨主義派。他說，開發替代性能源科技，將使油價下跌，從而迫使阿拉伯國家透過科技革新、企業經營、發展教育來建設他們的經濟。

1968年，十五歲的佛里曼隨著父母親到以色列探視他姊姊（她當時到那裡當交換學生），此後他就對中東起了興趣。他在布蘭德斯大學研讀阿拉伯語文學，畢業後又到牛津攻讀「中東研究」，並取得碩士學位。留學英國期間，他認識了後來的妻子安‧巴克斯鮑姆（Ann Bucksbaum）。她是某家市值數十億美元的購物中心的法定繼承人，現為國際保育協會的董事之一，並協助編輯佛里曼的專欄文章。

希伯來語和阿拉伯語都十分流利的佛里曼，於1982年當上《紐約時報》貝魯特分社社長，二年後轉調耶路撒冷分社。他從中東發出的新聞稿中，都會公開自稱是猶太人，大多數猶太裔美國記者同業會避免這樣做，以免使人以為自己帶有偏見。佛里曼則說：「我不是憎恨自己猶太身分的猶太人（self-hating Jew）。」儘管如此，佛里曼在猶太人之中仍是個富爭議性的人物。他曾揭發，1982年的薩布拉（Sabra）和夏蒂拉（Shatila）難民營大屠殺必須由以色列負起罪責。[63]他還認為，若非以色列採用恐怖手段，巴勒斯坦人的建國理想未必會受到舉世關注。右翼猶太團體曾為他貼上反猶分子的標籤，但2001年的九一一事件後，同一群人卻對他大加崇拜，只因他在

---

63 1982年6月以色列入侵黎巴嫩貝魯特。9月間，以軍與黎巴嫩長槍黨民兵合謀屠殺居住於薩布拉和夏蒂拉難民營的巴勒斯坦人。據估計，死亡人數可能達3500人之多，其中多數是手無寸鐵的平民百姓。

著作中痛斥阿拉伯獨裁國家。

《國土報》（*Haaretz*）的編輯曾對佛里曼開玩笑說：這家以色列報社之所以刊登他的專欄，因為他是該報撰稿作者中絕無僅有的樂觀主義者。佛里曼說，他的樂觀乃是他所受教養的產物。「我的童年過得有如《天才小麻煩》（*Leave it to Beaver*）。我一直在把那種明尼蘇達式的樂觀主義帶給世人。」[64]

但人生不總是像情境喜劇。佛里曼十九歲時，父親哈若德因冠狀動脈疾病而去逝。哈若德是軸承零件銷售員，十分熱衷高爾夫球。高中時期，佛里曼每參加高中生高爾夫球比賽，哈若德必定場場報到，在旁密切觀戰，哈若德因此在地方上小有名氣。佛里曼仍維持青少年時期的這個喜好，至今仍定期為《高爾夫文摘》（*Golf Digest*）撰稿，心中一直懷有寫一本高爾夫球書的念頭。

去年佛里曼將滿五十五歲時，參加住處當地的高爾夫俱樂部舉辦的比賽，晉級了常青組決賽。這是高中畢業後他首次參加正式的高爾夫球比賽，他也因而流露出多愁善感的一面。他回想說：「球釘旁不遠處的一棵樹有根大樹枝突然間折斷，墜落於地，我驀然領悟到，那是我爸爸啊，他一直在看著我。我因而哭了出來。我想，老爸是非常以我為榮的。」

---

64 五○、六○年代一廣受喜愛的美國電視情境喜劇，以一個白人中產階級家庭為故事背景，主角是家中的小男孩，性情富好奇心而且天真。該劇情節多以教育、婚姻、職業、家庭等方面為主題，以趣味方式來呈現相關的道德教訓。

　　他的母親瑪格莉特去年辭世，享年八十九。佛里曼在訃文中回憶，她是「世上最不憤世嫉俗的人」。瑪格莉特是橋牌選手，二次大戰期間曾服役於海軍，因而獲得資格申請「退伍軍人權利法案」的優惠貸款，佛里曼一家便以這筆錢購置住屋。湯瑪斯‧佛里曼對於「美國是機會的國度」這句老掉牙的話從來沒失去信念，「我每天都感謝上帝，感謝祂讓我生在一個給予我這種種機會的國家」。

　　對佛里曼而言，美國的強大力量，仍是善的成份居多、惡的成份居少。他指出，美國援助非洲的花費超過任何其它國家，七月時，力促聯合國對辛巴威發動制裁的，正是小布希政府（此案後遭中國與俄羅斯阻撓）。他表示：「我認為不能單單以伊拉克戰爭判定現今美國是善是惡。」他這句話不啻在說，不應單單以伊拉克戰爭判定湯瑪斯‧佛里曼。

　　　　　　　　　　　　　　　　　　（2008年9月）

約翰‧葛雷
John Gray

　　需要什麼條件，才能被文筆犀利而年紀漸老的頑童作家塞爾夫（Will Self）宣揚為「目前活在世上最重要的哲學家」？才能被已故的反烏托邦小說家巴拉德（J. G. Ballard）譽為質疑了「我們對於人性的所有設想」？當然，分寸拿捏得當的悲觀主義，華麗的寫作風格，以及用推土機式的方法對付各種陳陳相因的虔誠信仰，都是需要的條件。至於悠閒的、學究式的智識遊戲的傾向，則不在其列。[65]

　　閱讀約翰‧葛雷的著作，會帶給人心神不寧、好像腦筋重新改造的經驗。彷彿透過塞爾夫或巴拉德的小說敘事者那種陰

---

[65] 威爾‧塞爾夫（Will Self, 1961-），英國知名小說家、評論家，作品色調晦澀陰鬱，充滿冷峻的諷刺。有《給頑強男孩的堅固玩具》、《瘋狂的數量理論》等數十種著作。巴拉德（J. G. Ballard, 1930-2009），英國小說家，《超速性追緝》為其巔峰之作。

鬱迷幻的眼光,進行了一場思想史之旅。大略言之,葛雷認為我們注定失敗。他在2007年出版的《黑彌撒:啓示錄式的宗教與烏托邦之死》(*Black Mass: Apocalyptic Religion and the Death of Utopia*)指出,「人類可以再造社會」的信念,乃是基督教末世啓示錄式思維的餘緒。(所謂啓示錄式思維,即幻想將出現一場大規模毀滅事件,使衝突消弭,隨後一個和諧世界就會誕生。)

隨著啓蒙運動的作用,那種亟欲視人類歷史為朝向某個目標進步的想法,已化為俗世性渴望,而非宗教性渴望了。葛雷表示,諸多俗世性的意識形態——從馬克思主義、納粹主義,到極端形式的自由主義、保守主義——都含有此種抑而不顯的宗教性遺緒。此種烏托邦式思維相信人間天堂可以藉武力創造,遂把大規模流血暴力合理化。

現為倫敦政經學院榮譽教授的葛雷,在意識形態上歷經改宗。他在早期一度擁護柴契爾主義(Thatcherism),並提倡新自由派的意識形態,但是他在《虛幻曙光:全球性資本主義的幻覺》(*False Dawn: the Delusions of Global Capitalism*, 1998)則對新自由派的思想加以譴責。《虛幻曙光》一書也使他贏得主流讀者群的肯定。英國政論家惠蔭(Francis Wheen)遂批評他在意識形態上反反覆覆。在《海耶克論自由》(*Hayek on Liberty*, 1984),葛雷對柴契爾夫人的英雄海耶克(Friedrich Hayek)進行研究,並贏得海耶克的盛讚。但後來海耶克又被葛雷斥為「新自由派的理論家」。在《超越新右派》(*Beyond the New Right*, 1993),葛雷寫道:「回歸傳統保守主義中樸實無華的真理,我們才能獲得最佳保障,而不受意識形態的幻覺所傷

害。」但他在《賽局末段》（*Endgames,* 1997）又宣稱：「保守黨的政治主張已走到死胡同。」

　　然而現年六十歲的葛雷，不認為自己在思想上一再投出變化球。「我的反烏托邦立場始終一貫。」他在電話中對我說，語氣聽起來絲毫不做作：「但是，與此同時，地緣政治出現了不少巨大的變化。」

　　葛雷表示，當共產主義崩潰時，烏托邦思想遷移到了右派。法蘭西斯・福山（Francis Fukuyama）曾宣告「歷史的終結」與全球性「民主資本主義」時代之誕生。葛雷則提出反駁，認為歷史將繼續上演種族與國族主義戰爭、宗教戰爭、資源爭奪戰爭。他建議以一種務實而非意識形態的方法，來看待後冷戰時代的各種衝突。

　　但右派人士追隨了福山，把全球性市場資本主義想像為一種不可阻擋的自然力量與萬靈丹。他說：「過去共產主義者的思維特質，現在在右派人士身上也看得到──諸如激進好戰的進步主義、漠視進步所造成的人命傷亡，以及相信全世界正朝向某單一模式邁進，而且應以武力加速其前進。」

　　與保守黨絕裂後，葛雷變成布萊爾（Tony Blair）領導的新工黨的支持者。但是，當布萊爾延續柴契爾的經濟計劃，而且後來又化身為熱烈的新保守主義者，葛雷便表示兩黨都沒救了。

　　雖然如此，歷史並不支持葛雷所持的「烏托邦主義無可避免會走向毀滅」的看法。葛雷表示，一種政治運動如有被實現的可能性，就不是烏托邦式的。但許多歷史上的大進步，例如廢除蓄奴，在某段時間裡不也看似使伊拉克民主化那般令人覺

得不可能成功？葛雷認為，欲為伊拉克建立民主體制，是烏托邦式的企圖，因為即使事前計畫得更周詳，仍逃不過失敗的命運。「庫德族仍然會想脫離出去。遜尼派（執掌伊拉克政權者）與什葉派，以及一支系出什葉派、頗為強大的伊斯蘭勢力之間，仍然會產生衝突。」

在2003年推出的《蓋達組織及其現代成分》（*Al Qaeda and What it Means to be Modern*）中，葛雷挑戰了所謂「九一一恐怖攻擊，乃是一股回到中古世紀的返祖力量對於現代性的攻擊」的陳腔濫調。葛雷說，利用大眾恐懼來改造世界的想法，在中古世紀是沒有的，而是到法國大革命的時候才出現。在他解讀下，蓋達組織是後啟蒙時代之革命傳統（例如共產主義、納粹主義、新保守主義等）的繼承者。

不過，葛雷所持「伊斯蘭激進派是現代產物」的觀點，並未能說服所有的批評家。蓋達組織的領導人賓拉登是一個擁有數億美元財產的資本家，他是透過全球性科技來組織其國際網絡，這一點固然不錯，但與史達林和希特勒相反的是，賓拉登完全排斥啟蒙運動的價值，而尋求重現第七世紀伊斯蘭教的哈里發。

葛雷認為，戰爭只應作為自衛的最後手段。「第二次世界大戰被合理化了，」他說：「但戰爭不該被當作改善人類處境的工具。因此，我反對新保守主義右派人士所持的先發制人戰爭與政體革命的理論，在我看來，他們顯露的思維特質與共產主義是一樣的。」

據他推測，侵伊之戰敲響了俗世烏托邦主義的喪鐘。「伊拉克戰爭幾乎杜絕了另一次依據那種思想的大規模實

驗。除了少數陷入碉堡心態的後托洛茨基式的新保守主義者，現在根本沒人在談論要推翻中東所有的政權而代之以民主體制。」[66]

葛雷説，自由市場資本主義無法成功地在後共產時代的俄羅斯建立起民主，也腐蝕了烏托邦式思想。「蘇聯解體後，一連串判斷失當的經濟政策，造成貧窮、經濟崩潰、資本主義遭到罪名化等現象。現在俄羅斯又走回獨裁國家。如今的俄國絕不是一個西方式自由市場經濟體，依我之見，它永遠不可能是。」

葛雷表示，詆譭他最厲害的，是「福音派人道主義者」（evangelical humanist）。葛雷所持的看法，諸如「基督教的思維模式改頭換面，以俗世運動的姿態出現」、「二十世紀諸多的獨裁暴政，其實是啓蒙運動思想的副產品」，尤其受到他們的敵視。「他們說過這樣的話：『啓蒙思想不可能是這些獨裁暴政的因子，因為啓蒙思想是多元與包容的。』這使我想起，有些愚蠢的基督徒會説：『基督教信仰不可能是中世紀鎮壓異端的宗教裁判的因子，因為基督教是愛的宗教。』」

葛雷説，鮮少人注意到無神論在毛澤東和史達林的極權主義中的角色。「宗教遭到殘忍無情的迫害。毛澤東就是打著『宗教是毒藥』的旗號，對西藏發動軍事攻擊。」

葛雷雖不信仰宗教，但他痛斥近來蔚為風尚的攻擊宗教的某些書籍，諸如希欽斯（Christopher Hitchens）、翁福雷

---

66 碉堡心態，意指一種極度恐懼外來攻擊，想方設法要保護自己的心態。九一一事件後的美國小布希政府，可說即陷入此種心態。

（Michel Onfray）、道金斯（Richard Dawkins）的著作。「宗教信仰者與俗世理性主義者的不同在於，宗教信仰者習慣於對他們的迷思提出疑問，而俗世理性主義者卻往往認為自己的迷思真實不虛、顛撲不破。我則主張抱持一種懷疑主義的態度，與所有強勢信仰體系保持批判性的距離。」

我問葛雷，他是否為虛無主義者？他笑了起來，似乎頗為享受此種異議英雄的角色。「傳統上受到敬重的思想家們一向認為，凡踏出自身的神話（迷思）體系的人，就是虛無主義者。西方人抱持進步觀，相信在倫理學和政治學上會有累積性的進步，也才二、三百年的歷史。奧古斯丁是虛無主義者嗎？佛陀是嗎？邁蒙尼德（Maimonides）是嗎？那些偉大的印度哲人是嗎？那些古希臘哲人是嗎？」[67]

葛雷不認為哲學應該生產雄心勃勃的社會計劃。他認為哲學的角色在於，把「某種程度的歷史理解與懷疑態度（尤其在牽涉到大規模暴力政策的時候）」注入於政治辯論中。「大的想法、大的烏托邦式主張，往往需要數量龐大的人命傷亡。所以我不想製造新的大想法。」

葛雷的研究工作混合了哲學、政治學、歷史學與神學，反映出他從自由主義哲學家以撒·柏林（Isaiah Berlin）師承而來的一種折衷方法。「他把政治與道德哲學中的問題，與廣泛的文化和歷史理解連結起來。那種不與思想史作緊密聯結的哲

---

67 邁蒙尼德（1135-1204）。出生於西班牙的猶太哲學家和思想家。嘗試整合亞里士多德和猶太思想。其著作對於猶太教和基督教有重大影響。

學，我是反對的。」

　　柏林在與葛雷最後一次的談話中對他的弟子說，影響他最深遠的，並非哲學家，而是俄國傳記作家、小說家及評論家赫爾岑（Alexander Herzen）。葛雷也認為，描寫、思考社會的書籍中最富洞察力者，往往出自作家之手，而非政治理論家。柏林則是「例外」。葛雷認識柏林，是在1968年，那時他獲得一筆獎學金，於牛津大學念「哲學、政治學與經濟學三合一專業」（PPE）。

　　一個工人階級出身的學生為何被柴契爾主義吸引、並成為支持者？由於葛雷不願談論他的童年或私生活，我們只能臆測。就少數可知的公開事實來看，他生長於英格蘭北海岸的南希爾茲（South Shields）的貧寒家庭，父親是船廠的裝配工人。葛雷說，當年他是被柴契爾的反共思想所吸引，他至今仍認為，她廢除戰後英國的福利國制度，是一項重大的改革。

　　雖然葛雷現為右派的反對者，但他與左派人士卻一點也不融洽。馬克思主義理論家伊格頓（Terry Eagleton）就強烈抨擊葛雷的《稻草狗：我對人類與其他動物的一些想法》（*Straw Dogs: Thoughts on Humans and Other Animals*, 2002），大罵該書「危險而令人絕望」，「一如所有醜陋的右翼生態學，把人性看成只是多餘的贅物，全書充滿了智識上的滅族屠殺」。根據葛雷，那些抱持「人類與其他動物殊異，乃自身命運的主宰」的哲學家，其實是基督教所持「人類是獨一無二的」謬論的囚徒。

　　葛雷不支持京都議定書，斥其「意義不大」，在他看來，綠黨人士（或「愛地球的人」）一如新保守主義者、自由

市場主義者，以及激進伊斯蘭主義者，都受一種相同的「改造世界」的愚蠢所驅策。「當你有九十或一百億人口都想過著世界上較富裕地區所過的那種舒適安全的生活，那麼，那種『我們能轉換到以風力和太陽能發電為基礎的經濟，來解決氣候變遷問題』的想法，完完全全是幻想。」

葛雷認為生態惡化的主因在於人口爆炸，而非工業化或全球資本主義。在他看來，環境的破壞是勢不可免的，他並不指望人類改革制度。他這個觀點的決定論色彩之重，也許不下於他譴責的新自由派所持「全球性『市場民主』勢不可擋」之論。（他認為世界各地的社會，與環境互動的方式都不盡相同；但污染這個世界並消耗其資源的，卻是不成比例的少數國家。）

葛雷絕非後現代式的相對主義者。他承認人類的知識會有進步，但不認為人類也會隨之同步改善。「現代進步觀的迷思在於，誤以為歷史上某一段時間獲得的東西，都能在後來的時期被保持。然而，知識雖然在增長，人類的改變卻不大。」

那麼，知識的價值到底為何？葛雷回到氣候變遷的議題。「少了科技的手段，少了作為那些科技的基礎的知識，我們將無法明智地因應氣候變遷。要渡過這個難關，使未來幾個世代免於大災難，唯一的方法是盡量運用科技。」但是他認為科技的作用很有限。「你無法藉由科技手段修復被損壞的生物系統。現在已經毫無遏止氣候變遷的辦法了。」

在《稻草狗》的結尾，葛雷呼籲用一種達觀而聽天由命的態度，來取代烏托邦式思維：「難道人生的目標不能只是旁觀嗎？」可是如果人性完全無法改善，何以葛雷還要書寫論戰不

輳呢？葛雷此書固然強有力地批判了任何拒絕自我質疑的信仰體系，但平實而論，它也合理化了政治上的消極不抵抗。

其實葛雷並不冷漠。他不斷地藉由一本又一本的書，大聲疾呼，精心地用一種藝術性風格，俾使他的訊息被聽見。他傳送福音的熱情，往往不下於他所撻伐的邪魔歪道。他作為一個好持異論者的不凡成就，也解消了他的恨世觀點。我們很難不去這麼想：儘管約翰·葛雷大力批判「改造世界」的思維，他自己卻也是想改變世界的。

（2008年3月）

亨卓克‧赫茲伯格
Hendrik Hertzberg

　　事情不太對勁。我正坐在《紐約客》雜誌（*The New Yorker*）的總部，面對著亨卓克‧赫茲伯格（Hendrik Hertzberg）。他是這棟康泰納仕（Condé Nast）傳媒集團的摩天大樓裡，最優秀的政治評論家。我的心思卻躍回到高中的政治學課堂。我們的訪談尚未正式開始——僅初步地閒聊了一下他即將前往紐西蘭一遊的事——而他卻已騎上他酷嗜的、關於「選舉制度」的政策學究木馬。[68]

　　赫氏將到紐西蘭宣傳他在2004 年出版的《赫茲伯格的政治觀察與議論》（*Politics: Observations & Arguments*）（**此書為赫**

---

68 政策學究（policy wonk）。wonk本義為書呆子，具貶義。著重於深談
　政策的政治人物或媒體人在美國被稱為政策學究。此語不具貶義，但
　略有挖苦之味，因為談論政策的實質細節往往枯燥無味，很難討好選
　民，在選舉中是很不吃香的。

氏將近四十年的新聞寫作生涯的輯要），但紐西蘭之行，意在追尋一個更至高無上的聖杯。赫氏（言談間，他要我以「瑞克」相稱）對於紐西蘭之作為一「複數席次的比例代表制」實驗室非常感興趣——他斷定，紐國於1996年實行的這項制度，可作為美國選制改革的模範。[69]

赫氏曾擔任卡特總統的演講稿撰寫幕僚之一，有四年的白宮經歷。他深信，美國有許多的病痛，都源自於單一席次選區制。在這樣的選制下，民意之多數，難以被反映在政策上。「只有大約百分之十或十五的國會席次是兩黨都有競爭機會的。」這位神態輕鬆的六十五歲男子說話時，一條腿還翹在椅子的扶手上。「但如果用比例代表制，你就可以得到全國性的政治動員。」

這個題目值得談，當然。但是，赫氏這場世界各投票制度的專題演講進行了十分鐘時，內容逐漸變得像加州選區重劃那般複雜而曲折了，而他卻絲毫沒有要打住的跡象。但他的態度非常親切，非常明顯地樂在其中，使我感覺如果硬生生打斷他說話是很粗暴的。我觀看著他那淘氣的表情——頑皮十足的眼神、亂蓬蓬的頭髮，以及歪向一邊的咧嘴笑容——然後我繃緊神經，準備要把這位嬰兒的奶瓶拿開。[70]

我插嘴道，印象中赫氏鮮少在發表的文章裡滔滔不絕地大

---

69 「瑞克」（Rick）是Hendrik的暱稱。

70 2000年以來，加州的選區重劃，因兩黨私心，以勢力均衡為原則，導致選舉流於形式，對於加州州政之監督造成了弊害。遂一改再改，風波不斷。

談民主制度的齒輪與槓桿，他是否經常遭到稿件檢查與刪改？他坦言：「我可以推銷這類的選制分析的次數，有一個大家心照不宣的限額。但是我一年裡總會推銷個二、三次。」他的同事有時候會打趣地玩起一種類似「尋找沃爾多」（Where's Waldo?）的遊戲，在他的文章中地毯式搜索，找出他暗中偷渡的選制改革的相關言論。[71]

赫氏是《紐約客》「評論」單元（Comment）的主筆，他的文風溫情，貼近常識，因而呈現獨樹一格的聲音。菲利普·羅斯（Philip Roth，美國著名小說家）曾讚美赫氏之文具有「新聞寫作中罕見的莊嚴」，與政治評論界典型的尖銳好戰之風截然不同。

他是一個濫好人的自由派，但他也是精於格鬥摔角的大師，屢屢激怒那些殘忍的極右派。赫氏曾譴責前眾議院議長金瑞奇（Newt Gingrich）具有憎惡同性戀者的偏執傾向，此話一出，福斯新聞臺的主持人歐萊利（Bill O'Reilly）便派出記者群，在赫氏上班的途中突襲他，然後在晚間新聞節目上完整播出這位作家在早上還未喝咖啡提神、一臉茫然的問答畫面。

但是，赫氏作為一個觀察者，更甚於作為一個議論者——因此《赫茲伯格的政治觀察與議論》的書名裡，先觀察而後議

---

71 「尋找沃爾多」，美國版稱「尋找瓦利」（Where's Wally?），原是繪本童書，後來由於廣受歡迎，陸續改編為許多媒介的版本。讀者的挑戰是，須在一張插畫家設計過的圖畫中（裡頭畫了密密麻麻的人以及各種物品和景物）找出身穿紅白條紋上衣、頭戴絨球帽與圓框眼鏡的主角沃爾多。

論，是深思熟慮的安排。雖然他自承寫作的對象，絕大多數是那些已贊同他的讀者（《紐約客》逾百萬訂戶中的大多數人肯定贊同他），但他仍努力避免煽動性的激情語言，以免疏遠其他的讀者。在左翼自由派人士的眼中，赫氏的穩重是他的魅力所在，而且他似乎沒有敵人。

尤其，赫氏是一個文字巧匠。他的記者好友金斯利（Michael Kinsley）以珠寶工匠比擬他。雖然赫氏的分析通常無可挑剔，但他最獨步政論界的，是他的文字風格。根據赫氏於白宮時期的同事法羅斯（James Fallows，《大西洋月刊》記者）的看法：「即使是瑞克自己，也會承認他並沒有為自由派這一方發展出真正的新思維，但他能用更為純正、幽默、優雅的方式表達那些思維。」

赫氏的文風異常地莊重，這或許反映了他看待自己職業的態度。在他的想法裡，新聞寫作不是藝術，而是達到某個目標的方法。「這就好像一種手藝。」他說，然後又修飾他的說法：「呃，譬如室內設計、服裝設計，甚至是建築設計的領域。哲學、宗教、文學、音樂以及科學，是這些職業領域的內在目標；這些才是真正重要的東西。」

這倒不是說，赫氏渴求那些目標，而不嚮往新聞業。青少年時，他曾試著藉由展現自己對別州的地方報紙的熟稔，來與別州的人交朋友。念高中時，他兼差推銷《紐約時報》的訂閱，由於銷售成績亮眼，報社還把他請來發表一場演講，談談他的推銷技巧。

人的政治信念，經常源起於伊底帕斯式的反叛，但赫氏「在政治方面，基本上是個順從的兒子」。他的母親海瑟‧惠

特曼（Hazel Whitman），職業是學校老師，宗教是貴格派教會。她是名詩人華特・惠特曼（Walt Whitman）的遠親。由於1939年的反戰運動，她認識了猶太裔的記者、編輯、政治運動者西尼・赫茲伯格（Sidney Hertzberg）。從小，赫氏便耳濡目染雙親的政治傾向。年僅九歲時，他就為民主黨的總統候選人史蒂芬森（Adlai Stevenson）幫忙發送競選紀念鈕釦。[72]

二十出頭時，赫氏自許為和平主義者與激進主義者，加入了青年社會主義者聯盟，並時常投稿於國際反戰者聯盟的機關刊物《勝》（*Win*）。爾後，他便轉向中間派，但他表示，那是「風格上的變化與成熟，而不是什麼重大的轉向」。

這位日漸嶄露頭角的新聞記者的主要育成地，是在哈佛大學的學生日報《哈佛深紅報》（*Harvard Crimson*），他擔任該刊物的執行主編。由於課業問題，赫氏被判留校察看，期間禁止參與課外活動，但他仍繼續以化名為該刊物撰稿。謙遜慣了的赫氏表示，他個人成功的多數功勞，應歸於哈佛校友兄弟會的人脈網絡，因為許多大學的同儕已很快地在美國新聞界歷練到了較高的職位。

當時《紐約客》的總編輯是威廉・蕭恩（William Shawn），他有個兒子在赫氏的朋友大隊之中。蕭恩注意到赫氏在《深紅報》的表現。當他打電話給赫氏，用他輕柔的聲音說：「你好，我是威廉・蕭恩。」赫氏答道：「你是蕭恩，那我就是羅馬尼亞的瑪莉皇后（Marie of Romania）。」然後便掛斷電話。當蕭恩只好再打一次，赫氏才相信，這位來電者真的是那

---

72 1952年史蒂芬森代表民主黨參選總統，但為共和黨的艾森豪擊敗。

位傳奇性的總編，而且他是來電邀請赫氏加入他的團隊，並非學生在惡作劇。

赫氏沒有接下這個工作邀請——沒有立刻接下——他自覺太嫩，程度還不到能擔任《紐約客》的一員，而且「擔心我會因為享有太多自由，而停滯不前」。當時，他也擔憂可能被徵召到越南，遂選擇擔任美國國家學生協會（NSA）的主編（該職務可緩徵一年），他負責編輯的刊物之宗旨，在於向世界青年學子諄諄灌輸美國價值。

隔年他到《新聞週刊》（Newsweek）的舊金山分社工作，這時他才獲悉，NSA這個組織是CIA出資營運的。「我們在國外的銷售據點，也有蘇聯學生刊物的機構，顯然是KGB運作的。」赫氏回憶道：「當我發現我們與蘇聯其實如出一轍，我是相當震驚而幻滅的。」

赫氏於1966年進入海軍服役。他沒被送到越南，而是派至紐約市擔任軍方的文書工作。二年後，當接獲命令赴越南時，他寫了一份二萬五千字的申請書，想申請拒服兵役之良心犯的法律身分。他的申請被駁回，就在此時，他因為輕微的醫療併發症而收到退伍令，他想以反戰英雄的姿態入獄的幻想，遂宣告結束。於是，赫氏便打電話給「蕭恩先生」（大家一般都這麼叫他），然後進入《紐約客》任職。

蕭恩時代的《紐約客》，是特大號的搖錢樹，聘用了大批職員，其中大多數人文章產量甚低。「你真的必須刺激自己，給自己動力。」赫氏回憶起當年那段週休三日、年年可休多次長假的歲月說：「你並沒有奉派去採訪什麼、或者被指定撰寫什麼專題。要寫什麼完全隨你高興。」但是那種自由使他

感到孤立，而且心中對自己的寫作能力充滿了焦慮和恐懼，於是他開始去看心理醫生。「那時候的我認為，真正的作家應該是文學作家。」他說。

為了改變步調，赫氏擔任了紐約州州長凱瑞（Hugh Carey）的演講稿撰寫幕僚。不到幾個月，他就被法羅斯（James Fallows）（當然，也是一位哈佛校友）網羅為總統當選人卡特的演講稿撰寫幕僚。赫氏在法羅斯離職後，成為首席的撰寫者。「能體驗選邊站的感覺，能身處於政治場域，而非只是隔岸觀虎鬥，讓當時的我相當高興。」

白宮的經歷，使他對寫作有了一個新觀點，他因而「發現，當我懷有目標時，自己是比較快樂的（這裡的目標是指，協助改變這個國家的發展方向，使之符合我的價值觀），比起擔憂手段來得快樂（手段是指寫作）。」

歷史著作對卡特的總統任期一向評價不佳，但赫氏仍舊固執地忠誠於前老闆，稱他是一位「聖者」。他默默地相信，「卡特勢必會被視為一個不甚重要的總統，但是到最後，從本質上合理的角度來看他，他會被視為一個運氣很背的先知型人物。」

「當卡特離開白宮時，」赫氏繼續說：「美國所進口的石油，比他剛就職時變得較少了。沒有其他總統做到這一點。而且我認為，蘇聯帝國之所以崩解，卡特的高度重視人權所帶來的影響，不亞於雷根在任內加速增強軍力。」

卡特深信，在一個合理的世界，他應該會有足夠的時間親自撰寫所有的講稿，故而對演講稿撰稿幕僚經常只是三言兩語地簡潔交代。但卡特與赫氏至今仍相當友好，英雄惜英雄。卡

特尋求連任而輸給雷根之後，卡特寫了一篇感謝赫氏之付出的模擬演說稿給赫氏，上頭潦草地寫著一些過度恭維之詞。「他在調侃自己的簡短草率。」赫氏說：「這是一種很微妙的道歉。」

母校人脈網又為赫氏帶來另一個機會。赫氏以前的政治學老師馬汀・培瑞茲（Martin Peretz）（一般暱稱他「馬堤」），當時是《新共和》（*The New Republic*）的老闆，他邀請赫氏來當主編。即便到了今天，培瑞茲在外交政策上仍是堅定的鷹派，但他希望有個比較鴿派的主編，以維持這份雜誌的自由派傳統。

赫氏與培瑞茲一直處於激烈爭執狀態，對於反歧視法案、核武凍結運動、尼加拉瓜反政府游擊隊（Contras）的意見，都南轅北轍。有一次赫氏大發雷霆，氣到抓起辦公椅，想要朝窗戶丟過去。（然後發現它太重，又把它放回地上。）[73]

1984年，培瑞茲開除了赫氏，以金斯利（Michael Kinsley）取而代之，五年後又把赫氏請回來當主編：「我跟馬堤兩人又花了三、四年，才完全摸清彼此的脾氣，然後才再度分道揚鑣。」

政治光譜也比培瑞茲左的金斯利表示，赫氏十分苦惱於自己被迫與老闆達成的種種妥協。金斯利說：「只要我能夠放進幾篇我真正想要的文章，我就樂於放進一篇我不想要的文章。但即便如此，也會令瑞克痛苦萬分。回到我剛才說的，他

---

73 反歧視法案。公司行號對於人員聘用不得有種族、膚色、宗教、性別、性向、原出身國籍等歧視。

就像一個珠寶巧匠，雜誌的每一期，他都視為藝術作品在做。」

在此同時，《紐約客》的廣告收益逐年下滑，這個自1925年創刊以來幾乎沒有改變的雜誌，似乎亟需自我改造。於是在1992年，英國記者蒂娜·布朗（Tina Brown）成為新的總編。《Tatler》和《浮華世界》（*Vanity Fair*）之前皆因布朗的編輯風格而銷量大增，她也因而聲名大噪。

布朗哄誘赫氏重回《紐約客》的團隊，他便離開待了將近十五年的華府。赫氏的現任妻子維吉妮亞·坎儂（Virginia Cannon）當年跟隨布朗從《浮華世界》跳槽到《紐約客》。一場辦公室戀情萌發了。坎儂與赫氏在1998年結婚，她既是赫氏的妻子，也是他的文稿編輯者。兩人的十歲兒子沃夫（Wolf）與父母大不相同，對於政治和新聞興趣缺缺——赫氏說，這讓夫妻倆大大鬆了一口氣。

布朗把《紐約客》變得較為鮮豔炫目，較為名流導向，某些批評她的人還說，《紐約客》變得與其他靠大量圖片引人注意、但虛有其表的雜誌沒什麼兩樣。然而從赫氏的角度來看，她拯救了《紐約客》。「她使它與時俱進，使它樂於對當前全國性與全球性的話題表現它的看法。」他說：「即便現在她已卸任，我們仍然很少很少針對完全沒沒無聞的人物做長篇幅的人物專訪。」

1998年，現任總編大衛·雷尼克（David Remnick）取代布朗時，把她的部分公關式作風減少了，並且指派赫氏擔任社論的主筆，使這份雜誌的政治焦點更銳利。

赫氏表示，從華府圈外評論政治，大不同於「進入華府圈

內接觸政治，你在華府裡會感覺到一般的俗見時時在身邊起舞。那既是好事，也是壞事，你若能意識到便是好事，你若只是隨著俗見起舞，便是壞事」。

對於伊拉克戰爭，雷尼克採取勉為其難的支持態度，而赫氏則是持反對態度。令人訝異的是，兩人立場的分歧其實很小，但是「當事後證明所謂的大規模毀滅性武器，乃是小布希政府誤導我們，大衛比我更加憤怒」。

去年（2008）十月，他們聯手寫了一篇四千字文章，明確地為歐巴馬強力背書。《紐約客》去年七月在封面刊登了一幅相當惡毒的漫畫，把歐巴馬伉儷畫成伊斯蘭基本教義派分子，兩人正在橢圓形辦公室中，互相以拳輕擊，示意恐怖分子的任務達陣。這篇社論，算是向歐巴馬陣營伸出了適當的橄欖枝。

那幅引發了「封面門」風波的漫畫，是布里特（Barry Blitt，插畫家）所繪，赫氏並未參與那時候的刊登決策，但是他坦承，那幅畫的諷刺意圖失敗了：「那幅畫本來只是想把狂熱的極右翼人士對於歐巴馬夫婦的想像描繪出來，但是來龍去脈沒畫出，想要諷刺的目標也沒畫出來。應該在上面畫一個小小的福斯新聞網的標誌，使諷刺目標變得清楚一點。」

2004年，赫氏與雷尼克做出決定，他們必須盡一切可能來防止小布希連任，於是《紐約客》破天荒首次明確地表態為一個總統候選人背書，力挺民主黨的約翰・凱瑞（John Kerry）。

小布希卸任後，隨著歐巴馬熱取代了放狗咬小布希，《紐約客》的調性便有了鮮明的改變。依赫氏之見，媒體對歐巴馬的善意會持續多久？「只要他的支持度掉到百分之五十以

下，他們就會開始痛扁他了。媒體就是十足的膽小鬼。」

但無疑地，赫氏與歐巴馬的蜜月期將會持續較久。「我從來沒有像支持歐巴馬這般熱情支持哪個候選人。」他說：「我不敢置信，我竟然會活著看到一個素質如此之高的總統參選人。」

「講到寫出美國的意義，」赫氏繼續說：「除了林肯，歷來沒有人做得比歐巴馬更好。他能搞懂美國意義的巨大複雜性——亦即身分認同上的奇異混合與交流。正是因為讀了《歐巴馬的夢想之路：以父之名》（*Dreams from My Father*, 1995），我真正變成了歐巴馬的死忠支持者。」

筆者表示，如此無保留地崇拜一個幾乎還沒有機會證明他自己的總統，對一家雜誌的風險很大。赫氏試著說，他對歐巴馬並非毫無批評，他擔心歐巴馬或許「太過非意識形態了……我對他總統任內唯一的憂慮是，他提出的政策，也許不足以應付現在的情況——經濟刺激方案太小，他在提案上的雄心不夠大。但是我想，他對於想要的方向和目標有相當堅定的想法。」赫氏停頓一下，又說：「你可以看出，我寫的評論對於歐巴馬相當嚴苛，你知道的，而且我一定監督他負責任！」

但既然時代精神已經追上了赫氏，赫氏會覺得自己變得較不重要了嗎？「當小布希在位時，有件事情是必然要發生的，那就是他和他的歷史地位必然會被民意擊敗。所以在那段時期，寫評論有個很明顯的目標點。既然現在歐巴馬當了總統，基本上要調整攻擊的角度。」

這時，赫氏不像先前那麼滔滔不絕了，他的聲音變小，並

開始看錶。我本以為他累了，原來他正在焦慮──現在是星期二的下午，而星期五要截稿的文章他仍想不出要寫什麼題目。《紐約客》的執行編輯威肯登（Dorothy Wickenden）這般形容赫氏：「他是我認識的人裡，最親切、風趣、輕鬆的人──直到他開始寫作，就完全變了樣，寫作會莫名其妙地使他陷入近乎絕望的狀態。」

不過，送我出去前，他堅持帶我參觀一下總部的建築。我彷彿在觀賞一場美國最頂尖新聞工作者之工作環境的展覽，地方狹小，但大多空間卻閒置，相當不協調。一直到赫氏轉錯了彎、不小心走進了女廁所，我才恍然大悟他人緣甚佳的原因。

他具有真正的魅力──不是那種典型油腔滑調的美國電視名嘴的魅力，而是那種不修邊幅而令人覺得可親的魅力。我看見他的套衫上有一塊不大但顯眼的污漬，他不是不想理會，就是粗心沒看到。他的辦公室十分雜亂，到處是亂七八糟的書堆和紙堆，像是大學生的書房。

我離開了，讓赫氏去趕稿。金斯利說：「他時常在掙扎。熟識他的人都知道，他很少能每個星期就生產一篇文章。」

法羅斯表示同意：「幾乎每個靠寫作維生的人，都很難準時交稿，其中又以瑞克最嚴重。總是要搞到最後關頭才動筆，然後通宵趕稿。截稿前的一、兩個晚上，總是有如一場征伐、一場戰役、一場徹夜的圍城進攻。」

就赫氏而言，他通常會先花二十四小時想出文章的開頭──對一個句子反覆修修補補，然後躺在辦公室的氣墊床

上，他常常在截稿前一晚徹夜待在辦公室，直到文章完成。到了截稿前最後幾個小時，他就會文思泉湧、洋洋灑灑了。

星期六我打電話給赫氏時，他又變回那輕鬆愜意的樣子。我問，最後他寫了什麼。「某個我不太常寫的題目。」他答道，口氣中略微帶著歉意：「我不只是評論最近發生的事，我還建議了一個政策──廢除工資稅（pay-roll tax）。」

顯然，他這一週陷入了聖戰的心情？瑞克笑了，承認自己尚未把政策學究的文章配額用完。於是，我在他繼續大談工資稅問題之前，趕緊向他拋出另一個問題。

（2009年4月）

東尼・賈德
Tony Judt

　　紐約大學的歐洲史教授東尼・賈德（Tony Judt）每回查看e-mail時，想必都會捏把冷汗。他總會收到數百封言詞激烈的攻擊函，其中某些還會恐嚇取他性命，甚至威脅殺害他的家人。那些人之所以想取他項上人頭，不消說，並非因為他撰有幾部法國左派歷史的學術鉅著，或因為他寫了那本出版於2005年、厚達九百頁的權威性著作《戰後：1945年以來的歐洲史》（*Postwar: A History of Europe since 1945*）（*此書曾入圍普立茲獎決選名單；賴此書之助，他仍蟬聯《外交政策》暨《展望》雜誌於今年五月所評選的世界百大公共知識分子*）。

　　使這位英國出生、大名鼎鼎的學者，成為死亡恐嚇目標的原因，是他針對以色列與美國在中東地區外交政策的政論文章──其中最著名者，便是2003年10月發表於《紐約書評》雜誌的〈以色列的另類選項〉（Israel: the Alternative）。文中，他稱以色列是個「時代錯誤」，他寫道：「現在該是考慮原本

不可思議的選項的時候了」：瓦解純由猶太人組成的以色列，改組一個由猶太人和巴勒斯坦人共組的俗世性的雙民族國家。由於賈德自己就是意第緒語猶太難民子弟，抨擊他的人，很難把反猶的帽子扣到他頭上。

他一向站在非正統立場。他長期反共，卻又堅信國家須干預市場。他的思想進步，但排斥後現代理論，又覺得學術上的政治正確「就跟華府的保守反動政治學一樣討人厭」。他身為法國思想史專家，卻一點也不親法。在《過去未完成式》（*Past Imperfect,* 1992）和《責任的負荷》（*The Burden of Responsibility,* 1998），他抨擊法國知識分子刻意對極權主義矇住雙眼。他曾在劍橋、牛津、柏克萊大學任教，1987年他遷居美國，於紐約大學任教，此後賈德便一直向美國人講授歐陸的歷史。

英國史學家賈頓·艾許（Timothy Garton Ash）曾說，賈德不遺餘力地參與公共議題，使得他在英語系世界獨樹一格：「我們英國人會覺得，他比較像是歐陸思想家，而不像盎格魯撒克遜學者。他是那種認為思想觀念很重要、並且認為知識分子的職責是參與公共政策辯論的人。」身為賈德的友人、亦同為《紐約書評》雜誌撰稿人的伊恩·布魯瑪（Ian Buruma，學者兼記者）表示，賈德的世界性使他在史學界顯得格外突出。「他不僅僅是從檔案和書籍裡去撰寫歷史。他更像一個記者，他會花很多時間造訪一些不同的國家、並撰寫報導，其數量不亞於他所寫的歷史著作。」

賈德的興趣之廣泛，可見於他的新作《再評估：我對被遺忘的二十世紀的一些思索》（*Reappraisals: Reflections on the Forgotten*

Twentieth Century, 2008）。此書選錄了他近十二年裡的二十五篇文章，題材眾多，有的文章談論猶太裔知識分子〔諸如柯斯勒（Arthur Koestler）、李維（Primo Levi）、史佩伯（Manès Sperber）、漢娜・鄂蘭（Hannah Arendt）等〕，有的談論某些國家的怪異發展（諸如羅馬尼亞、比利時），有的談論美國於冷戰期間的外交政策，有的則談論社會民主制（social democracy）的沒落。

賈德一貫的論戰風格，於此書清楚可見。他把法國新馬克思主義理論家阿圖塞（Louis Althusser）比作「二、三流的中世紀經院哲學家，拚命在他自己幻想出來的學問範疇裡亂扒亂抓」。他抨擊霍布斯邦（Eric Hobsbawm，當今史學權威、冥頑不靈的共產主義者）「在這個時代莫大的恐怖與恥辱事件發生時，卻呼呼大睡」。與賈德同為自由派的若干人士〔如雷尼克（David Remnick）、葉禮庭（Michael Ignatieff）、佛里曼（Thomas Friedman）〕，因支持伊拉克戰爭，而被他批得體無完膚。賈德寫道：「在今日的美國，新保守主義者製造出殘忍而野蠻的政策，而自由派人士則為之提供道德遮羞布。」

賈德還探討，為何以色列在1967年以、阿戰爭獲勝後，國際輿論會轉而批評以色列。在〈不願長大的國家〉（The Country that Wouldn't Grow up）一文，賈德把以色列比喻為自戀的青少年，這個國家堅信自己獨一無二，而且認定全世界都誤解了他。

書中有幾篇文章，最初刊登於《新共和》雜誌。2003年以前，該刊物一直將賈德列名為特約編輯。在〈以色列的另類選項〉一文登出後，《新共和》的執行主編威塞特（Leon

Wieseltier）把他的名字從雜誌的版權頁中移除。「他不希望有人認為他該為他其實沒做的事情負責，也不希望他被視為是某人的代表，他只代表他自己。」威塞特在提到這位曾經私交甚篤的前好友時寫道：「為何以色列非為了他的憂慮而賠掉國家命脈不可？」

那篇棘手的文章並未收錄在這本論文集，這反倒引人注目。「我實在不希望評論者和讀者很直接地把焦點集中到那篇東西上，從而把整本書解讀為那篇文章的註腳。」賈德說。

到了2003年，賈德愈來愈確信，創建各屬於猶太人和巴勒斯坦人的兩個國家，再也沒有可能性。他說：「以色列掌控了水源、經濟、舉國的軍事力量。以色列掌控了那塊土地，還把它刻意切割，使得巴人要成立一個完整國家變成不可能的事。我們應該認清上述這些事實，而非不切實際地以為：在不久的將來，以色列就會離開那片土地，然後屬於巴人的國家就會誕生。」

賈德提出的以、巴雙民族合組單一國家的解決方式，引發猶太人恐懼，深怕猶太人將淪為一個大巴勒斯坦境內的少數族群，甚至連左派猶太人都不免有此擔憂。但他認為這種恐懼被誇大了。「巴勒斯坦人在所有阿拉伯民族中，仍是教育程度最高，且最具俗世性的。大部分的巴人，必定會非常高興跟大部分猶太人一起生活和工作。我這樣說，並不表示以色列就會跟沙烏地阿拉伯變得很親密。雖然以色列的所作所為，一直都形同在致力於將巴人轉變成憤怒的伊斯蘭主義分子，但目前巴人還沒變成那樣。」

當賈德要在《紐約時報》發表一篇談論猶太遊說團的投

書，編輯還打電話給他，請賈德在文章裡提一下他是猶太
人。如果賈德不是猶太人，他還會跳入這場衝突嗎？「如果我
不是猶太人，我可能會因為害怕被指控對於猶太人在大屠殺或
反猶主義中所受苦難感到不痛不癢，而抑制自己的言論，如同
我在美國的許多非猶太裔朋友一樣。」他說：「必須在美國生
活過的人才會意識到，美國人對於中東政策有著高度壓抑的沉
默。世界上其他地方（包括以色列在內）對中東的討論都非常
熱烈，對照之下，美國人的壓抑尤其強烈。」

2003年10月，賈德原本預定於紐約的波蘭領事館發表一場
談論「猶太遊說團」的演說。開講前一小時，領事館方面接到
了反誹謗聯盟（Anti-Defamation League）與美國猶太人大會
（American Jewish Congress）來電關切，便取消了演講會。反
誹謗聯盟總幹事佛克斯曼（Abraham Foxman）否認猶太人組
織曾暗中打壓賈德，駁斥傳言是「沒道理的抹黑」，但波蘭領
事顯然受到強烈壓力。有一百一十四位知識分子在《紐約書
評》雜誌聯名發表一封公開信，譴責反誹謗聯盟的荒唐愚
行。[74]

希欽斯（Christopher Hitchens）曾在《石板》雜誌
（*Slate*）發表文章，嘲笑賈德的憤慨。他認為，是否能在一個
私人機構發表演說，並非民主人權所保障。希欽斯本人也對以
色列持批判態度，因而極受爭議，他嘲笑說：「我真是錯過了

---

74 反誹謗聯盟（簡稱ADL），是一個國際性非政府組織。聯盟總部設在
美國。負責對抗反猶太主義思想，針對反猶太人的不當言論作出封鎖
以維護猶太人利益。

一個要大家注意我的好機會呢。」賈德則說：「我不公開回應
希欽斯，基於一個大原則：你絕不該跟一隻豬打爛泥巴仗，因
為你跟豬都會搞得全身髒兮兮，而豬是很愛這樣的。」後
來，《石板》刊登一則搞笑有獎問答，題目是：「你是反猶的
自由派嗎？」二獎是，與賈德共進晚餐。賈德則說：「我討厭
吃晚餐，所以我絕對不是一個討人喜歡的晚餐伴。這還真的是
個懲罰呢。」

　　賈德十五歲時，母親（美髮師）和父親（書商）擔心他缺
乏社交生活，把他送到以色列的猶太復國運動夏令營。賈德
說，當年的他「沉浸在一片青春熱情之中——眾人圍著圓圈跳
舞、唱歌、滿腦子都是左傾與民族主義思想」。

　　十九歲時，就讀劍橋大學的第一年尾聲，他組織了一群志
工，替代那些因「六日戰爭」而被徵召的軍人到農田耕種。那
一年稍晚，他為以色列軍官開卡車、擔任法語、希伯來語翻譯
員。然而，就在此時，他與猶太復國運動的戀情崩壞了。
「我開始看見我之前不太了解的以色列的一面。」他回憶
道：「我聽見以色列軍人的談話，諸如『我們現在得到這塊土
地了，我們絕不會還回去。』『只有死掉的阿拉伯人，才是好
阿拉伯人。』你不必是個政治天才，也能看出一個大災難正在
形成。」

　　賈德為了寫他的劍橋博士論文，赴巴黎高等師院做研
究，在留學巴黎的二年間，他的另一個幻想也破滅了。他
說：「漸漸的，我變得沒那麼著迷法國，不太想成為那種喜愛
法國料理、抽著Gauloises牌香菸、戴著黑色貝雷帽在人前招搖
的膚淺哈法族。」

　　二十年前，他初至紐約大學的法國研究學院執教，當時反法尚未在美國形成一項運動。「今天，法國和法國的東西被視為一種邊緣菁英的嗜好。但在過去，它們被認為是有教養的人都該關心、該談論、該閱讀的東西。」

　　1995年，賈德在紐約大學創立雷馬克研究所（Remarque Institute），以促進美國與歐洲的對話。但是，即便到了後小布希時代，他對美、歐關係並不抱持什麼希望。「美、歐關係的實質內涵，大概不會有什麼巨大改變，因為美國看世界的方式，跟歐洲非常不同。」他說：「歐洲人把土耳其或中東問題看成前線議題，而美國人則視之為遠距離的威脅。」

　　在《戰後》一書，賈德形容歐洲是「國際美德的模範」，是「所有國家都該效法的模範」，然後提出「二十一世紀或許會屬於歐洲」這樣的結論。以賈德如此冷靜而踏實的歷史學家，這樣的看法是非常感情用事的。「在『如何在全球化的世界中過著西方式的多元民主生活？』這一點上，」他說：「歐洲所建立的範式，大概是我們唯一可茲參考的範式──亦即能把民族國家的現實，與跨國性機構、法律、跨國合作等東西結合起來的範式。」

　　賈頓・艾許稱《戰後》一書是劃時代的成就，因為這是第一本整合了西歐與東歐歷史的戰後歐洲史著作。但他覺得賈德誇大了歐洲與美國之間的歧異，他說：「我認為大西洋的兩側，很可能將回到我稱之為「歐洲－大西洋議題」，也就是回到一種策略性夥伴關係。東尼之所以會誇大那歧異，是受到他過去八年在小布希政府治下的美國生活經驗影響太深所導致。」

　　布魯瑪表示，賈德「有時候會為了深化討論、而把事情講得太過火」。他認為，賈德把歐洲理想化，是作為表達他對美國感到幻滅的一種方式。「他是個熱情的人，有時候可能會先採取非常熱情的主張，而後來感到幻滅。正因為他起先懷抱了莫大的熱情，使得那股幻滅更加劇烈。對他而言，以色列是如此，美國亦復如此。」[75]

（2008年6月）

---

[75] 賈德於2008年被診斷出罹患肌肉萎縮症（簡稱ALS），病情惡化後頭部以下無法移動，呼吸靠機器，但他仍以口述方式著作不輟。2010年8月，賈德因ALS引起的併發症過世，享年六十二歲。

羅伯特・卡根
Robert Kagan

　　有一種觀點，把新保守派（neo-conservatives）視為一個影
武者集團——隱身於華府智庫內，影響力巨大，卻不必向任何
人負責——共謀哄騙了一個傻瓜總統去侵略伊拉克。

　　新保守運動陣營中最能言善道的旗手羅伯特・卡根
（Robert Kagan），則有一套不同的陰謀論，他認為這些新保
守派理論家其實是犧牲者。卡根表示，如今公眾要唾棄曾經鼓
吹侵略伊拉克者，他們遂成了代罪羔羊。「當初這場戰爭獲得
美國人壓倒性的支持，在美國參議院以七十七票贊成、二十三
票反對獲得通過。突然間，卻變成六、七個人的密謀。」

　　倒不是說新保守派——他們心中的性感偶像裡，除了卡
根，還包括素有「黑暗王子」之稱的理察・裴爾（Richard
Perle）與《標準週刊》的主編威廉・克里斯托（William
Kristol）——淪為過街老鼠。當美國打輸越戰後，那些當初策
動越戰的人下場悽慘，昔日同僚紛紛迴避他們，政論界對他們

口誅筆伐，在公共辯論中也噓聲不斷。不過，這些伊拉克解放行動的建築師，大體上逃掉了這種羞辱。

的確，現年五十一歲的卡根，正值事業巔峰期。他是《華盛頓郵報》的專欄作者（每月一篇），卡內基國際和平基金會智庫的資深研究員，共和黨總統候選人馬侃（John McCain）外交政策的主要謀士之一。他還獲選為《外交政策》暨《展望》雜誌於2008年所選的世界百大公共知識分子。

從許多方面來看，他是典型的新保守分子——他「正邪分明」，並且堅信美國應隨時做好單方面宣戰的準備，以維繫美國價值。但是對卡根來說，新保守主義的標籤並沒有意義，他自認思想中無「新」可言。[76]反之，他把自己置於一個強調美國全球領導地位之重要的外交政策傳統之中，包括迪恩·艾奇遜（Dean Acheson）、約翰·甘迺迪、隆納·雷根等，都是這個悠久傳統的外交政策制定者。[77]

在卡根於2006年出版的《危險的國家》（*Dangerous Nation*）（他預計撰寫兩冊美國外交關係史，此書為上冊），他試圖「證明所謂『美國在傳統上是孤立主義的國家，只是偶

---

76 正邪分明（moral clarity），是美國保守主義者近年來常用的口號，意指反恐戰爭（一如二戰中同盟國與軸心國之對抗、冷戰時期美、蘇之對抗）乃是正邪之衝突。正邪分明者，支持以軍事干預手段，來推廣或捍衛民主與自由等美國傳統價值。至於反對反恐戰爭者，則被視為正邪不分或正邪模糊。

77 Dean Acheson，1949-1953擔任美國國務卿，是美國冷戰時期外交戰略的主要制定者，包括馬歇爾計畫、杜魯門主義、北大西洋公約組織，他都是重要推手。

爾把頭向外伸到世界』，是謬誤的。」有些書評者指控他篡改歷史，以合理化新保守派的帝國主義美國的視野。

卡根在文章裡雄辯而好鬥，但本人卻出人意外地相當友善。他身材碩大，但有張娃娃臉，臉上掛著那種歪向一邊、略顯為難的苦笑，他穿著一件開領襯衫，要我以「巴伯」（Bob）相稱。[78]他位於華府的辦公室的書架上，此時空空如也，因為他才剛從待了三年的布魯塞爾返國。他的妻子維多莉亞‧努蘭德（Victoria Nuland）（曾經擔任錢尼的顧問）這三年間在布魯塞爾擔任美國駐北大西洋公約組織的代表。

高爾‧維多（Gore Vidal，*美國知名文學家*）有一次曾評論卡根「陷入一種極不得體的誇大妄想症，只為華府的政治騙子代言」。但是，卡根強健有力的文字風格，以及對於地緣政治趨勢的靈巧分析，即便是他的政敵，也經常不禁為之喝采。季辛吉（Henry Kissinger）的務實觀點，通常與新保守派以價值觀為本的政治視野扞格不入，但季辛吉卻說卡根於2003年出版的《樂園與力量》（*Paradise and Power*），是一本「針對歐美關係這個主題，具有重大影響的討論」。

卡根認為，美國作為世界上獨大的超級強權，自然偏好建立一套廣受遵行的國際秩序。反之，歐洲諸國——軍事力量較弱，地理位置上曝露在較多戰爭風險中，而且籠罩在第二次世界大戰的陰影——竭力以外交方式（而非軍事行動）來解決問題；他們較傾向於透過國際合作來尋求控管，而非諸國各行其是地陷入混亂。

---

78 Bob是Robert的暱稱。

　　當大西洋兩岸的關係，因為伊拉克問題而產生嚴重裂痕時，卡根寫道：「美國人來自火星，歐洲人來自金星。」以這個現成好記的短語來概述美歐關係。《樂園與力量》一書成為國際暢銷書，歐盟的外交政策主委索拉納（Javier Solana）還發送這本書給每一位駐歐盟的大使。雖只有區區一百頁，這本小書卻被拿來與兩部試圖為大時代之轉折下定義的文獻相比較，福山（Francis Fukuyama）的《歷史之終結與最後一人》（*The End of History and the Last Man,* 1992）與杭廷頓（Samuel P. Huntington）的《文明衝突與世界秩序的重建》（*The Clash of Civilizations and the Remaking of World Order,* 1996）。[79]

　　卡根的最新作品《歷史之回歸與夢想之終結》（*The Return of History and the End of Dreams,* 2008）又引發了新論戰。他在此書中提出的政策大綱──組織一個全球性的民主政體聯盟──成為馬侃的外交政綱的基石之一。對卡根而言，面對專制強權中國與俄羅斯的重新崛起，全世界大約一百個民主國家，需要一個集會論壇，以推展他們共同的價值觀念。

　　《歷史之回歸與夢想之終結》的書名，暗指了福山曾做的假設：意識形態鬥爭的歷史，在鐵幕垮台後終結了，被市場資

---

79 卡根借用美國兩性作家約翰・葛瑞的《男人來自火星，女人來自金星》的句子。葛瑞以「火星」（戰神）比喻男性，象徵男性一般給予人富動力、理性、衝動、性急的特質，以「金星」（愛神）比喻女性，象徵女性一般給予人富同情心、感性、重情感交流等特質，從而討論男性與女性的思想行為模式的差異。卡根此處，則是要討論美國與歐洲的思想行為的差異。

本主義民主制度取而代之。「當後冷戰時期開始，我們本以為民主制度已經沒有挑戰，只剩下如何促進經濟發展的問題了。」卡根說：「但是現在世上的兩大專制強權似乎仍相當鞏固，而沒有發生我們預期中的以經濟發展為本的演化。民主國家之間必須開始更為同心協力地攜手合作，或者處理辛巴威和緬甸等問題，或者展現團結，對抗俄羅斯重新崛起的勃勃野心。」

在文章裡雄辯而好鬥的卡根，也有令人意想不到的敏感脆弱的時候。今年五月，現任亞太地區事務的國務助卿坎貝爾（Kurt Campbell）在一場晚餐會上，當著卡根的面，大開新保守派的玩笑，這才發現卡根有這樣的一面。據說，坎貝爾若有所思地說，新保守主義分子都是吸血鬼，除了銀色子彈能殺死吸血鬼之外，新保守派是永生不死的。坎貝爾繼續說，新保守派也不是狼人，因為狼人在白晝還是理智的，但新保守主義分子一天二十四小時都瘋狂。卡根沒笑，而且在翌日的會議上，拒絕與坎貝爾同臺。

幾乎沒幾個人會同意卡根自稱的，他屬於「兼得兩黨交集的主流」。不過，新保守派無法被簡單明瞭地劃歸為某個黨的路線，倒也是真的。2000年總統大選，卡根支持高爾，而反對小布希「縮減美國的國際投入」的政見。「我在一九九○年代花了大半的時間在反對共和黨，因為當時共和黨反對國際干預行動。後來有人改寫了這段歷史，虛構出所謂的新保守主義運動，刻意把它說得與自由派的干預主義（也就是冷戰以來的主流政策）有所區別。」

2001年的九一一事件後，小布希的外交政策轉彎，而長期

向柯林頓政府施壓、敦促美國以武力改變伊拉克政權的卡根，突然之間變成炙手可熱。卡根的父親唐諾・卡根（Donald Kagan，耶魯大學的歷史學教授）與卡根的弟弟弗德列克（Frederick）的名氣也水漲船高。他們三人曾在2000年聯名發表《當美國沉睡時》（*While America Sleeps*）一書，要求華府增加國防預算。

卡根的青少年時期，正是卡特當總統的年代──「對美國來說，那是很低落的時期。」他說：「當時大家在談論的，都是美國力量如何如何有限，以及美國如何正在步向衰亡云云。」當雷根於1980年上臺，卡根很敬佩這位新總統的「拒絕接受所謂『蘇聯的國勢蒸蒸日上』、所謂『民主世界沒有希望』等論調。」

自耶魯大學取得學士學位後，一九八○年代大多數時間，他都在國務院工作。他看到了皮諾契（Augusto Pinochet）與馬可士（Ferdinand Marcos）的垮臺，並看到了蘇聯這龐然大建築出現了裂縫。「那段時期，我們的政策有了轉變，本來很盲目地支持拉丁美洲與亞洲的一些獨裁政權，轉而支持較為溫和的、走中間路線的民主化力量，從而獲得了相當驚人的成功。這就是我與一般的懷疑主義看法不同的原因之一。一般的懷疑主義認為，想要在目前尚無民主制度的國家中扶持民主制度，是毫無著力之處的。」

2007年美國增派兵力後，卡根對伊拉克的民主未來的可能性仍保持樂觀。「過了四年，我們看見了後果，這時他們總算改變策略。什葉派與遜尼派的內戰被認為不可避免，但那其實是我們無法提供安全保衛才導致的。」

　　馬侃的副手人選，阿拉斯加的州長莎拉‧裴琳，對於她治理的州以外的世界似乎知識非常貧乏，這必然使卡根感到憂心吧？「起碼，她的外交政策經驗，並不比馬侃其他可能的副手人選要少。」卡根反駁道：「但由於他們都是男性，所以沒人對於這個選擇提出任何疑問。」

　　所以，對於外交政策十分無知，是馬侃陣營核心決策圈的常態？卡根臉上閃過一抹譏諷的微笑。「這種『美國的外交政策只能託付給某些菁英外交人士』的觀念是錯誤的。我相信，一般的美國人可以在許多外交議題上做出比政府更好的決策。」他這是以馬侃的信徒的角度說話，而非以外交政策的資深官吏的角度說話——很快地，他又以資深官吏的角度辱罵歐巴馬對於外交政策幼稚無知。

　　「馬侃投入於國家安全議題已有數十年，」他說：「然而歐巴馬只在參議院待了幾年，而且他在政見中不把外交政策當作首要的議題。他有些時候說：『我們應該與伊朗談判。』然後另一些時候他又說：『若無先決條件，我們不應該跟伊朗談判。』他談論到轟炸巴基斯坦，然後又談美國如何不應再那樣子做事了。在歐巴馬的外交政策裡，你想聽到什麼，就可以聽到什麼。」

　　論及馬侃未來欲恢復美國在世界舞臺的正當性時將面臨的挑戰，卡根說：「大多數國家按照自身利益而行，他們的利益不必然因誰當選了美國總統而有所影響。國際體系中各國政府的行為，並不是根本上反美的。」

　　卡根說，亞洲國家愈來愈期待美國的保護，以抵抗崛起的中國，又補充說，比起二年前，美國更樂於與現在的歐洲建立

更緊密的關係。卡根聲稱，在東歐與中歐的歐盟新成員的施壓下，法國與德國欲藉由擁抱俄國以平衡美國力量的企圖失敗了——因為自從俄國當局對喬治亞共和國採取軍事行動，那些國家對於克里姆林宮的焦慮增加了。

卡根認為來自火星的（戰神的）美國人，與來自金星的（愛神的）歐洲人，在世界觀上是無法調和的？「我不認為使美國人與歐洲人歧異的原因有所改變。」他說：「但是隨著我們眼見兩大專制強權崛起，整個國際局勢正促使歐洲人與美國人再次地緊密合作。」

目前現存兩個民主俱樂部——北約與歐盟，但依卡根之見，此二者皆無法反映全球各地分佈著民主政權的新實況，而他提議成立的民主協奏大會，則將能納入拉丁美洲、非洲、亞洲的民主國家。

用卡根的話來說，聯合國安理會或許是「無可救藥地癱瘓了」；但是依筆者之見，把世界主要強權聯合在單一的組織下，而民主國家在裡頭被迫與專制政權談判，這比起分裂為兩個對立陣營，肯定更加安全吧。

這世界或許不像卡根所主張的那麼黑白分明而兩極化地分為民主國家與專制國家，但若組成一個排外的民主俱樂部，卻可能有製造出此種對立的風險。如果卡根的影響力不像現在這般可以影響總統候選人，他的提議或許會被棄如敝屣，單純視之為卡根對於他在國務院時期的兩極化世界的懷舊。但若是美國的選民選出馬侃為總統，卡根這個想法，勢將時常於我們耳中響起。

（2008年9月）

保羅・克魯曼
Paul Krugman

　　當2008年10月保羅・克魯曼（Paul Krugman）獲頒諾貝爾經濟學獎的時候，他看起來不像一隻孤鳥了。因為該年稍早的一份CNN民調顯示，小布希是現代歷史上最不受歡迎的美國總統，亦顯示美國即將選出一位反對伊拉克戰爭的民主黨籍總統。然而，在入侵伊拉克的預備期間，克魯曼卻是主流媒體中毫不畏縮地攻擊小布希的少數專家學者之一。

　　克魯曼自2000年1月起每週在《紐約時報》寫二次專欄，從一開始，他的文章就毫不留情地指控小布希欺騙人民，比方說為富人減稅、試圖削減社會福利制度，以及關於伊拉克擁有「大規模毀滅性武器」等，小布希皆以謊言包裝背後的動機。

　　2001年的九一一事件後，中間自由派的報章雜誌搖身變為右派。當《紐約時報》、《華盛頓郵報》、《紐約客》、《新共和》紛紛遵從小布希政府的意見，克魯曼的異端性專欄

使他成為反戰左派的北極星，亦使他成為新保守派欲除之而後快的人物。

「在主流媒體的專欄版，我大體上勢單力孤。」這位五十六歲、溫文爾雅的普林斯頓大學經濟學教授說：「現在回頭看2002年，大家可能會說：『沒那麼糟啦，我們並沒有再一次經歷麥卡錫主義年代。』但是在2002年當時，情況非常混沌不明，非常令人恐懼。」

在諸如史迪格利茲（Joseph Stiglitz）、薩克斯（Jeffrey Sachs）、森恩（Amartya Sen）等高知名度的經濟學家之中，克魯曼的名氣最響，曝光率最高。他在1991年獲得克拉克獎（John Bates Clark Medal，此獎專門頒給四十歲以下、學術貢獻卓越的美國經濟學家），他在經濟地理和國際貿易的研究影響力很大（相關專著有十五種，期刊論文有數百篇），因此長期以來被認為篤定獲得諾貝爾獎。

在後九一一時期的美國的狂熱氣氛中，克魯曼的敢言惹來了死亡恐嚇。但自稱性情似貓的克魯曼，習慣於平靜的常春藤聯盟的學院環境，從未打算投身政治戰場。「我現在的生活跟我的期待有落差，比較不自在。我應該閒坐在舒適的扶手椅上，深思我畢生的研究工作才對。」

1999年《紐約時報》邀克魯曼寫專欄的時候，他以為不會太耗時間，但他錯了。寫專欄造成的主要負擔其實是財務上的。因為報社有利益衝突規定，禁止他為私人企業演講，以他的行情，最高一場可收費五萬美元。

原本在1999年時，隨著美國的政治熱景逐漸冷卻，經濟逐漸蓬勃，克魯曼預計要在專欄中撰寫關於商務協議、網路，以

及開發中世界的金融危機等題目。但2000年的總統大選使他捲入政治議題。「奇怪的事情在當時發生，某大黨的候選人在經濟議題上厚顏無恥地欺騙大眾，居然沒人要求他證明他的説法。」

克魯曼表示，媒體之所以輕輕放過謊話連篇的政客，是因為記者被訓練針對任何議題都要兩面思考。他曾在2000年嘲諷道：「假如小布希説，世界是平的，那麼新聞分析的標題就會下：『關於地球的形狀：各説各話』。」在《大解謎：我們迷失在新世紀》（*The Great Unraveling: Losing Our Way in the New Century*, 2003），[80]克魯曼解釋了為何許多人無法明白小布希政見中的激進性：「當習慣於穩定的人們面臨到一股革命性力量時，他們無法相信眼前發生的，因而也無能為力去反對它。」

他深知為何記者不敢有話直説。「大多的時候，挺身而出，報導真相，根本不會獲得任何獎賞。」他説：「反之，報導真相的人往往被開除，而不報導真相的人則不必付出任何代價。大多數的新聞媒體都為大企業所擁有。聘用的記者雖然多半出身於美國東北部的大學、受高等教育、且通常具自由派傾向，但是要刊登或播出什麼報導的最後決定權，大體上掌握在共和黨人的手中。」

儘管《紐約時報》泰半的專欄作家都是資深記者，克魯曼的學院背景，意味他從未被社會化，從未跟隨主流媒體路線。其他政治記者汲汲營營，欲擠入華府的晚餐宴會。克魯曼

---

80 台版譯為《克魯曼談未來經濟》。

則過著居住於紐澤西州的大學教授的生活，與外界相對上較隔絕，並藉此維持其獨立性。

克魯曼有時被批評第一手工作做的不多，雖然如此，他並未看到任何必須親自採訪政府行政官員的理由。「我不想走那種專跑政治線記者的風格。那不是我想寫的東西。我所寫的幾乎全是政策議題，那種小心翼翼、力求中性的用字遣詞，是無助於我釐清問題的。」

即使是克魯曼的崇拜者，有時也對他猛烈的言論畏懼三分。與克魯曼相當熟識、亦為諾貝爾經濟學獎得主的史迪格利茲就說：「他一向火力全開，從來不用一點一滴逐漸升溫的方式來表達義憤。」

克魯曼的父親是保險公司的業務主管，政治上是個自由派。青少年時期家住長島的克魯曼，曾夢想有朝一日成為「心理史學家」（psychohistorian），亦即艾西莫夫（Isaac Asimov）的《基地三部曲》（*Foundation Trilogy*, 1951-53）裡的先知數學家之一。大學時，克魯曼選擇經濟學為志業，認為經濟學是僅次於艾氏虛構的心理史學的最佳學問。

獲得耶魯大學學士後，克魯曼赴麻省理工學院攻讀博士，並在那裡鞏固了他那令人耳目一新、非意識形態性的經濟學方法。克魯曼不滿於篤信自由市場者，亦不滿於教條式的市場干預主義者，他自稱是「不看輕自由市場的凱因斯主義者」（free-market Keynesian）。「從實踐面看，這是一種常見的立場。你相信政府干預市場的作用，但你對於市場的力量、對於市場可以依賴之處，也有很深的理解。」

1979年，他發展出第一個用於解釋貨幣危機的模型。不過

在經濟學家之間,克魯曼最負盛名的,還是他發明了所謂的新貿易理論(New Trade Theory)。古典貿易理論模型中有所謂的「比較優勢」(comparative advantage),意指一個國家所擁有的某自然資源比例,將支配該國的相關產業在世界市場上的成功。克魯曼則揭示,有時候支配市場的,並非自然資源的比較優勢,而是專業化與科技的水準。

這項影響重大的研究,使他在1982年獲得延攬,成為雷根的經濟顧問委員會的一員。克魯曼說,作為華府圈內人的那一年,使他對於政策制定的過程有了一番出乎他意料的洞察。「高層做出關鍵決策所依據的理由,通常是十分模糊的『我跟某某商人談過,他這樣告訴我』之類的理由。」克魯曼發現,政府官員制定政策後,非常不願意加以修正。「大多數政策都依然故我,除非有非常強大的壓力迫使他們改變。」

他很高興隔年就返回了學院。「擔任部屬,我沒問題。但說到要擔任政府高層官員,由於我缺乏官場中人的圓滑,將會產生很嚴重的問題。」

1984年,克魯曼就當上麻省理工學院的正教授,但他並不以此為滿足。「當時的我已經有一份好工作,一份好收入,以世上大多數人的觀點來看,我相當的順遂。可是,就學術位階的角度來看,當時的我並未站上最高層。我的參考團體,才是真正明星級的經濟學家。」[81]

81 參考團體(reference group),社會行為者能夠產生認同、並加以仿效的個人或群體,以該個人或群體作為評價自己與自己行為的參考標準。

　　1992年柯林頓參選總統期間，克魯曼躍升為一顆明星。當時共和黨宣稱，所謂工資差距日益擴大，只是一個迷思，而柯林頓的顧問則使用克魯曼有關收入不平等的論著來破解。許多人猜測，柯林頓將指派克魯曼當他的經濟顧問委員會主委。

　　當克魯曼未獲任命，而是柏克萊大學的經濟學家蘿拉‧泰森（Laura Tyson）當上主委，克魯曼氣憤難平。他視泰森為「第三流的詮釋他人研究的學者」，又指責另二位柯林頓任用的官員是「只會重複愚蠢的陳腔濫調、卻自以為深奧」的「流行的國際主義者」。

　　如今，克魯曼刻意輕描淡寫他當時想加入柯林頓團隊的雄心。「我大概會喜歡那份工作的分析性的部分，但我是個糟糕的主管，而且我做人不圓滑，所以我自認不適合那個職位。」據他臆測，1992年他跟柯林頓第一次（亦是最後一次）會面時，就不討柯林頓的喜歡。「我不屑於關注工業化的問題，那卻是他最愛談的主題之一。如果那算是面試，我就是沒過關。」史迪格利茲承認，克魯曼「容易激動的性情，在某些方面（如報刊寫作）相當適合，但在政治場域大概就沒那麼吃香了。」

　　史迪格利茲覺得，克魯曼低估了1997年金融風暴以前的東亞地區經濟成就。「他認為，東亞毫無奇蹟可言，他們只是儲蓄很多罷了。」史氏說：「我則回應他，他們存了那麼多錢就是一個奇蹟。沒有其它國家曾經成功達到那麼高的儲蓄率，同時妥善地投資那些存款。」

　　亞洲的經濟榮景確如克魯曼所預言的崩盤了。而小布希入侵伊拉克的理由，如今也被廣泛承認是訛詐之言，克魯曼的預

測再次獲得印證。但克魯曼並不自滿於當一個論點被證實無誤的異議人士，而是孜孜不倦於他的學術工作。他正在修改他跟太太蘿冰‧威爾斯（Robin Wells）合著的一本經濟學教科書的導論，並準備「經濟學553」的課程書單。[82]「能夠把時間用來思考最新的研究趨勢，是很令人愉快的，我本來就應該把每一天都致力於此。」他說他想要完全回歸的，就是這種生活方式。

　　但是，克魯曼的參考團體不只有明星級的經濟學家，如今還多了政論專欄作家。有些人視克魯曼為美國最具影響力的政治評論家。他想必希望繼續身兼政論家吧。棄聚光燈而就象牙塔，似乎不太可能做到。

（2008年5月）

---

82 Economics 553，是克魯曼在普林斯頓大學經濟學研究所開授的「國際貨幣理論與政策（一）」的課程流水號。

貝爾納－亨利·李維
Bernard-Henri Lévy

　　我在華盛頓特區某家飯店的大廳等候貝爾納－亨利·李維（Bernard-Henri Lévy），枯等良久的我，耐性漸失，不禁心想，那些嘲諷他的人是不是說對了？（他們批評這位法國名氣最大的公共知識分子，是個自私自利的浮華公子，是個出門乘坐有著暗色玻璃、由私人司機駕駛的豪華戴姆勒加長禮車的「巨富左派」。）我想像這位頂著一頭蓬鬆髮型的哲學家、電影導演、記者、社交名流，大概還在他的飯店套房中精心打扮自己，或者正在跟他的妻子艾莉兒·唐貝索（Arielle Dombasle，名演員、歌手）通電話。她這時或許正在他們的十八世紀摩洛哥宮殿式大別墅吧。

　　李維的富裕生活方式、做作的個人魅力、厚顏地頻頻提到名人以自抬身價，使他成為易遭眾人挖苦的對象。晚間電視的人偶新聞秀（*Les Guignols de l'Info*），就經常拿他來模仿嘲諷。他也遭到無政府主義者的奶油派砸臉客高汀（Nöel Godin）多

次以奶油派襲擊。法國哲學家的理論是出了名的晦澀難解，其政治主張是出了名的死守教條，但我很想要遷就李維這樣的法國哲學家，此人敢於親歷現場、報導被世人遺忘的非洲衝突，而且敢於挑戰世人對美國與以色列所懷抱的不假思索的敵意。但此刻，手錶上的時間告訴我，BHL（法國人通常這麼簡稱他）不只是遲到，而大概是放了我鴿子。

這時他的宣傳人員打電話來問：「你還要來嗎？」原來，我的訊息有誤，使我走錯了飯店，但是無傷，因為李維恰好在休息。我和他終於見面時，他一頭亂髮，顯示他剛剛小睡過（抑或是精心打造的「風吹」髮型？）我提醒自己，這位不知疲倦為何物的作家（他已有約三十種著作）一日只需四小時的睡眠，此外，他從來不曾以亂髮示人。

李維的新作《公敵》（Ennemis Publics）〔此書是與「壞小子」小說家韋勒貝克（Michel Houellebecq）合著，預定於2010年出版英譯本〕，無助於消除他自戀狂的聲名。這兩位自稱是代法國知識階層受罰的人，把兩人在某六個月期間的通信筆談集結成這本書。在一封寫給韋氏的信上，李維寫道：「我可以盡其可能地解釋自己在做的事。但我這樣做，徒然惡化我已有的罵名：不食人間煙火的布爾喬亞豬，只是假裝關心世界上的受壓迫者，以博新聞版面。」

針對李維而來的攻擊之中，最令他憤怒的，經常是來自於同為左派的人士。但這並不令人意外。李維這趟美國之行，是為了宣傳他的著作《處於黑暗時代的左派》（Left in Dark Times, 2008）英譯本的出版。此書是他針對「反法西斯的左派分子」的思索。政治運動者諸如羅伊（Arundhati Roy）、喬姆斯基

（Noam Chomsky）、費斯克（Robert Fisk）、齊柴克（Slavoj i ek）等，以及大多數法國後現代主義大師，在此書中都被他痛罵。誠如李維所見，今日典型的左派，把伊斯蘭激進主義的出現歸咎於美國，卻忽略反猶主義以及穆斯林之違反人權。李維在書中質問，左派怎能遺忘1968年5月學運分子衝向拒馬所追求的自由價值？

儘管李維堅決反對伊拉克戰爭，但他一向熱烈地為美國辯護，這使他與大多數法國知識分子齟齬難合。「反美主義，是一種盲目的、愚蠢的、糟糕的工具。」李維一面揮動手臂、一面以他典型的自信口吻表示：「我們幾位少數了解這一點的法國人，在國內並不受歡迎。」

在《處於黑暗時代的左派》的開頭，李維談起他在2007年法國總統大選期間，接到中間偏右的薩科吉（Nicolas Sarkozy）的電話。「你什麼時候寫篇小文章，替我美言幾句？」薩科吉問（不消說，他們是老朋友了）。李維回答說，左派是他的家人，「你可不能像換襯衫一樣把家人換掉啊。」李維倒是出了名的不換襯衫，他從未改變招牌穿著：黑西裝，白襯衫，而且襯衫上面幾顆扣子一向不扣，胸口微露。但薩科吉連忙又說：「你的家人？這批人三十年來都在對你說，你去吃大便吧。」這話倒也言之成理。

李維也同意，由於左派無法採取行動阻止發生在車臣與達佛（Darfur）的流血暴力，所以他跟左派分道揚鑣了。即便如此，李維還是為社會黨的何雅爾（Ségolène Royal）（薩科吉的對手）背書，他認為她「比較不邪惡」。薩科吉上任後的作為，大多不出李維所料：「他本來承諾要當人權總統，但他卻表態支

持普丁。他本來威脅要抵制北京奧運，後來卻打了退堂鼓。」

《處於黑暗時代的左派》的副標題「對抗新野蠻主義的立場」（*A Stand Against the New Barbarism*），典故源自他在1977年推出的論著《戴著人面的野蠻主義》（*Barbarism with a Human Face*）。該書暢銷數百萬冊，並為李維贏得登上美國《時代》雜誌封面人物專訪的待遇。當時，年僅二十八歲的李維，就此開始領導所謂的新哲學運動（New Philosophy）。李維與格魯克斯曼（André Glucksmann）和芬基爾克羅（Alain Finkielkraut）聯合起來，表態摒棄馬克思主義，稱它是洗腦的工具，而非追求自由的工具。「過去的反馬克思主義者曾說，馬克思主義之罪惡在於散播造反。」李維解釋道：「我則說，馬克思主義防止了人民反叛。它是使人民服從獨裁政權的腦筋凝固劑。」

李維的政治性格的起源，要追溯到他童年時與他父親安德烈的對話。（他父親曾離開出生地阿爾及利亞，去參加西班牙內戰，後來在二戰期間又加入法國抵抗希特勒的地下反抗軍。）安德烈・李維教導他兒子，「與法西斯主義，沒有任何的妥協餘地」。近年來，李維毫不猶豫地使用「伊斯蘭法西斯主義」（Islamo-fascism）這個詞，而惹來伊斯蘭激進派向他發出死亡威脅。

1948年，李維在阿爾及利亞西北部的小鎮班奈薩夫（Béni Saf）出生。尚在襁褓時，父親就舉家遷至巴黎，使得李維對自己的出生地完全沒有記憶。李維猜想：「這個小小的特殊性，也許可以解釋我為何會在哲學上，執著於人們有必要把自身的國籍或種族的連結紐帶切斷，進而追求自由。」

如果說李維的著作中有什麼一貫的核心主旨，那必定是：普世人權是存在的，而且必須被捍衛（這主旨本是左派的老生常談，如今卻因「包容」和「文化相對主義」的觀念而有所退縮）。李維把自己的普世主義觀點追溯到自身繼承的猶太文化（他的外祖父是一位猶太教祭司）。他呼應自己的舊作《上帝聖約》（*The Testament of God,* 1978）的論調說：「生而為猶太人，意味著虧欠他異性（otherness）。《塔木德》（*Talmud*，猶太教法典）中的導師們開示，生而為猶太人，就是要深度探索人性之為何物。」

1997年，李維的父親死後二年，李維以逾七億五千萬法郎出售家族伐木事業，並買下位於馬拉開什（Marrakech）的隱匿居所〔那座宅院曾經為文化慈善家約翰・保羅・蓋堤（John Paul Getty，美國石油大亨，曾大力獎助藝術）所擁有〕。[83]李維與唐貝索這對夫妻，在巴黎河左岸、法國蔚藍海岸，以及摩洛哥都有房子，每隔一段時間他們就換地方住。所以，他一共有三棟房子？「對，我想是的。」李維點點頭，然後又補了一句：「在摩洛哥應該是兩棟。」聽見我把摩洛哥說成是度假勝地，BHL連珠砲地說「不，不，不。」他不記得自己度過任何假。他表示，擁有複數個住所，有助於他和太太躲避公眾的注目。

當年念巴黎高等師範學院時，李維曾受教於德希達（Jacques Derrida）與阿圖塞（Louis Althusser）。他表示，阿圖塞發展出的「反人文主義」哲學，影響了他對革命的不信任。阿圖塞後來親手勒死髮妻，而使世人注目，李維則堅持

---

83 馬拉開什，位於摩洛哥中部，是摩洛哥第二大城市。

說，「不能把發瘋當作反對一個思想家的論據。他是個非常偉
大的思想家。」李維認為，阿圖塞的瘋病與其憤世之哲學是糾
結難分的。那麼，李維也是瘋狂的嗎？「坦白說，我不知
道。」他說，並做個戲劇性的法式聳肩。對於被拿來與自己的
老師相提並論，李維毫無明顯的不好意思。

　　李維參與1968年學運的程度究竟多深，一直受到爭議。但
就是在那一年，他的哥哥菲利普（Philippe）被車子撞到、變
成植物人。李維只肯吐露，菲利普現在的情況還不錯，但2003
年時他曾告訴記者，菲利普仍在昏迷狀態。李維在自傳性小說
《喜劇》（*Comédie,* 1997）中，回憶自己在五月學運抗爭期間
照料一個女朋友的經過。我說，那或許隱約在暗示他哥哥的事
情？但李維仍舊三緘其口。

　　1971年，孟加拉爆發內戰，當年二十二歲的李維生平第一
次到那裡採訪報導。孟加拉從巴基斯坦手中贏得獨立後，李維
留在當地，短期擔任孟加拉第一任總統拉曼（Mujibur
Rahman）的政策顧問。李維的女兒（*如今是一個暢銷小說
家*）在他回法國不久後出生。李維夢想自己是個情慾放蕩
者，遂替女兒取名為茉絲婷－茉麗葉（Justine-Juliette），以紀
念薩德侯爵（the Marquis de Sade）筆下最知名的兩位女主角。
「我當時認為那兩個名字，將能涵蓋所有她成為少女時可能走
上的命運。」[84]

---

84 薩德侯爵（1740-1814），法國貴族，情色文學巨匠。茉絲婷與茉麗
　葉，分別是他某二部小說的女主角，前者貞節，命運極其坎坷；後者
　放蕩，命運相當美好。

李維與第二任妻子所生的兒子安東尼－巴德薩（Antonin-Balthazar），現在是一名律師。我問，他是哪種領域的律師？李維答道：「我真的不知道。」他們父子親不親？「親。但因為律師有嚴格的保密義務。」當我指出，律師沒有義務隱藏其專業領域時，李維語帶一絲不屑地補充說：「他大概是搞商務法律的吧。」

有傳聞指出，李維的第三任（即現任）妻子唐貝索，當年在李維某本書的封面上看見李維的照片時，便對他一見鍾情，而且十分驚訝於他的長相神似耶穌基督。兩人在一場簽書會認識，會後，李維還雇用私家偵探調查她的婚姻狀況。李維與他這位有著細腰的情婦，維持了一段長達七年的秘而不宣的戀情，直到1993年才正式結婚。他們在公開場合以敬體的「您」（vous）來稱呼彼此——李維說，部分的企圖是要保持兩人的親密。

二十六歲時，李維獲得父親的財務支持，創立了《意外報》（L'Imprevu）。他胸懷大志，想為平面媒體帶來革命，但這家日報僅出了十一期便停刊。李維生平失敗的事業中，比《意外報》更慘的，只有他執導的電影處女作、於1997年推出的劇情片《白晝與黑夜》（Day and Night）〔唐貝索、洛琳·白考兒（Lauren Bacall）、亞蘭·德倫（Alain Delon）主演〕。眾家影評強烈抨擊這是一部大爛片。但李維的鼻子高傲地抽動一下，說：它的失敗並不會使他對電影斷念，他還是可能再次進行電影冒險。

毫無疑問，李維在拍攝紀錄片就享有較大的成功了。他的波士尼亞內戰系列紀錄片《塞拉耶佛之死：一日體驗》（A

Day in the Death of Sarajevo, 1992）、《波士尼亞！》（*Bosna!,
1994*），強烈呼籲歐洲出面干預，以阻止繼續流血。正如《波
士尼亞！》片尾所言：「歐洲已經死在塞拉耶佛。」李維是
1992年首批進入被圍困的塞拉耶佛的記者之一，當時他「預料
歐洲將漠不關心，但想要打破這種狀況」。但又過了三年，西
方國家才有所行動。

很難想像哪個作家能像李維那般，在祖國以外的許多國家
裡接觸到該國政壇高層。例如，美軍對阿富汗進行轟炸後，法
國總統席哈克便派李維到喀布爾進行外交任務，針對阿富汗重
建的可能性向席哈克回報。但李維始終拒絕接受國家贈予他法
國榮譽軍團勳章（Legion d'Honneur）。「我想要文壇同業頒
給我文學獎項，但我不想要薩科吉或席哈克或密特朗為我加冕
或表揚。」他表示：「我並不是很尊敬這些人。」

《華爾街日報》記者丹尼爾・波爾（Daniel Pearl）在巴基
斯坦邊境地區遭恐怖分子砍頭時，李維正在喀布爾。他於是飛
到喀拉蚩（巴基斯坦東南部港市），展開為期一年的調查，後
來寫成《誰殺了丹尼爾・波爾？》（*Who Killed Daniel Pearl?,
2003*）。在李維的著作中，他自己通常是書裡的中心，但有些
人覺得他這次有點寫過頭了，因為他竟然以想像方式描寫那記
者被砍頭前幾刻的腦中思緒。波爾的遺孀瑪莉安，稱李維的
「智識被自大摧毀了」。難怪她讀到這樣的句子時會感到吃
驚：「他想起了瑪莉安，在他們最後一次共度的夜裡，她是那
麼的迷人、那麼的美麗——女人的內心深處想要什麼？熱情？
永恆？」

李維對於自己訴諸小說手法來描寫那些無從得知的事

實，並沒有表示任何歉意。他還為這種文類創造了「調查小說」（roman quete）的名稱。二十年前，他已在《波特萊爾的最後時日》（*The Last Days of Charles Baudelaire, 1988*）初次實驗了此種文類。但李維強調，他並非提倡混淆事實與想像，反之，「『調查小說』顧名思義，是要把兩者分清楚。在波特萊爾那本書裡有三個章節，在波爾那本書裡有二個章節，是想像的產物；其餘則嚴格忠於可知的事實。」

無論是在阿爾及利亞、蒲隆地（Burundi）、斯里蘭卡、哥倫比亞、蘇丹，或最近的喬治亞等新聞熱點進行採訪，李維都不改其招牌穿著。我問，穿著名牌西裝在那些遭受戰火蹂躪的國家中遊走，會不會覺得怪怪的？「你是說，當你報導一場戰爭時，你應該穿戰鬥服嗎？或者，當你在非洲做報導，你應該穿上殖民者的裝束？」由於他沒回答問題的重點，我又說，當一個人身處於屠殺與貧窮之境，而仍執著於衣服上的講究，似乎有些荒謬，甚至沒品味。他反駁道：「我並不關心我的外表，你或許關心你的外表，但我不關心。」李維說，他一成不變的衣櫃，就是證明，「我不花時間去思考：『我要穿藍色還是紅色襯衫？』因為這個問題已經永遠被解決了！」

有些人認為，李維對反猶主義的口誅筆伐與他對穆斯林世界的強烈批判之間有著雙重標準。李維則表示，婦女被規定戴面罩之事，應被斷然譴責，無論所謂的抱持多元文化立場的女性主義者怎麼主張。他說：「要婦女戴面罩，意味著把婦女當作不正常的人類、當作必須被鎮壓的『擾亂秩序分子』來對待。那些要求婦女戴上面罩的人相信，婦女要嘛只是生育機器，要嘛就是必須被隱藏的色情書畫。」

2005年丹麥有一家報紙以漫畫諷刺先知穆罕默德，不久之後，不承認有猶太大屠殺的伊朗總統阿瑪迪尼賈（Mahmoud Ahmadinejad）主辦了一場以猶太大屠殺為題的諷刺漫畫展。全球知識界發表強烈抗議，李維亦聯名參與。他還聯署了一份宣言〔賀西阿里（Ayaan Hirsi Ali）與魯西迪（Salman Rushdie）亦在聯署人之列〕，譴責伊斯蘭主義是「新極權主義」，並聲援那家丹麥報社的言論自由權。

這位好鬥的俗世主義者，不認為自己的立場有任何矛盾。「任何穆斯林、基督徒或猶太人，都有權嘲笑拉比、上帝、穆罕默德等。」李維說：「甚至對信徒來說，嘲弄自己的宗教，也是一種強化自身信仰的方式。如果阿瑪迪尼賈能舉辦展覽來介紹舊約聖經、摩西、猶太教上帝等等東西，這就太棒了。」不過，反猶的諷刺漫畫就不同了：「否認猶太大屠殺，是對於人性與罹難者後代子孫的一種侮辱。你絕不能把針對教條與宗教的嘲諷，拿來與種族主義者對猶太民族的攻擊相提並論。」

我們聊了將近九十分鐘時，李維說：「夠了！你讓我覺得被『騷擾』了。」他的法國宣傳人員趕緊上前解釋，法文裡動詞「harasser」的意思並非騷擾，而是使疲倦。但，這位滿腔熱忱的公敵，真的可能感到疲倦嗎？

（2008年12月）

珍納・馬爾肯
Janet Malcolm

前不久，《書壇》雜誌（*Bookforum*）的主編旅行了三小時，前往珍納・馬爾肯（Janet Malcolm）位於麻州的避暑寓所採訪她。對談沒多久，馬爾肯在回答某個問題時，只答了一半便打住，而引述舞者伊莎朵拉・鄧肯（Isadora Duncan）的話：「如果我能以言語描述出來，就不必用跳舞來表達它了。」馬爾肯反問他，為何他不放棄掙扎，停止從她身上套問有趣的答案，而好好為她那本受到爭議的《葛楚與愛麗絲的人生》（*Two Lives: Gertrude and Alice,* 2007）寫篇書評呢？於是他闔上筆記本，與她一同吃過午餐後便返回紐約，撰寫書評。[85]

我正在馬爾肯位於曼哈頓的公寓訪問她，談話進行到一半，她便向我敘述上面這段小插曲，當作一則告誡性故事，示意我不必期待她會回答太多。她執筆《紐約客》的長篇「人物

---

85 Isadora Duncan（1877-1927），美國女舞者，被譽為現代舞之母。

側寫」單元，以她個人意見強烈著稱，而她也因此負有盛名。所以，她對於接受訪談十分小心謹慎，是可以理解的。馬爾肯在《記者與謀殺犯》（*The Journalist and the Murderer,* 1990），描述了涉及記者與受訪者之間關係的一宗無可避免的背叛；在記者面前，受訪者將會像個精神分析患者般退化，孩子氣地信任這位提問者，最後卻發現，這記者並非具有同情心的聆聽者，而是出於職業需要，準備撰寫某個議題與報導。所以該書經常被引述的開頭句是這麼說的：「每個記者（只要不是太笨或太自以為是）都很清楚自己正在做的事情，在道德上是站不住腳的。」[86]

現年七十五歲的馬爾肯，身材嬌小，看起來弱不禁風。從她的熱心態度，完全嗅不出她著作中的尖酸刻薄口吻。你可以想像這樣的畫面：馬爾肯是個彷彿淡入背景的不顯眼的觀察者，而她的受訪者不疑有他，誤把她的膽小羞怯看成同情，遂主動填補沉默，因而掉入她的陷阱。馬爾肯說，成為一個精明訪談者的關鍵是「保持嘴巴緊閉」。當我回應，保持沉默寡言似乎無助於我訪問她，她答道：「我所採訪的人，都很歡迎有機會能讓他們自我表述，但我別無什麼東西可以推銷，除了我寫的書。」

她的受訪者多半會在事後懊悔自己在訪談時那麼滔滔不絕——其中最著名者，就屬傑夫・慕薩爾非・梅森（Jeffrey Moussaieff Masson）。梅森是一個勇於破壞偶像的精神分析

---

86 《紐約客》的「人物側寫」單元（Profiles），以精緻的筆法、趣味性的軼事，介紹各行各業的人物，不限定是名人，也不一定是褒揚。

師，曾被任命為神聖的佛洛伊德檔案主管（不久又被革職）。[87]當梅森在馬爾肯的《紐約客》文章〔後來集結為《佛洛伊德檔案》（*In the Freud Archives,* 1984）〕，看到自己被描述為厚顏無恥的自戀狂，遂提出了毀謗告訴。梅森指控，馬爾肯所引述的梅森親口說詞，是她捏造的。文中，他自稱為「知識分子牛郎」，跟一千個以上的女人上過床，還計畫把佛洛伊德的故居，轉變成一個「性愛、女人、享樂」之地。

這樁求償一千萬美金的官司，纏訟長達十年，最後以馬爾肯獲判勝訴作結。但在此之前，馬爾肯的媒體同業紛紛質疑她所宣稱的「記者應該壓縮、重新排列、並潤飾受訪者的說詞，忠於發言的語意，而非忠於發言的字句」。此時，馬爾肯堅持要我把錄音筆關掉，改以手寫筆記。「人們說話時，經常是不合文法、不成章法的。」她說：「我不善於說簡單響亮的短句妙語。我認為自己比較是個製作者，而比較不是思考者。」

數年前，當馬爾肯開始偶爾接受專訪後，親自面對被提問的力量，令她印象深刻。「人們被提問時，總會覺得非給一個回答不可。」她說：「接著我意識到，我其實可以只丟出一句：『我無法回答。』」她很後悔在梅森事件期間自己未接受媒體採訪，她坦承「當人們只聽到片面之詞，你不能怪罪他們不了解事情」。《紐約客》的聲望，助長了馬爾肯的天真，因

---

87 梅森曾指出，精神分析開山祖師佛洛伊德涉嫌屈就於某些因素，而拋棄「誘惑理論」（亦即，把病因指向小時候遭受性誘惑），轉而將病患個案的內在幻想做為分析的主軸。

為「《紐約客》像一座象牙塔，身處其中的我們假定每個讀者都瞭解，我們的所作所為都是合乎道德而正確的」。

這宗毀謗官司成了稜鏡，人們透過它來討論《記者與謀殺犯》一書。馬爾肯在該書分析了馬金尼（Joe McGinniss，非文學類作家）遭到麥唐納（Jeffrey MacDonald，前軍醫，被控謀殺其親人）提告的官司。麥唐納指控，馬金尼接近他、假意與他交好，引導他相信馬金尼正要撰寫一本證明他清白的書，他遂容許馬金尼自由採訪他的辯護律師團隊。然而當馬金尼的《致命視野》（*Fatal Vision,* 1983）出版，卻揭露了他從不懷疑麥唐納是有罪的，這位謀殺犯於是告這位記者詐欺。[88]

雖然馬爾肯譴責馬金尼的背叛，她自己卻引發爭議地說，因記者與受訪者之特殊關係而導致的背叛所在多有，此案只是極端案例罷了。許多新聞同業把此書解讀為，馬爾肯因先前背叛梅森的信任，而欲藉此自我脫罪。「如果我同情馬金尼，我就不會寫這個案例了，因為那就是圖利我自己。」馬爾肯說：「我不覺得我有必要藉由站在受訪者這一方來拯救自己。令我覺得受傷的是，人們利用梅森的指控作為打擊我的武器，因為他們不喜歡我對新聞報導寫作所持的看法。」

馬爾肯於1965年在《紐約客》展開記者生涯，她負責寫一個關於居家裝潢與設計的專欄。在生涯前期，她並未涉入什麼爭議。「當時我必須鉅細靡遺地描寫東西的細節，因為雜誌裡不附插圖。我去商店做筆記時，得想辦法不被人看到。後來這些都成為報導工作很好的預備訓練。」一九七〇年代後期她戒

---

88 這件詐欺官司，最後以庭外賠償和解收場。

菸之後，初次嘗試跨入專題深度報導，因為她發現自己沒抽菸
無法寫作：「對我來說，寫作與吸菸是非常緊密相連的，於是
我決定寫一篇需要做新聞採訪的東西，以戒斷那種吸菸與寫作
的連結。」

馬爾肯接受了幾年的精神分析後，開始閱讀佛洛伊德的著
作，並且與其他的分析師有所交流，以瞭解精神分析的歷
史。其中一位分析師亞倫・格林（Aaron Green）尤其多話，
後來他成為《難以探觸的心：精神分析的不可能任務》
（*Psychoanalysis: the Impossible Profession,* 1981）的核心人物。儘管馬
爾肯尖銳地諷刺紐約精神分析相關組織的教條主義，該書後來
卻成為許多分析師訓練班的指定讀物之一。「他們認為，這本
書對精神分析理論做了非常清楚的說明。由此可見，他們自己
的書籍想必相當模糊難解，以至於挑不出一個較通俗的文
本。」她說。

馬爾肯的父親是一位捷克的心理醫師，他在1939年帶著全
家人逃出布拉格。所以在《葛楚與愛麗絲的人生》書中，馬爾
肯對於「個人魅力十足的現代主義作家葛楚・史坦茵（Gertrude
Stein），是如何贏得足夠的朋友，使得她與托克拉斯這一對猶
太女同志伴侶在納粹佔領時期的法國倖存下來？」這個問題感
到相當惶恐，是可以理解的。在史坦茵出版於1945年的戰時生
活回憶錄《我所看見的戰爭》（*Wars I Have Seen*），政治立場
反動的史坦茵並未在書中提及自己或愛麗絲・托克拉斯的猶太
人身分。馬爾肯說：「我想，我不曾被史坦茵寫過的任何東西
感動過。唯一的例外是《我所看見的戰爭》的最後一部分。她
在這個部分敘述了那場戰爭是如何走到尾聲，以及地下抗暴組

織是如何從隱藏狀態現身──她終於搞懂了這場戰爭，她終於理解了納粹有多壞，而且她一而再、再而三地說『向馬基游擊隊致敬』（honneur aux maquis）。」[89]

　　馬爾肯上一部著作《閱讀契訶夫》（*Reading Chekhov*, 2001），是一本混合了評論、傳記與旅行見聞的書。書中，她把自己的任務貶低為「一個文學朝聖者的荒謬鬧劇。居然放下一位天才的作品的神妙篇章，千里迢迢前往勢必令人期待落空的『原始場景』」。《閱讀契訶夫》亦如同她的舊作《沈默的女人》（*The Silent Woman*, 1994）〔此書的主題在於馬爾肯對普拉斯（Sylvia Plath，美國女詩人，1963年自殺身亡）的晚年的研究〕，性質比較不是文學傳記，而比較是文學傳記的一種解構，她把筆墨花在檢視被用於編織一個人生故事的種種半真半假的陳述與疏漏的細節。馬爾肯喜愛契訶夫的短篇小說，每回重讀，她總會在一些相同的地方潸然淚下。但是對史坦茵，她就沒有那種感覺（史坦茵的文字風格前衛難懂，從未獲得廣大讀者喜愛）。

　　「書寫一個我不愛讀其作品的作家──套句史坦茵經常使用的話──讓我覺得古怪。」馬爾肯說。「但我逐漸尊敬起她

---

89 葛楚‧史坦茵（1874-1946），美國籍現代主義女作家，長期旅居巴黎。愛麗絲‧托克拉斯（1877-1967）是她的女同志伴侶，兩人都是猶太裔。史坦茵的政治立場保守，在二次大戰尚未爆發前，曾公開為法西斯政治人物背書，甚至發表過希特勒應獲頒諾貝爾和平獎的言論。馬基游擊隊則是納粹佔領法國期間，以鄉村為主要活動區域的反納粹地下抗暴組織。

的成就，主要是她在語言上的原創性與新鮮感。凡是讀她作品的人，都會感到被她的語言重重打擊信心，因為她那種語言使得我們說話的日常語言變得似乎非常陳腐。」馬爾肯把她那本支離破碎的史坦茵所著《美國人之形成》（*The Making of Americans*, 1925）拿給我看，她把這本九百二十五頁的書拆成六小本，一是為了方便坐地鐵時閱讀，二是為了使得讀完這本厚重小說的目標，不那麼令人望而生畏。

馬爾肯說，她年輕的時候很像傳記作家伊莉莎白‧史普瑞格（Elizabeth Sprigge）。史普瑞格在出版於1955年的史坦茵研究中，親自扮演書中賣弄風情的女主角。馬爾肯說：「她覺得每件自己所做的事都很有趣。她有一種非常調皮、非常女性的風格，那令我想起，從前的我是一個很容易教別人難堪的人。」馬爾肯那懷疑主義式、自我檢討的聲音，瀰漫了她的各部作品，但她說，她筆下的「我」是敘事者之我，而非史普瑞格那種自傳性之我：「這個敘事者之我，是理想版本的我。你面前的我是個心中有著懷疑和不確定的我，而那個敘事者之我，則較為聰明、篤定，而且口若懸河。」

《葛楚與愛麗絲的人生》的主題，都是典型的馬爾肯愛寫的主題，諸如知識的不穩定性，傳記的片面性，以及構成詮釋基礎的議題。由於馬爾肯相信，為了把真實的人物置入於非小說的敘事架構中，必須用小說筆法來刻畫他們，因此相似的角色會重複出現於她的著作中（小說家也經常有這種現象）。脾氣乖戾的托克拉斯，把生命的最後二十年致力於維護史坦茵的死後歷史地位。她強迫自己不斷寫信，小心翼翼地轉移那些傳記作家所打探的問題之方向，有如歐文恩‧休斯（Olwyn

Hughes）這個人物的變體。歐文恩是泰德‧休斯（Ted Hughes，英國詩人、普拉斯的丈夫）的姊姊，也是普拉斯遺產的執行者，她在《沈默的女人》這本書中具有舉足輕重的地位。

同樣神祕的，還有個性鮮明、有如獨行俠的史坦茵研究者雷恩‧卡茲（Leon Katz）。他曾經專訪托克拉斯，卻把訪談的原始筆記壓了數十年不予發表，因而使其他的史坦茵研究者怒不可遏。那篇訪談，或許能——或許不能——解開《美國人之形成》許多神祕難懂的部分。在卡茲的印象中，梅森（Jeffrey Masson）是個討人喜歡而不落俗套的學者，由於梅森主張祖師爺佛洛伊德的理論乃是刻意扭曲證據的產物，遂成為佛洛伊德學派分析師的死敵。「喔，那真是有趣；好像作家們有同一組巡迴卡司似的。」馬爾肯說道，但她對此不想多言。

卡茲原本排定接受馬爾肯專訪，但他處心積慮搞砸這場約會，故意提早一天抵達洛杉磯機場，然後——大概是害怕馬爾肯會把他的故事侵吞為己有——婉拒重新安排訪談時間。但無法見到卡茲，並未使馬爾肯不安，因為她的目標並非寫一個表面上完整的故事。「我寫這本書時學到的東西之一是，傳主的人生怎麼發生，你就怎麼瞭解。」她說：「我不想要操弄事實，而是想要記載它。」卡茲因此成為馬爾肯筆下另一個轉喻；如同《沈默的女人》一書中那位沒有登場的、缺席的泰德‧休斯。

馬爾肯的文字風格一絲不苟、澄澈明白、冷靜沉著，與史坦茵那經常語義難明、激動熱烈、未經潤飾的文字風格（馬爾

肯曾在某處將之形容為「某種神經崩潰」），恰恰形成反命題。但是，史坦茵這位現代主義文學大師早在馬爾肯的後現代天賦發揮之前，就先暴露了敘事的限度。馬爾肯把史坦茵所著的《愛麗絲‧托克拉斯自傳》（*The Autobiography of Alice B. Toklas*, 1933）稱為「反傳記」（anti-biography）。史坦茵在此書中用托克拉斯的聲音，以戲謔浮誇的修辭書寫托克拉斯自己，從而批判所謂的傳記體。關於史坦茵的「反小說」（anti-novel）《美國人之形成》，馬爾肯曾寫道：「史坦茵一再地回頭去做自己似乎已經放棄的寫作計畫（亦即寫小說的計畫），然後又痛罵自己寫得很爛。」馬爾肯否認自己的書寫與史坦茵有任何譜系關聯，她表示：「即使我仍繼續寫傳記，我對傳記體的懷疑態度仍然持續。」

（2007年10月）

凱薩琳・米雷
Catherine Millet

今日，凱薩琳・米雷（Catherine Millet）以「凱薩琳・M」的名號最為人熟知。這位巴黎女色情狂以2002年出版的回憶錄《凱薩琳・M的性愛生活》（*The Sexual Life of Catherine M*），把她從前的學究風格變得活潑。但過去三十年裡，法國那些高談闊論的中產階級，只知道她是一個可敬的藝術評論家和展覽策劃人。往昔，從她端莊的衣著風格以及矮胖的體型，絲毫看不出她放蕩的本性。

「小時候，」該書的開頭句寫道：「我經常思考關於數字的事。」三頁過後，米雷便敘述她生平第一次雜交的性經驗──時間就在她十八歲時、失去童貞的幾週之後。雖然她在日常生活與人互動頗為壓抑，但她透過當一個從不說「No」的女孩獲得信心。她並不賣弄風騷，但對於男人來者不拒，無論其年紀、身材，或者她當晚已服務過多少男人。

在她所有的性伴侶中（想必數以千計），米雷只記得

四十九個名字。除了在時髦旅館裡的多次縱慾,她在火車站、牽引式掛車、墓園、體育館的露天看臺、公園長椅,以及汽車引擎蓋上都有性愛經驗。但是現年六十一歲、性放蕩的生活方式已是遙遠過去的米雷抗議說,她那些經驗毫無不尋常之處。「世界上有千千萬萬的人有相同類型的性生活。」她在e-mail訪談裡這麼回覆我。

在國外觀察者眼中,這本書混合了正經八百的哲思與驚世駭俗的性愛,具備了源自於薩德侯爵(Marquis de Sade)、巴塔耶(Georges Bataille),以及雷阿吉(Pauline Reage)的《O孃的故事》(*Story of O,* 1954)的典型法國傳統。男同志作家艾德蒙・懷特(Edmund White)讚美這本書是「有史以來女性書寫性愛最翔實直率的書之一」。但已故的社會學家尚・布希亞(Jean Baudrillard)在《解放報》(*Liberation*)吹毛求疵地寫道:「一個人拉起自己的裙子,應該是要展示其自我的真實,而非只是展示其裸身的真實。」

這部性愛自傳被迻譯成近四十種語文,光是法國就售出四十萬冊。自此以後,米雷有兩本評論藝術的書,也有英譯本問世──2006年出版了《法國當代藝術》(*Contemporary Art in France*),2008年出版了《達利與我》(*Dali and Me*)(此書焦點在於,這位超寫實主義畫家所寫的若干鮮為人知的文章與自傳性文字)。

達利(Salvador Dalí)生於西班牙的加泰隆尼亞,成年後大多時間旅居巴黎,其文章多以法文書寫。「在法國,達利至今仍是禁忌人物。」米雷說:「法國的藝術評論家鍾情於命途乖舛的藝術家,如梵谷,而不喜歡功成名就的藝術家。」達利

也因為支持佛朗哥將軍（General Franco）而玷污了自己的名聲吧，但米雷斥道：「講這種話的人只是又要刻意挑釁。」

雙性戀的達利針對心理壓抑一向有犀利的批判，米雷認為，他是歷史上第一個以自慰與屁股為繪畫題材的畫家。她特別注意他的兩幅畫：〈大自慰者〉（*The Great Masturbator*, 1929）與〈年輕處女以其貞潔之犀角自姦〉（*Young Virgin Auto-Sodomised by the Horns of Her own Chastity*, 1954）。達利既受性愛吸引，但又對性愛反感，大體上戒絕了性愛生活——大不同於米雷的路線。

但誠如書名所示，《達利與我》是米雷對於達利作品的非常個人式的反應，書中經常任意離題而書寫她自己的幻想生活。在米雷心目中，「我們與一件作品的第一次接觸，總是主觀的——藝評家為了在更理性的基礎上分析該作品，通常會扼殺這種主觀的層面。但我相信，說也矛盾，主觀感受是有助於客觀理解的。」十年前當米雷在研究當代藝術中的排泄物時，她便明確地對達利產生興趣。「對佛洛伊德與達利（一個佛洛伊德理論信徒）而言，糞便作為象徵，是等同於黃金的。」她說：「糞便提醒了人的物質性狀態——是人的命運的一種表現。」

達利在自傳性著作如《達利的秘密生活》（*The Secret Life of Salvador Dalí*, 1942）中，鉅細靡遺地描寫他的身體細節——譬如他胃裡的東西，他穿著打扮的風格，或者他的體態。米雷佩服達利的方法，她解釋道：「思想必定是由個體所製造。我們的身體的狀態，決定了我們會有什麼想法。」

達利在《一個天才的日記》（*Diary of a Genius*, 1964）的前

言裡宣稱，他的書「將證明一個天才的日常生活，舉凡睡眠、消化、狂喜、指甲、寒冷、血液、生與死，在本質上皆迥異於其餘人類」。但在米雷看來，達利的日記所證明的恰恰與他宣稱的相反：「當電視攝影機與公衆遠離達利時，他就回歸到非常簡單的生活方式。」

在日記中，達利從不把公開活動視為優先要務──他把自己的藝術創作看得比日常差事更為重要。對米雷來說，從偉大人物生活中的平庸面相，我們可以知悉的東西，並不亞於從他們的社交與智識活動。

這位畫家十分精於作秀，以營造其公衆形象（他曾駕駛一輛塞滿花椰菜的勞斯萊斯去參加一場演講）。他在媒體時代初期，就先於安迪・沃荷（Andy Warhol）體認到被拍攝的重要性，而名氣大增。所以，米雷覺得她出版《性愛生活》一書後、親身體會到的名人經驗，會使她更加瞭解達利，就不令人訝異了。

米雷深諳運用照片來宣傳──她的小說家丈夫雅克・昂利（Jacques Henric），出版了一本妻子的裸照集，與她的回憶錄同步上市，大肆藉由八卦炒作。米雷與昂利相戀二十六年，然後結婚至今十九年。我問，為何一個放蕩者會渴求婚姻這樣的傳統性標誌？她反駁道：「為什麼婚姻──也就是兩個人之間互相同意的法律行為──會妨礙兩個人的自由？」

相對於法國近年來的氣氛〔以韋勒貝克（Michel Houellebecq）荒廢而陰暗的小說為代表：反省社會上過度的性愛，強烈反彈1968年的道德風俗解放〕，米雷這本回憶錄倒像是一種復古的表現。「前一個世代的性愛自由，對下一個世代

是一種抑制因素。」米雷説：「那正是為什麼絕對而普世的性愛自由是個烏托邦。」

在《性愛生活》書中，米雷對自己的生活方式完全不作辯護。這本書也不是在呼籲性解放——在米雷就事論事的文字風格中，她那些經歷似乎沒有喜樂、而且是麻木地重複。「這本書是隔著某種距離之下書寫的。」米雷坦承，並強調她「既非要感動讀者，亦非要震驚讀者」。她避免按照時間順序來描述那些經歷（因為「慾望對於時間的流逝是不知不覺的」），而是把這本書分成四大主題：數字，空間，封閉空間，細節。

米雷的內心情感生活在回憶錄中幾乎闕如，但她暗示了自己出身於小資產階級家庭的童年，為她帶來了一些創傷。她的父母彼此不愛對方，且各自搞婚外情。當她還是少女時，哥哥死於車禍，留下她獨自照顧長期罹患憂鬱症的母親（她最後自我了斷）。二十三歲時，米雷去看精神分析，但她一直到自己在專業領域獲得了肯定，才克服了社交恐懼。「我不再需要透過性愛來彰顯自己。」她説。

米雷仍繼續主編她於1972年與人共同創辦的《*Art Press*》（一本當代藝術評論雜誌）。2008年，米雷在法國以另一本回憶錄《嫉妒：凱薩琳‧M的其他生活》（*Jealousy: The Other Life of Catherine M*），再度挑戰左岸的感受力。該書敘述她發現昂利先生對她不忠時，她所經歷的嫉妒。

米雷知悉昂利不忠之後，她腦海立刻浮現他與情婦們在一起的畫面，使她百般困擾、深受折磨。最令米雷痛徹心扉的是，她自覺毫無正當理由對丈夫生氣，因為兩人結婚的第一年，她自己的性關係也相當混亂。但她仍舊不改自己的性愛道

德觀。「嫉妒是一種衝動。」她說：「完全的性愛自由（亦即一種放蕩的道德觀），才能使一個人完全擺脫嫉妒。」

米雷在《性愛生活》中對於自己的嫉妒幾乎隻字未提，因為她害怕寫這個東西可能會使人誤以為她正因自身的種種逾矩之行而受到上天懲罰。她覺得這本新的回憶錄寫起來更加困難——那些記憶太過痛苦，以致於有時她耗費數小時才寫出一個句子。由此可知，她在《性愛生活》中刻意淡化了她的焦慮。我問，那本書裡有多少幻想成分（或者說精心打造的達利式裝腔作勢的成分）？「我強迫自己避免落入潛意識在記憶中所設的陷阱，尤其是牽涉到性愛的部分。」但她又說：「有誰能宣稱自己完全掌控了潛意識？潛意識之為潛意識，意味著不可能掌控。」

（2008年10月）

亞當‧菲利普
Adam Phillips

到了佛洛伊德誕生的一百五十週年，他的聲譽卻是每況愈下。他的陽具羨妒與伊底帕斯情結理論，已被廣泛地斥為無稽。一般認為，那些理論符合人性之處不多，而是呈現了佛洛伊德自身對陽具的迷戀。所謂的精神分析「談話療法」，已節節敗退，讓位給快速治療的藥物療法，以及認知行為派療法的若干「正向思考」口號。然而，精神分析的相關機構仍忐忑不安地把佛洛伊德作為科學家的形象死抱不放。

1993年，亞當‧菲利普（Adam Phillips）出版了他的第一本精神分析論文集《吻、搔癢與煩悶：亞當‧菲利普論隱藏的人性》（*On Kissing, Tickling, and Being Bored*），一時之間，他被吹捧為能夠為佛洛伊德學派振衰起敝的新希望。諸如《君子》（*Esquire*）、《時尚》（*Vogue*）、《紐約時報雜誌》等刊物的人物專訪接踵而至，他也陸續寫出十本書，批判那些從事精神分析的相關機構是拒絕適應科學發展的狂熱教派。菲利普

認為，去討論佛洛伊德的理論是否為客觀真理，是搞錯方向。佛氏理論的治療威力，在於其作為故事的特質。菲利普建議，應把佛洛伊德視同像普希金、杜斯妥也夫斯基這樣的偉大文學作家來閱讀，而非把他當作科學家。這反而使得那些反佛洛伊德人士感到困惑，似乎菲利普偷走了他們的論點。至於他的精神分析同業，不是對他不加理睬，就是譴責他是那種輕佻而危險的後現代作家，只會在歧義性之中尋求庇護，而非對問題做出結論、或者表態支持什麼觀念。

評論家則援引一些深奧的概念，以求掌握菲利普的悖論風格。他的風格被認為足以媲美愛默生（Emerson）、桑塔（Sontag）、崔靈（Trilling）、巴特（Barthes）。曾經是菲利普的精神分析對象的小說家威爾・塞爾夫（Will Self），對他「兜圈子式的模稜兩可」（circumabulation tergiversation）讚譽有加。在他文章裡，較少見線性條理論述，而多半是針對某些觀念的約定俗成假設，提出嬉戲性質問。即使他談論一些乍聽之下無毒無害的主題──如搔癢、變裝、調情、暗示、被嘲笑──他的文意仍舊難以捉摸，所以若要為他的文章做梗概摘要，是近乎不可能的事。

「我不希望讀者能夠重複我的思考。」菲利普說：「我希望他們在閱讀之中建立他們自己的想法。在我的書裡，導師是問題，而非解答。所以當我聽到讀者說：『那本書到底寫了什麼我完全不記得，但我在閱讀過程中覺得很享受。』我是非常安心的。」

此種文意難以捉摸之特性，正反映了精神分析的過程。菲利普在2006出版的《副作用》（*Side Effects*）一書中，把扯淡

（或扯談，digression）形容為「世俗性的啟示錄」。「人們往往懷抱著條理貫通的說法，來此接受精神分析，結果他們得到的卻是一個機會，能讓他們把心中零零散散的胡思亂想，暢所欲言地表達出來。」他說。

在菲利普的觀點中，佛洛伊德其實是一個文學巨匠，無獨有偶，哈洛・卜倫（Harold Bloom，文學評論家）也作如是觀。佛洛伊德於1930年獲頒歌德文學獎之事，可作為印證。《副作用》也探討到，佛洛伊德對於其文學性、非科學性的本能，也就是對於個案病史與短篇小說之間的相似性，是感到懼怕的。諸如克萊恩（Melanie Klein）、溫尼考特（Donald Winnicott）、拉岡（Jacques Lacan）、費倫齊（Sándor Ferenczi）等精神分析師，也努力想使精神分析與科學聯姻。但菲利普在這一點，倒是與反對佛洛伊德理論的哲學家羅素（Bertrand Russell）站在同一陣線，駁斥那些號稱精神分析是一門科學的言論。

「在精神分析中，你無法預測事物。」他說：「你無法證明它為真，也無法證明它為假。在我看來，所謂『做精神分析研究』，顧名思義就有矛盾，因為精神分析遇到的每個問題都不一樣。」

菲利普把佛洛伊德之所以喪失威信，歸咎於當代精神分析著作中的褊狹：「精神分析界絕不能再當只搞小圈圈的狂熱教派。」菲利普並不隸屬於任何精神分析組織，他對於自己的著作在心理醫師圈中鮮少被閱讀，似乎覺得饒富趣味：「如果說有什麼東西叫做『心理學』，這東西必定與日常生活密切相關，必定與我們如何過自己的生活密切相關。所以，心理學不

應該是一種專門化的東西。」

抨擊菲利普的人，把他貶為搞顛覆的修正主義者。但在他看來，這只是說明了「他們對佛洛伊德的解讀是多麼地貧乏無力。我之所以是隻孤鳥，是因為乏味而欠缺想像力的一致性意見太多了。」菲利普避免參加專業的學術會議，而較喜歡向大學生演講，他覺得大學生「比較有生命力，比較投入，比較熱情，比較沒有顧忌」。

近日，他擔任了企鵝出版社新的英譯版佛洛伊德選集的主編，但這件工作並未拉近他與圈內人的關係。當年詹姆士・史崔齊（James Strachey）主編的標準版英譯佛氏全集（共二十四冊），被批評——其中以貝特海姆（Bruno Bettelheim）的批評最知名——為佛洛依德套上了艱澀難懂的術語外衣，在佛洛伊德的會話式德文裡，加進了諸如「動作失誤」（parapraxis）與「精神投注」（cathexis）這樣的行話。

在菲利普主持下，選集的每一冊都選用不同的譯者，他們「在術語上沒有共識」。他們都是文學譯者，而非佛洛伊德專家：「我跟不懂德文的人一樣，讀這些翻譯本，是為了易讀性，而非精確性。」各冊的導論，都由文學評論家來執筆，這些評論家「無一曾在任何精神分析機構投注過時間心力」。

菲利普自己開業，為人做精神分析，一週看診四天，地點就在他位於諾丁丘的公寓，收費的價位中等，每四十五分鐘最高收五十英鎊：「我不想成為那種『相信只要是昂貴的東西，就是好東西』的文化的一部分。」庫雷西（Hanif Kureishi，知名作家）、羅特（Tim Lott，知名作家）、威爾・塞爾夫，都曾是他的病人，但是與傳聞恰恰相反的是，菲利普

鮮少為名流看診:「我只是不想成為名流文化的一部分。」

　　菲利普接不接納某位病人的唯一要求是,他是否受到「使這位病人引以為苦的那個東西所觸動」。為取代佛洛伊德式超然而不帶情感的分析師形象,菲利普主張,治療師與病人的互動關係,應是「一種非常密切、而又非關私人的關係。但又不至於讓人不自在。這裡可不是實驗室」。他約束自己只能在星期三寫作,但其寫作速度快得令人眩目,幾乎一年就可產出一本書(演講稿或論文結集)。「我有點害怕,不太敢給自己更多時間來寫作。」他說:「我害怕萬一有天我寫不出東西了,不知會發生什麼事,因為我所寫的東西是來自我內心無法控制的部分。」

　　菲利普在十七歲時,讀到榮格的《回憶、夢、省思》(*Memories, Dreams, Reflections,* 1963),他馬上被精神分析迷得神魂顛倒:「我對於人心的深處很感興趣。在我看來,精神分析似乎是很棒的生活。」很快的,佛洛伊德在他心中取代了榮格。他認為「榮格其人,比佛洛伊德有趣多了;但若從寫作來看,佛洛伊德的作品遠比榮格有意思。」而且佛洛伊德的作品讓他感覺不可思議地熟悉:「感覺上,它好像我家中的生活。佛洛伊德的作品中,有某種東西感覺……我一時找不出更好的字眼來形容……感覺非常猶太人。」

　　菲利普的雙親,是從俄國和波蘭的反猶屠殺營逃出來的猶太難民的世俗性第二代。身為一個猶太人,他體驗到的特質是,彷彿有一股具有威脅性的背景噪音,「……我隱約有種感覺,這世界很可能在一夕之間變得糟糕至極。我的中產階級父母要我融入在地文化。我就讀公立中學,就讀牛津大學,我在

一些英國的大機構服務過。但那種不安全感並未根除。」

　　菲利普在牛津大學的一個傳統派學院中研讀英國文學。他喜歡的後結構主義與精神分析理論，當時尚未被該學院視為可接受的文學分析工具。後來他以第三等成績畢業[90]：「我相信，如果當年我有勇氣堅持自己的信念的話，我就不會接受那個學位。因為我不相信我對文學的興趣，與拿不拿得到文憑有任何關係。」

　　菲利普原本要撰寫一篇研究美國詩人藍道‧傑瑞爾（Randall Jarrell）的博士論文，開始後旋即放棄，之後他花了四年，受訓成為兒童精神分析師。培訓菲利普的分析師是瑪殊‧汗（Masud Khan），他是巴基斯坦移民，個人魅力十足，但後來他因對病人性侵害、施加冷暴力（emotional abuse），加上抱持反猶思想，而身敗名裂。「我並不是要說，那些關他的種種事情並非事實。但是，這個曾經為我做過分析的人，真的是深深值得信賴，他是一個不凡而強力的聆聽者，直覺力很強，聰明才智很高。」他說。

　　由於瑪殊‧汗的協助，菲利普確認了自己在情感上是拒絕離家的，這一點限制了他、使他無法發展出滿意的性生活：「我與父母之間有著熱烈的情誼，這一點使得我跟家人以外的人們打交道時，比我自己願意承認的更為膽怯。」

　　菲利普在國家健康服務單位擔任兒童精神治療師，工作了將近二十年。1995年，受到官僚體系挫折的他，轉而開設私人診所，治療的病患則以成人占大多數。父親角色削減了他為兒

---

90 即最低的畢業成績。

童治療的欲望:「有了自己的小孩後,我發現,那些大人對小孩所做的事,以及小孩子對彼此所做的事,讓我很難再聽得下去了。」

菲利普堅信,精神分析應該是使人心情愉悅的,而非他受訓時被教導的「世俗化版的原罪」。「我在受訓的時候,有一種很強的感覺:那些自認最正宗、而只與自己交流的人,形同是只與自身悲慘交流的人。」他說:「最糟糕的精神分析,會使病人的情況更加惡化——病人會覺得自己非常沒有建設性,非常沒有資格,非常需要依賴。這些感覺或許是真實的,但其反面也一樣地真實。人們對於自身的力量與才華的恐懼,與人們對於自身的無能的恐懼,在程度上是一樣的。承認現實,其實會帶來真正的愉悅。」

精神分析經常被諷刺為布爾喬亞階級的嗜好,在這一點上,菲利普倒是自視為精神分析界的團結促進者。「當外在現實變得不可承受,人們就會出現症狀。」他說:「在我看來,精神分析會在法西斯主義興起與舊帝國崩潰期間被『發明』出來,完全不是偶然。精神分析的目標,是要使人們變得比較不自我中心,使他們能夠重新進入政治、社群生活。」

此外,談到精神分析長期被認知行為派療法取代的情況,菲利普認為這簡直就是一個「反文化」現象。「認知行為派療法,必然會成為這個競爭性資本主義世界所選擇的療法,因為人們希望使病患盡快回到工作崗位。」他解釋道:「精神分析是很奇妙的,因為它不做那種事,它不用簡易而迅速的手段,把你變成一個成功的消費者與可靠的上班族。」

(2006年8月)

凱蒂・羅依菲
Katie Roiphe

　　凱蒂・羅依菲（Katie Roiphe）一度必須有保鑣護駕，才能安然進行朗讀會。1993年，正當美國的校園歇斯底里地撻伐所謂的約會強暴流行病時，她出版了《翌日早晨：性愛、恐懼與女性主義》（*The Morning After: Fear, Sex and Feminism*）。由於二十四歲的羅依菲（時為普林斯頓大學博士候選人）指控那些反強暴運動者所言，乃是向壁虛構，遂惹來不少死亡恐嚇。四年後，她的《欲仙欲死的昨夜：二十世紀末的性愛與道德》（*Last Night in Paradise: Sex and Morals at the Century's End*），又招來更猛烈的抨擊。該書認為，自從愛滋病危機爆發以來，美國的青少年文化一直遭到清教徒主義所壓制。羅依菲在書中表示，針對「性革命與長期持續的性教育運動」而來的反撲力量，正在扼殺性愛的神祕與刺激。

　　不過，她的近作《不平凡的安排：1910-1939年間倫敦文藝圈的七段感情生活》（*Uncommon Arrangements: Seven Portraits of*

Married Life in London Literary Circles 1910-1939）一出，卻使批評家
們紛紛豎起了白旗。該書在2007年甫出版，《紐約觀察家週
報》便宣稱「當那些痛恨凱蒂的人們，得知此書非常引人入
勝，將會十分難受」。十年前，羅依菲每次到大學院校演
講，都會遭遇抗議她的人群。但自從2007年獲聘為紐約大學的
新聞學教授，她也成為學院的圈內人了。

從這部新書的學術味書名，及其談論的中產階級話題
「婚姻」，可以看到即將滿四十歲的羅依菲，變得比較老成持
重了。「寫第一本書時，我才二十三歲，所以我現在一定比當
時更加成熟了。」在電話上，她用那種有如婦女聯誼會成員的
甜美聲音回答我。

羅依菲在《翌日早晨》譴責校園女性主義者。她認為校園
女性主義者鼓勵女人視自己為被害者，並把所有男人視為潛在
的侵犯者，其實是剝奪了女人的主體性。在她看來，強暴防範
課程、性行為準則、「還給婦女夜行權」遊行、鑰匙環警報
器、藍燈緊急事故電話等，並非賦予女人自主權，而是把女人
變成小孩子。

她頗後悔當年自己沒有使用較為溫和的措辭，以保護自己
免受攻擊，但她覺得「當初那年輕而不成熟的筆調，相當成功
地激使人們討論書中的議題」。在諸如沃爾芙（Naomi
Wolf）、史坦南（Gloria Steinem）等抨擊她的人士眼中，該書
無異是呼籲社會退回到那種指責被害者的文化，在那種文化
中，勇於說出遭遇性侵害的女人，反而會被嘲笑。

到了一九九○年代晚期，政治正確的文化氣氛轉變了，沃
爾芙與史坦南開始與羅依菲唱同調。沃爾芙自居為「倡性」女

性主義者[91]，而當比爾・柯林頓遭到凱瑟琳・威利（Kathleen Willey）與寶拉・瓊斯（Paula Jones）指控性侵，史坦南還為他辯護。羅依菲說：「『我們不該一味把女人視為被害者』、『宣稱男人想要性愛、而女人不要，是一種對女人的侮辱』等等想法，現今似乎已變得非常合情合理了。」

雖然《翌日早晨》贏得死硬保守分子〔如布坎南（Pat Buchanan）〕的盛譽，但是羅依菲在政治上支持民主黨。她出身於強烈自由派的家庭。她的母親安・羅依菲，是一位著名的「第二波」女性主義者，曾著有暢銷小說《主婦狂想曲》（*Up the Sandbox,* 1970），描寫一位生活無聊的家庭主婦的幻想生活（此書在1972年被改編成電影，由芭芭拉・史翠珊主演）。「我媽媽有一種本能的自由派的敏感性，那是我身上沒有的。」她說：「但我不認為自己是個保守派。」

在《翌日早晨》引發的喧囂爭論期間，由於安・羅依菲從頭到尾支持女兒，導致她與不少女性主義戰友鬧翻。「媽媽力挺我，究竟是出於同意我的論點，還是出於單純無條件的母愛？我很難判斷。」羅依菲說。

羅依菲與她四個姊妹還小的時候，媽媽不讓她們玩芭比娃娃。反之，她拿玩具卡車給女兒們玩，而她們則把卡車拿來當作絨毛玩具動物的床舖。羅依菲回想，小時候老是聽到母親沒完沒了地——一反童話故事的主張——說「公主不該等待王子來拯救」，聽到她都厭煩而火大。「我這一代的人，從小就即時而全面地吸收這些男女平等觀念，因此不斷地對你耳提面命

---

91 倡性（pro-sex），以性愛自由作為女性自由的核心要素。

這些論調，似乎是多此一舉。」

羅依菲較少對自己的六歲女兒薇歐里，做出形塑她價值觀的舉動。「七〇年代的女性主義者認為，只要藉由實施男女平等，就可以創造男女平等。」她說：「但我不認為你有辦法操控那些事情的發展。」

羅依菲到了約莫二十五歲時，母親便催促她結婚生子。「有許多她那一代的七〇年代女性主義者，突然之間又搖身一變，說出『等等，我的孫子在哪裡？』這樣的話。」不過，1997年，羅依菲發表了一篇〈所謂獨立的女人（與其他謊言）〉，卻把母親給嚇壞了。文中，她表示自己想要被男人供養。「母親花了數十年力圖要粉碎這種刻板模式，所以，看到這種舊式男女關係對於我們想像力的支配，居然如此歷久不衰，令她困惑不已。」她說。

然而，嫁一個強勢丈夫的這個想法，失去了它的吸引力。2005年，羅依菲與結婚五年的律師丈夫哈利‧車諾夫離異。「我當初不是為錢而結婚，而是有個幻想，想被人照顧。可是，如果從你在世界上人際關係與身分認同的角度來看，當你嫁一個強勢丈夫，你會付出代價。」離婚後，她開始與一個作家交往——「絕不是那種穿著灰色法蘭絨西裝的人」——她的言下之意是，現在的對象是車諾夫的相反。但她依舊認為約會應該由男方付帳。

婚姻觸礁時，羅依菲收到的安慰信與協助的提議，有如潮水般湧來。似乎在朋友們的想像中，她篤定會崩潰。「對於婚姻或愛情不幸福的人而言，看見某人走出婚姻後變得朝氣蓬勃，是尤其令他們煩惱的。在伊迪絲‧華頓（Edith Wharton）

筆下的紐約，對於離婚有一種不同於傳統的道德觀念。如今，我們習以為常、而且正式地接受了，但我們又改採另一種形式來表現道德態度——我們在憂心，不是小孩子、就是媽媽的人生將會崩潰。」[92]

羅依菲的父親（精神分析師赫曼·羅依菲）在她離婚前一年過世。羅依菲說，那段日子是她一生中最難過的日子，但也是她最多產的日子。在一篇發表於《紐約》雜誌的文章，她提到「當你把人生完全燒毀時，有一股神經過敏的奇異能量釋放了……」，因而使她的專注力更甚以往。

那股能量所產生的果實，就是《不平凡的安排》。羅依菲在此書中，檢視了倫敦文藝圈七段複雜的感情關係，時間橫跨於兩次世界大戰之間，包括凡妮莎·貝爾（Vanessa Bell，女畫家）與克萊夫·貝爾（Clive Bell，藝評家）的婚姻（兩人在夫妻關係還在時，各自公然有婚外情）、瑞克里芙·霍爾（Radclyffe Hall，女同志詩人、小說家）與烏娜·喬布里琪（Una Troubridge，女雕塑家）的關係（兩人同居，直到霍爾過世。但霍爾生前一直與其他女子有染）、威爾斯（H. G. Wells，小說家）與珍·威爾斯（Jane Wells，威爾斯的學生）的婚姻（威爾斯有多名情婦，珍雖知情，但兩人的夫妻關係仍一直維持到珍過世）、薇拉·布里頓（Vera Brittain，作家、女性主義者）與喬治·卡特林（George Gordon Catlin，政治學家）的婚姻等等。被凱塞琳·曼斯菲爾德（Katherine Mansfield）稱之為「時髦婚姻」實驗的這些伴侶關係，並非遵循社會習

92 Edith Wharton（1862-1937），美國小說家，代表作為《純真年代》。

俗、而是依理性而為的產物，可謂對維多利亞時代的虛偽的一種反抗。[93]

羅依菲閱讀這七對伴侶的相關材料，最初是為了思索她自身婚姻的失敗。雖然《不平凡的安排》不像羅依菲其他的作品含有個人自傳性的軼事，她堅稱「這本書的能量，正在於驅策她努力理解自身婚姻的那股動力」。閱讀了那些書信、日記以及回憶錄，這些玩世不恭的文藝圈人士使她「體會到，若你對自身的婚姻不加注意，婚姻可能會發生的問題，是超乎你想像的。你不會意識到事情在崩壞中，直到事後」。

這些作家所屬的時代距離e-mail時代十分遙遠，這意謂著他們的私密通信皆以紙本保存：「你可以藉由閱讀他們的文件資料，理解他們的婚姻關係，深入的程度更甚你對最親密好友婚姻的理解。你或許吃晚餐時會與好友見面，但你完全不知道他們家裡真正發生什麼事。婚姻實在是個謎。」

二十世紀初期的知識分子通常相信，以理性的態度、開誠布公地把他們的婚外情說出來，可以避免造成情感上的痛苦。「我想，這樣的思維模式今天並不流行。」羅依菲說：「今天的人們，更輕易地屈服於排山倒海而來的感覺。」

但她覺得，那個時代裡的種種衝突，與當代對女性的討論是有共鳴的。「我們的想法中，有一半醉心於為人妻、為人母的老式傳統觀念，有一半醉心於我們奮鬥而來的男女絕對平等、職業婦女等成就。我們在這兩種『女人的角色為何？』的

---

93 Katherine Mansfield（1888-1923），英國現代主義女作家，以短篇小說聞名於世。

觀念之間被拉扯，某方面來說，正是英國愛德華時代之後、那個非常特別的時代的反映。」[94]

《不平凡的安排》反映了羅依菲那種厭惡把女人視為受害者的想法。她在書中寫道：「男人若是怪獸，多數情況下，他的女人也是使之成為怪獸的推手之一。」羅依菲在思考了出生於雪梨的小說家伊莉莎白·阿尼姆（Elizabeth Von Arnim）與哲學家羅素的兄長法蘭克·羅素（Frank Russell）的婚姻後（兩人雖未正式離婚，但實質夫妻關係維持不到三年便分手），清楚地寫道，伊莉沙白就是想要一個暴君式的丈夫。「她深受那種專橫、使她自覺像小女人的男人所吸引。即使她本身是個敢言而信念堅強的女性主義者。」羅依菲說。

這些伴侶關係的創造性，與當代對婚姻所討論的枝微末節，形成強烈對比。依羅依菲所見，當代對婚姻的討論中，諸如「丈夫是否應該分擔收拾小孩子的樂高積木的工作？」這樣的議題占了大多數。她寫道：「當女人有了如此之多的選擇，為什麼我們的憤怒仍舊跟當年那些戴著手套、把磚塊丟過窗戶、主張女子有參政權的女人一樣巨大？」

不過這本書對於當代的指涉，以暗示的成分居多。羅依菲「想要對這七段關係進行更為複雜而豐富的描寫，而不僅侷限於反向議論。」但羅依菲隨即補充說，她仍然經常撰寫提供反面意見的報導文學，並且在紐約大學開授逆向思考論戰課程。羅依菲的學生們鮮少被貼上女性主義者的標籤，她視此為健康的現象。她認為，當人們視女性主義觀念為理所當然

---

94 愛德華時代，意指英國在1901至1910年由愛德華七世在位的時期。

時，意味著這項婦女運動已達到其目標。「當女性主義走到了沒有什麼未來可發展時，便是它大功告成的證明之一。」

當初她開始寫博士論文時（以研究佛洛伊德與二十世紀中葉美國作家為題），本想成為一個學者。但，經過《翌日早晨》引發的爭議後，她認定將來沒有一所大學會聘她為教授，遂轉而投入新聞業。

如今，她得到了一個學院教職，獲聘為紐約大學文化新聞學程的兩個專職教授之一，但這項人事案是受到爭議的。該學程的創立者愛倫・威利斯（Ellen Willis，女性主義評論家）在2006年死於肺癌後，留下了這個職缺。有些人認為，選擇羅依菲繼任這個職位，對於威利斯的生前努力是一種侮辱。但羅依菲反駁說：「愛倫本人，就是在生前屬意我作為接下這個工作的人。」

顯然，如今的羅依菲仍會激起來自婦女圈的恐懼與厭惡。但，當她笑著說：「恨凱蒂者，仍然存在。」她的語氣卻是津津有味。

（2008年4月）

渥雷‧索因卡
Wole Soyinka

　　奈及利亞作家渥雷‧索因卡（Wole Soyinka）一九五〇年代在英國留學期間，曾參加英軍。這位日後的諾貝爾桂冠作家當時的企圖，是要利用殖民強權的軍事訓練資源，來使自己準備好打一場非洲解放戰爭。

　　不過，1956年蘇伊士運河危機爆發後，索因卡被英軍徵召上戰場，他這才醒悟到自己犯了嚴重錯誤。他拒絕徵召，差一點遭軍法審判。後來他說服上級長官，由於他的英語發音讓人聽不太懂，所以不可能完成對於女王陛下的效忠宣誓。

　　留英歲月，是這位逐漸嶄露頭角的劇作家、詩人、評論家、政治運動者的育成期，在那些年裡，他看到第一代的非洲民族主義者定期到英國訪問，並驚駭地發現他們對於跟白人女子上床的興趣，竟高於扭轉祖國被殖民的現狀。當他目睹那批自鳴得意的新領袖們揮金如土，並以高高在上的兇惡嘴臉向非洲族人說話（而他們還自稱是族人的代表者），他心中對於泛

非洲之自由的期待，也隨之變得黯淡。

現年七十五歲的索因卡，在他的回憶錄《你必須在黎明啓程》（*You Must Set Forth at Dawn,* 2006）出版前夕說：「解放非洲的信念……使我們部分的人覺得我們可以把非洲的未來託付給這批第一代領袖。但令人不敢置信的是，出身於外來殖民主義枷鎖下的人，居然敢用之前殖民強權的那種輕蔑態度來對待他們的人民。我們沒能採取必要行動來阻止這種事，這是我們集體的失敗。」

1960年，索因卡從英國返回奈及利亞，但未獲新掌權的政治菁英所青睞。他在奈及利亞慶祝獨立的活動期間，搬演了他的劇作《森林之舞》（*A Dance of the Forests*），針對奈及利亞有無能力脫胎換骨、剷除殖民時期的貪腐文化投以懷疑眼光。由於他在劇中以神話中的半孩童（*降生時便年紀老邁，是故早夭*）來暗喻奈及利亞，因而招來激烈批評。

投入「黑性運動」（Negritude movement）行列的知識分子，也紛紛砲轟索因卡。由於「黑性運動」力圖定義和發揚非洲精神，因此該運動成員反對索因卡對於歐洲文學技巧的使用。索因卡告誡那些批評他的運動成員，切莫提倡一種刻板印象式的二分法，把西方理性主義與非洲感情主義判然對立起來。他曾寫道：「老虎從不宣示牠的『虎性』，牠行動。」[95]

但索因卡後來逐漸接受，「針對法國式殖民主義的特殊性質，黑性運動作為一種造反工具，是有其需要的。法式殖民主

---

95 一九三〇年代末期，黑性運動由塞內加爾籍的知識分子在巴黎發起。塞內加爾原為法國殖民地，於1960年獲得獨立。

義力圖使殖民地人民法國化，並汙衊非洲價值。英國人則不同，他們覺得黑人無法理解歐洲文明，遂任由殖民地人民依自身的文化而活。」

　　1965年，奈及利亞西部有一場地方選舉遭到操縱，為了抗議，索因卡持槍硬闖一座廣播電台，關掉正在播送的錄音帶（內容為某自行宣布勝選的候選人的演說），而改播另一捲聲明其不法的帶子。索因卡被控犯下武裝搶劫罪，遭拘留三個月，然後被技術性地無罪釋放。

　　1967年起，他因涉嫌援助比亞法拉（Biafra）分離運動，遭監禁達二十二個月，大多數時間都關在單人囚室。其實所謂索因卡企圖說服比亞法拉領袖魯莽地宣布獨立，只是欲加之罪，因為他根本沒被正式起訴就被下獄。

　　索因卡在獄中最害怕的，就是被不明不白地幹掉，而外界則聽信那些關於他的不實傳言。「每當我能夠把我的經歷的真相偷偷傳到外面，並且得到外界回音，得知外界不採信錯誤的傳言，突然間我便感覺如釋重負了。令我最恐懼的事情，就是在被抹黑、無法廓清事實的狀況下被做掉。」

　　起初，牢獄生活對於索因卡的種種剝奪，使他拚了命要當獄政改革的先鋒。他發動絕食抗議。甚至當嚴酷的沙漠風吹襲過囚室時，很可能使他就此失明，他也絕食到底。然而他逐漸體會到，在龐大的暴政之下，如果只是孤立地檢視獄政系統，是徒勞無功的。「沒多久我就認清，眼前這個糞坑，只不過是社會本身的另一面相，於是你又把注意力轉回到當初導致你被關進來的議題──改造整個社會。」

　　1993年奈及利亞的政權落入阿巴查（Sani Abacha）將軍之

手後，索因卡呼籲國際發動制裁，以終結此獨裁政權。強人阿巴查則禁止他踏出奈及利亞，作為報復。1995年，索因卡的作家友人薩羅威瓦（Ken Saro-Wiwa）遭到處死後，索因卡便騎了十二小時的摩托車，跨越貝南（Benin）的國界，逃出奈及利亞。

索因卡否認諾貝爾獎的頭銜讓他有免死金牌。「那樣的想法，西方世界尤其會有，但那是完全沒有確實根據的。」如果阿巴查能夠在他個人履歷上，添上一筆曾經吊死或槍斃一位諾貝爾文學獎得主的資歷，阿巴查大概會含笑而終吧。

1997年，流亡在外的索因卡被奈及利亞法院判死刑，但等到隔年阿巴查一死，索因卡就返回奈及利亞。奧巴費米‧亞沃洛沃大學（Obafemi Awolowo University）欲聘請索因卡擔任教授，索因卡取得校方絕不聘用任何阿巴查前政府的走狗擔任校長的保證之後，便接下該職位。

索因卡也在美國的內華達州與加州的大學院校兼任教授。2005年10月，他預訂去澳洲參加國際筆會（PEN）舉辦的巡迴演講，但相關簽證的種種要求，使他在盛怒之下取消了行程。

「本來一切都安排妥當了，接著來了這個『七十歲以上人士之境外申請表』。我一輩子都在力抗歧視，我為什麼只是因為想去澳洲一趟、就要接受被當成次等人類對待？就算我明天就要病死，而澳洲恰好有治療的藥方，我仍然寧死也不填這種表格。」

索因卡談到自己的家庭時，便把平常擅長使用的口號式語彙收斂起來。索因卡自稱是缺席的父親。他的現任妻子說，他

在好幾所大學擔任的是「訪問教授」，在家裡他則是「訪問丈夫」。他不願說明自己究竟當上多少個小孩的父親。2002年他曾對《衛報》記者說：「在我們的傳統裡，我們不去算小孩的數目。以我自己的情況來說，諸神對我很好，也許對我太過慷慨了。」

曼德拉（Nelson Mandela）曾懊悔政治剝奪了他好好當一個父親的能力，索因卡則不同，他顯然完全不後悔自己投注畢生精力於政治運動和文學藝術。「我總是告訴家人：『你們是別無選擇的。你們可沒請求要成為我的親人。我也沒請求要成為你們家庭的一分子。』但他們不能否認他們喜歡別人說：『哇，你是索因卡的孩子。』或『你是索因卡的兄弟。』所以他們還是得到一些補償。」

「當然，」索因卡繼續說：「有的時候我也想跟家人好好坐下來相聚，聊聊天，一起吃東西，去看電影或看戲，或者去度個假。但，就像一個必須隨叫隨到的醫生，在最私人的時間也可能被叫出去，但他能怨誰呢？職業是他自己選的啊。我認為一個政治運動者的人生也沒什麼不同。」

（2005年11月）

詹姆士．伍德
James Wood

　　即使是最老於戰陣的評論家也會盡力避免這樣的相遇。2003年，當詹姆士．伍德（James Wood）開始在哈佛大學兼職授課，莎娣．史密斯（Zadie Smith）是學校同事，他知道總有一天兩人會狹路相逢。現年四十四歲的伍德，幾乎是公認在他這一代裡——就算不是全世界——最優秀的書評家。他說：「對於我正在給負面批評的作家，我最好不曾與他當面認識。要不然，突然間，你跟那位被你批評的作者相遇了，而他對你說：『我就是那個被你傷害的人』，然後一開口就是你那篇書評的一些用語。書評這種事，最好是保持抽象，不要當面交鋒。」

　　伍德在2000年發表書評嚴厲抨擊史密斯的《白牙》（*White Teeth*），在文中鑄造了新術語「歇斯底里的寫實主義」（hysterical realism），用以描述時下相當泛濫的長篇小説趨勢：欲透過刻意地嘈切刺耳的文字風格與滯悶淤塞的情節，以

模仿當代現實之種種混亂。他譴責史密斯、法蘭岑（Jonathan Franzen）、魯西迪（Salman Rushdie）、德里羅（Don DeLillo），以及品瓊（Thomas Pynchon）等人，開啓了一種小說類型，在小說寫作中塞滿了社會評論與文化性瑣碎細節。他們這樣做其實「並沒有破除寫實主義之傳統法則，而是正好相反，他們把寫實主義傳統消耗殆盡、操過頭了」。

但是當史密斯與伍德終於相遇時，他們的邂逅卻完全沒有火藥味：「她參考你說過的每個意見，想要加以採納。她是那種嚴肅認真的藝術家，或許她自我反省得太過嚴苛了。」

同樣的自我貶抑的性格，也適用於伍德身上。他在二十六歲就成為《衛報》的主要書評作者，此時的他，已因學識淵博且毫不留情的批判性評鑒而馳名於英國，以至於你不會期待他流露出自我懷疑。但是在此時，剛才向大學部學生講授《燈塔行》（*To the Lighthouse,* 1927）的伍德走出哈佛大學的研討室，身穿教授的軟呢大衣，穿越積雪的街道，散步到一家咖啡館，在我面前，他以自己寫文章一貫的嚴厲，批判性地反省他自己的作品。

他覺得困惑不解，「歇斯底里式的寫實主義」一詞居然進入了文學評論界的語言之中，並呈現出一種絕非他本意的意涵。「對我來說，這個籠統的詞語，」伍德說：「就像是新聞寫作裡的新詞創造，如此而已。它似乎不具備一個適切的文學評論術語所應有的充實而高密度的內涵。」

有些人認為，在我們這個媒體飽和的喧囂時代，小說也需要具有類似的失序性質。伍德怎麼理解這種想法？「要表現美國現實中的光怪陸離，對我來說沒有困難──但因為有人認為

『在我們這個後現代時代，這個主題是無法被精確可信地表達
的，因為它已被許多論述翻來覆去地書寫』，由於這種想法的
攪和，它才因而變得困難。」伍德説（在我們聊天的過程，他
從頭到尾都駝著背、靠在桌前）：「在這個時代裡，我們有數
量更多的論述，往往更加強烈，但我不認為有何新意。我認為
小説的任務，不能只是説『現實就是這副模樣，我就是順從
它』就交差了。小説之為藝術，應該要能在我們內心裡激發一
種反抗力。」

　　伍德那種勸世人改宗的口吻，在他的第一本書《破敗的遺
產：論文學與信念》（*The Broken Estate: Essays on Literature and
Belief,* 1999）裡最為凌厲。這本論文集裡，具有自李維斯（F. R.
Leavis）與崔靈（Lionel Trilling）以來未得見的道德嚴肅性。由
此書可見，伍德偏好的小説，是那種能夠使讀者信仰書中虛構
世界的小説，此處所謂的信仰，乃類似於往昔基督教所提供的
不受質疑之信仰的機會。他的標竿人物，諸如契訶夫（Anton
Chekhov）、索爾・貝婁（Saul Bellow）、果戈里（Nikolai
Gogol）、勞倫斯（D. H. Lawrence）、塞伯德（W. G. Sebald）
等作家，皆致力於追尋意義與道德價值，同時創造一種與讀者
的親密，迥異於許多當代文學所欲營造的疏離效果。

　　伍德在2004年出版的論文集《不負責任的自我：論笑與小
説》（*The Irresponsible Self: On Laughter and the Novel*），調性較為
輕鬆。在此書中，他聚焦於「寬恕喜劇」（一種具有同情傾向
的笑話形式），而非偏見強烈、酸味十足的「懲罰喜劇」。

　　「《破敗的遺產》是一本相當嚴肅的、幾近艾略特式
的、神聖的、相當苛刻的書。」他説：「我希望《不負責任的

自我》喜感多一點、讚揚多一點。」

伍德的最新作品《小說如何運作》（*How Fiction Works,* 2008），是他最受好評的書。在一百二十三個依序編號的小節中，他檢視了小說的各種基礎要素，包括細節、語言、敘事、對話，形態上近似於佛斯特（E. M. Foster）的《小說面面觀》（*Aspects of the Novel,* 1927）與布斯（Wayne Booth）的《小說的修辭學》（*The Rhetoric of Fiction,* 1961）。「我認定自己已做了足夠的否定，接下來的果實便是《小說如何運作》。大家都已知道我不喜歡什麼，那麼，『我喜歡什麼？又為何喜歡呢？』」。

這是一本精彩、但也反常地克制的書，伍德的文章裡慣常的教訓式用字遣詞在此書中很少見。「這本書脫胎自我2003年以來的課堂教學。與我之前寫過的所有東西相比，它具有明顯的教學性質。」

《小說如何運作》親切與詼諧的口吻，也同樣出現在伍德的討論課上。雖然微微駝背，他神態一派輕鬆，說話時不時搓揉他的右頰。大學的文學研究經常側重於理論性質，但他不按照這個做法，而是問學生基本問題，例如：「你覺得這本書如何？」

一個學生發表感想，說他覺得吳爾芙（Virginia Woolf）輕率地在括弧裡宣布某個角色的死亡，這種寫法是很「小氣」的，伍德一面凝神聆聽、一面咬筆。伍德下了課後以毫無不屑的語氣告訴我，學生的那種純真，是他何以覺得教大學生令人精神振奮的原因。「我一直盡力使這樣的觀念在我心中活躍：『此種與學院無關、而且走在學院之先的高貴批評形式是

存在的』。」

　　伍德在以華府為據點的《新共和》（發行量六萬二千份）寫了十二年後，於2007年8月成為《紐約客》（發行量一百一十萬份）的特約書評作者，在文壇引起了不小的震撼。伍德覺得，自己在《新共和》漸漸流於自我重複，而且變得愈來愈懶惰，寫得東西變少，因為他與文學版編輯威瑟堤耶（Leon Wieseltier）私交不錯。（熱衷於音樂演奏的伍德，還在威瑟堤耶的婚禮上親自吹奏小喇叭。）

　　但是在《紐約客》，他文章裡的高級文化素養基調，勢必不易應付《紐約客》更難以歸類的讀者群。「這個考驗將是：具備相當的複雜性的一般性文學評論，在不為了追求通俗性而犧牲其複雜度的情況下，能否在每週有上百萬讀者的主流雜誌存活？」

　　伍德的受僱，肯定使《紐約客》陣中的某些老臣感到不悅。這份雜誌，是已故作家約翰・厄普代克（John Updike）畢生的寫作園地，而伍德曾經批評厄普代克：「在他最差的作品中，他的文字風格是無害而虛浮的抒情文，像是領主的小賞金，彷彿語言只是富人眼中一張沒意義的鈔票，而厄普代克懶洋洋地在每個句子加上百分之十的小費。」

　　《紐約客》也是大老級的評論家喬治・史坦納（George Steiner）經常發表文章之地。而伍德曾經把史坦納的文字比喻為「希冀成為紀念碑的雕像所流出的汗水」，因為他的文章「堆砌了有如一個排的士兵那麼多的形容詞，並且對於權威性的偉大作品噤若寒蟬」。

　　但扳倒文學巨人，對伍德而言已失去迷人的力量。伍德

說，並不是說他變得圓熟了，只是老是重彈舊調，使他漸覺無聊。但他設想，未來他還是會偶爾給自己驚喜，以「十足毒辣兇狠的文章，批判某些必須加以指控的東西」。

伍德的體內，流著福音傳道的血液。他在英國德拉謨郡的一個原教旨主義派基督教家庭長大，父親是動物學教授，母親是小學教師，他的雙親時常在宗教狂喜下說出奇特難懂的語言。十五歲時，伍德與上帝絕裂，而在文學的世俗性力量中活躍起來。

伍德的文學評論中有著巨大佈道熱誠，不追逐時髦，而堅持超驗的真理，這顯示也許他的信教虔誠並未喪失，而是如數轉給了文學。但伍德說，如果他對文學的愛好源自於哪裡的話，那應該是音樂。「我小時候練就了能夠聽出美感、重複與模式的耳朵。我不確定我是否把宗教衝動全數轉移給了文學，因為小說之所以令我獲得樂趣，主要是它的俗世性質。這股熱誠是我性格的一部分，所以也許我就是天生有宗教熱誠吧。」

在劍橋大學取得英國文學學士學位後，伍德沒有攻讀博士，而是擔任自由撰稿的書評作者。他在劍橋認識了他的妻子，也就是加拿大裔美國籍的小說家克萊兒‧梅蘇德（Claire Messud），兩人現在育有一子一女，魯西安（Lucian）與麗維亞（Livia）。他們婚後搬到倫敦，伍德想要在這裡追求靠搖筆桿養家活口的浪漫憧憬。

伍德懷舊地回憶，在網路問世前的歲月他是如何把稿件複本傳遞到報社。「我當年正好趕上這個時代的尾巴：完成文章，把它的實體交上去──要嘛傳真過去，要嘛經常直接騎腳

踏車把稿子送到《衛報》的報社，因為快遲交了。」今日他依然覺得寫作是件苦差事，老是要拖到截稿前一天才開始動筆，然後通宵趕工。

伍德年紀輕輕就成為評論家，但若談到要創作他自己的小說，此種早熟便是一道兩面刃。「我寫的小說評論愈多，我對小說的要求就愈高，愈來愈多其他的人（是的，還有我的內心之聲）會說『牛肉在哪裡？』於是我陷入了焦慮。」三十五歲時，他對自己許諾：「要嘛現在就寫小說，要嘛永遠別寫。」

出版後評價兩極的《反上帝之書》（*The Book Against God*, 2003），從某些方面看，是一本具有自傳性色彩的典型的小說處女作。伍德筆下的反英雄湯馬士·邦亭（Thomas Bunting），是一位教區牧師的兒子，他拒絕接受父母的價值觀，而致力於撰寫一本拆穿宗教假面具的大部頭書，書名就叫《反上帝之書》。

但在現實中，伍德的父母比書中的邦亭氏夫婦更加教條主義。

「我原本想要寫一個像我的角色，但後來我卻說：『喔，我真可憐。我的父母信教信得太虔誠了。』於是我把問題做個翻轉，說：『可憐的湯馬士，他的父母都太親切、太傑出了。他到底有什麼好抱怨的啊？』」

無可避免地，這本小說會被人拿伍德自己的批評標準來衡量。確實，若干書評之兇暴猛烈顯示了伍德的論敵們一直摩拳擦掌地等待其小說處女作發表，以報仇洩恨。

伍德承認，他違反了自己的準則，議論太多，隱喻過

重。誠如他評論品瓊的《梅森與迪森》（*Mason & Dixon,* 1997）時寫道：「品瓊運用隱喻來隱藏真理，這樣的寫法，卻是把隱喻膨脹為一種對隱喻本身的盲目迷戀。」

總之，伍德認為自己的小說犯了寫過火（over-writing）的毛病。「從我在《小說如何運作》裡談到細節以及角色的部分就可以看出，我自己作為小說家時傾向於放進的一些精雕細琢的文字段落，是我應當避免的。」

伍德並未因受攻擊而卻步，他正在寫另一部小說──不過他說：「這一次的內容跟上帝比較沒關係。」他在考慮能否先以化名發表，等到書評都出來後，再揭露他是真正的作者──但願他能取得編輯的同意。他也計畫要推出第三本評論集，但他認為三本論文集大概已經夠多了。「如果我到了六十歲時，出版了七本這種模樣的論文集，難道會更令人敬畏嗎？」

反之，他希望《紐約客》能容許他嘗試別種書寫形式。喬治·歐威爾（George Orwell）是伍德少年時期的偶像，歐威爾能把托爾斯泰的小說分析得頭頭是道，也能把他射殺一頭大象的經歷描述得活靈活現，伍德很渴望像他一樣，進入比較非書齋的領域冒險。「那意味著我要放棄那種凡事都想以智識來主導的焦慮，而單純地觀察這個世界，單純地讓自己經歷現實事物。」

同時，我們可以期待他第二部小說的出爐。但大概要過一段時間，我們才會知道某本書的作者原來就是詹姆士·伍德。

（2008年1月）

致謝

　　我要感謝我在澳洲與他國的各家報刊雜誌的編輯們。他們或者委託我訪談、或者再次刊登本書某些訪談文章的精簡版。其次,感謝倫敦《金融時報》給了我發表機會,首次刊登我探討村上春樹、艾芙烈·葉列尼克、伊斯邁·卡達雷,與喬賽·薩拉馬戈的文章。

　　我還要感謝我那不辭辛勞的經紀人Lyn Tranter,以及為本書之出版貢獻很大心力的Scribe出版社的Henry Rosenbloom、Michael Campbell與Emma Morris。最重要的,我要感謝Bron Sibree與Jennifer Moran——他們兩位極為慷慨助人,於2001年助我展開了記者生涯,沒有他們,就不可能有這本書。

附錄：受訪者小傳

第一部分：文學類

保羅‧奧斯特（Paul Auster，1947-）

　　生於紐澤西州。美國小說家、詩人、電影編劇和導演。他於1969年從哥倫比亞大學畢業，在追求文學志向的過程中，曾歷經一段離婚與窮困失意的歲月，直到父親邊逝，留給他一筆遺產，才讓他在往後六年得以全職寫作，並逐漸嶄露頭角。1990年，他的生命中出現另一件奇特的機緣，華裔導演王穎讀到他關於煙草零售商的小說後，邀他為電影《煙》撰寫劇本，他也因而踏入電影圈，並擔任過導演的工作。不過，他最膾炙人口的，還是以小說「紐約三部曲」建立起的國際聲譽。他的小說慣用引人的情節，針對疏離的自我以及真實之難以捉摸，進行哲學性反思；而近期的作品，則變得著迷於老化與死亡。其他作品包括《月宮》、《機緣樂章》、《幻影書》等十餘部小說，以及詩集、評論集和回憶錄等。曾獲頒「法蘭西文化獎」、「麥迪西獎」，及西班牙的「亞斯都利亞親王獎」。

羅素‧班克斯（Russell Banks ，1940-）

生於麻薩諸塞州。美國小說家和詩人。出身於貧窮的工人家庭，三十多歲以前都在從事藍領工作，因此在政治上鍾情於被壓迫的一方。他不僅曾參與美國的民權運動，早年甚至滿懷憧憬，想前往古巴加入卡斯楚的革命行列。他的小說也大多以中低階層的工人，或受歧視的種族為題材。近年來，他的小說則進一步以女性為關懷的主題，如《心愛的人》和《保護區》便是以女性為主角，並涉入更多的歷史。他最知名的小說是《苦難》和《意外的春天》，曾改編為電影並獲得奧斯卡獎，也使他一躍成為美國文壇與電影界的聞人。

卡洛斯‧富安蒂斯（Carlos Fuentes ，1928-）

生於巴拿馬市。墨西哥小說家、評論家、前外交官，以及巡迴各地的墨西哥國際代言人。他的父親曾任墨西哥駐美大使的法律顧問，因此他童年大多於華盛頓特區度過，並隨父母遊歷歐洲與南美洲，他本身也曾在1975-1977年擔任墨西哥駐法國大使。一九六〇年代，他與同為「文學爆炸」世代的作家尤薩、科塔薩爾、馬奎斯，一同領導拉丁美洲的文藝復興運動。他的作品主題多在探討墨西哥的文化認同與殖民歷史。作品包括《戴面具的日子》、《最明淨的地區》、《鷹的王座》和《墨西哥的五個太陽》等近三十部。曾獲墨西哥最高榮譽文學獎「Rolumo Gallegos Prize」、西班牙的「塞萬提斯文學獎」以及「亞斯都利亞親王獎」。

大衛・葛特森（David Guterson ,1956-）

生於華盛頓州的西雅圖。美國小說家和散文作家。他在未成名以前，曾一邊當老師，一邊為報章雜誌撰寫關於家庭教育、環保生態及旅行遊記等文章，辛苦地撫養四個小孩。1994年，他花了八年多完成的小說處女作《愛在冰雪紛飛時》出版，不僅贏得聲譽卓著的福克納小說獎，並銷售了五百萬冊，後來還改拍成電影。小說熱賣，為他帶來一筆豐厚的收入，讓他可以安心地專職寫作。他並與友人合創一個寫作中心，還設立獎學金資助投入文學創作的學生。

彼得・韓德克（Peter Handke ,1942-）

生於奧地利。曾經是奧地利仍在世且最受推崇的德語作家。他在二十歲出頭，就與「六七社」結交，並以驚世駭俗的頑童形象成名於文壇。雖然，他在1966年便以劇作《觸怒觀眾》引起注意，但他的國際聲譽主要建立於小說作品，其中最著名的是《夢外之悲》與《重複》。除了戲劇與小說，他的創作還包括詩、廣播劇、電影劇本和電影導演。由於他的母親是斯洛凡尼亞人，加上他在斯洛凡尼亞的成長回憶，使得他對塞爾維亞人懷有過份主觀的好感，以致在南斯拉夫解體後，無視於塞族人屠殺波士尼亞人的種種暴行，仍一味發表袒護塞爾維亞人的言論，終使他從德語文壇的雲端墜落而失寵。

薛莫斯・悉尼（Seamus Heaney ，1939-）

　　生於北愛爾蘭的德里郡。當代愛爾蘭最知名且最受歡迎的詩人之一。學生時代，他讀到大他九歲的好友休斯（Ted Hughes）的詩作〈豬之觀察〉後，即領悟到他不必為了自己農村出身的背景感到自卑，反而可以將其當作寫詩的創作泉源。他的第一本詩集《博物學者之死》，便充滿了他少年生活中接觸的沼澤與泥土的意象。雖然，少數評論者貶抑他的詩作是傳統而陳腐的田園詩，批評他逃避愛爾蘭作家所應肩負的政治喉舌的使命，但是從1975年出版的詩集《北方》可以看到，北愛爾蘭的衝突已開始被他寫入詩中。他於1984年受聘於哈佛大學任教，又於1984年受邀在牛津大學任教。他在1995年獲頒諾貝爾文學獎後，繼續在哈佛執教，並且成為少數打破諾貝爾獎魔咒的作家，除了創作不輟，而且新作依然令人驚豔。

彼得・霍格（Peter Høeg ，1957-）

　　生於哥本哈根。丹麥小說家及表演家。大學畢業後，擔任過演員和舞者等多種工作，也創作了一些短篇小說，到三十歲才全職投入寫作。他曾經每年都在全國表演單人喜劇，這是一種源自中世紀的小丑表演方式，他認為小丑體現了藝術的本質，因此特別以其為題材，創作短篇小說集《夜譚》和長篇小說《丹麥夢史》。他於1992年出版的長篇小說《情繫冰雪》，於1993年推出英譯本時，為他贏得英國犯罪小說作家協會「銀

匕首獎」，並入圍美國推理作家協會「愛倫坡獎」決選，自此
揚名國際文壇。其作品風格多樣，目前共出版六部長篇小説和
一部短篇小説集。

米榭・韋勒貝克（Michel Houellebecq ，1958- ）

　　生於法屬留尼旺島。當今法國文壇最具爭議性的作家。支
持他的人認為，他猛烈地砲打左派正統觀念，為法國文壇恢復
了青春活力；批評他的人則認為，他是一個種族仇恨主義
者，以憤世嫉俗的嘲諷作風妖言惑眾。因此，他既被譽為繼卡
繆之後，重新將法國文學放在世界地圖上的作家，也曾被媒體
將其作品形容為文學界的彭勒主義。（彭勒是法國極右派政治
領袖，曾多次發表為德國納粹緩頰的言論。）由於評價兩
極，也使得他兩次與法國文壇最高榮譽的「龔固爾獎」擦身而
過。主要作品包括：《無愛繁殖》、《情色度假村》和《一座
島嶼的可能性》。

艾芙烈・葉利尼克（Elfriede Jelinek ，1946- ）

　　生於奧地利。德語文壇知名的女作家，作品涵蓋詩歌、散
文、劇作、廣播劇本與小説。她的父親是猶太人，在她小學時
發瘋，後來死在精神病院；她的母親則是個偏執狂，每日强迫
她練鋼琴、作曲和上芭蕾舞課，並禁止她有任何娛樂或朋

友，導致她在十八歲時精神崩潰而中斷學業。從此，她開始將
興趣轉向寫作，而這段成長經歷，也成為她創作長篇小說
《鋼琴教師》的範本。這部帶有自傳性色彩的小說，由於人物
描寫深刻，廣受好評，於2001年被改拍成電影，讓她揚名國
際。不過，由於她常藉作品抨擊奧地利人所自豪的人文氣
息、自然美景，以及潛藏於傳統中的法西斯主義，令右派對她
恨之入骨；另一方面，她雖曾加入共產黨，卻不相信工人階級
創造歷史的力量，甚至還退黨，所以也常招致左派對她的批
評。因此，雖然她已榮獲德語文學最高榮譽的「畢希納文學
獎」和「諾貝爾文學獎」，在自己的國家卻被貼上叛國的標
籤。

伊斯邁‧卡達雷（Ismail Kadare ，1936- ）

　　生於阿爾巴尼亞。流亡法國的阿爾巴尼亞詩人及小說
家。他在大學畢業後，被送往莫斯科的高爾基文學研究院，接
受史達林派的寫作訓練。阿爾巴尼亞在冷戰時期，由當時歐洲
最殘暴封閉的共產領導人霍查獨裁統治四十年。卡達雷返國
後，沒有成為共產政權的傳聲筒，反而藉由小說針對暴政下的
人生，提供了寶貴的洞見。1970年，他的小說處女作《亡軍的
將領》出版法譯本，立刻為他打開國際知名度，之後的小說
《破碎的四月》、《三拱之橋》及《夢境之宮》，同樣備受國
際讚譽。國際名聲如同保護傘，讓他享有國內其他作家不敢奢
求的禮遇，卻也讓他招致與獨裁者同流合污的罵名。當共黨垮

台、獨裁者死後,他立刻接到死亡恐嚇,於是在1990年前往法國尋求政治庇護。2005年,他榮獲第一屆曼布克國際文學獎,證明他的作品不只是政治表態,更是藝術成就。

彼得‧馬修森（Peter Matthiessen ,1927- ）

生於紐約。美國小說家及荒野生態作家。他出身於上流社會的富裕家庭,因個人強烈的社會良知與家族格格不入,在十七歲時就被逐出家門。1950年他從耶魯大學畢業後,前往巴黎的索邦大學就讀,並開始以寫作為志向。返美後,他為了養活剛成立的新家庭,只好改當漁夫,但仍寫作不輟。直到一九五○年代晚期,他獲得《紐約客》的定期邀稿,才得以全職寫作。他於1978年出版的《雪豹》,記錄他與動物學家謝爾勒的喜瑪拉雅山之旅,及觀察岩羊與神出鬼沒的雪豹之經歷,贏得美國「國家書卷獎」非文學類獎項,自此被冠上生態作家的頭銜。2008年他又以長篇小說《陰影之鄉》,獲得「國家書卷獎」文學類獎項。至今出版三十部著作,為他贏得世界第一流荒野生態作家之一的聲譽。

杰‧麥金納尼（Jay McInerney ,1955- ）

生於美國的哈特福。美國小說家和電視編劇。1984年,他以小說《燈紅酒綠》成為知名暢銷作家。之後,因《燈紅酒

綠》被改編成電影，他除了親自擔任編劇，也參與電視影集
《霓裳情挑》的劇本創作，開始躋身於演藝名流的社交圈，但
也從此染上毒癮與酗酒的惡習。他曾一再被拿來與其偶像費滋
傑羅相較，除了兩人同樣以夜夜笙歌的私生活，及紙醉金迷的
有錢人為素材的小說聞名外，還因為費氏於1920年出版《塵世
樂園》後，被封為爵士時代的代言人，而麥氏也以《燈紅酒
綠》一書，成為八〇年代的文學代言人。可惜他後來再也沒有
佳作誕生，只能靠著他星光熠熠的社交生活和八卦新聞，維持
其高知名度。

瑞克·慕迪（Rick Moody，1961-）

　　生於紐澤西州。美國小說家。出身於白人的清教徒家
庭。他根據自己在尼克森總統時代的經歷所創作的小說《冰風
暴》，於1994年出版，故事講述兩個康乃狄克州的家庭的道德
腐化，並描寫郊區中上階級人士的內心抑鬱。後來，導演李安
將其改編成一部備受讚譽的電影，這部小說也因此成為他最知
名的作品。他的作品還有《花園州》、《魔鬼學》、《黑色面
罩》和《歐米伽部隊》。

童妮·摩里森（Toni Morrison，1931-）

　　生於俄亥俄州。非裔美國小說家。她成長於一個貧窮的鋼

鐵工廠小鎮。1953年，畢業於素有「黑人哈佛」之稱的赫華德大學英文系，兩年後取得康乃爾大學文學碩士學位。1965年起，她在藍燈書屋出版社擔任編輯，並利用業餘從事小說創作。從1970年出版首部小說《最藍的眼睛》，迄今創作不輟。其中，《寵兒》不僅榮獲普立茲小說獎，還被《紐約時報》評選為近二十五年來最佳美國小說榜首。由於其傑出的創作表現，她也受聘於普林斯頓等知名學府任教，更於1993年獲頒諾貝爾文學獎。然而在讀者心目中，她不僅是頂著諾貝爾桂冠的文學家，更被視為從白人史觀中恢復非裔美國人歷史的一位偶像。

保羅・穆爾頓（Paul Muldoon ，1951-）

生於北愛爾蘭的阿瑪郡。愛爾蘭詩人。他出身於北愛爾蘭偏鄉的一個天主教家庭，由於父母都反對政治暴力，他從小耳濡目染，在詩作中也對北愛爾蘭的派系衝突保持不偏不倚的觀點。他15歲就讀聖派屈克學院期間，就開始寫詩，並受到十七世紀英國詩人鄧昂擅長「玄學奇喻」的影響，喜歡模仿他怪誕的創意和離奇的譬喻。1973年他年僅21歲時，就出版第一本詩集，至今已出版十本（不包括選集與全集）。他長期任教於普林斯頓大學，也曾任《紐約客》詩版編輯。他的詩集《柔軟的細沙與碎石》，曾獲2003年的普立茲文學獎，此外他還曾榮獲艾略特獎。

哈利・穆利希（Harry Mulisch ，1927-2010）

　　生於荷蘭。被譽為荷蘭在二次大戰後最重要的作家。他的雙親都是來自奧地利的移民，父親是日耳曼人，母親則是猶太人，這樣的背景，使得他在二次大戰期間，飽受戰爭與種族矛盾的雙重煎熬，進而影響到他日後的創作。他最有名的作品是《攻擊》和《發現天堂》，前者是一部情節緊湊而震撼的懸疑驚悚小說，後者是一部長達700頁、以上帝的神蹟為探討主題的著作。他發表過三十部小說、八部戲劇、十部詩集，以及題材廣泛的各類雜文。尤其是《攻擊》曾於1986年改拍成電影，並獲得金球獎與奧斯卡最佳外語片獎。

村上春樹（Haruki Murakami ，1949- ）

　　生於日本兵庫縣。當今日本在國際間最知名的暢銷作家。從青少年時期即大量閱讀原文版的美國通俗犯罪小說，並且視費滋傑羅、錢德勒、馮內果等美國作家為偶像，反而對日本文學不感興趣。1979年，他以小說處女作《聽風的歌》摘下新人獎，開始受到文壇矚目。1980年，第二本小說《1973年的彈珠玩具》大為暢銷，他便結束原本經營的爵士酒館，從此專職寫作。他不僅熱愛爵士樂，連文字風格也有如爵士樂般隨意又即興，並經常述及美國通俗文化的事物，而與傳統的日本文學大師如三島由紀夫、川端康成的典雅文風形成強烈對比。1987年，他的代表作《挪威的森林》推出時，狂銷二百萬冊，

並掀起一股風潮，他為了逃避成名後的壓力與困擾而旅居歐洲，接著前往美國的普林斯頓大學擔任駐校作家。1995年，日本發生神戶大地震及奧姆真理教毒氣事件，他遂決定返國。1997年推出《發條鳥年代記》，再度引起話題，也獲得「讀賣文學賞」的肯定。

班・歐克里（Ben Okri ，1959- ）

生於奈及利亞。活躍於英國文壇的奈及利亞作家。年幼時，因全家隨父親到倫敦攻讀法律，埋下他日後接觸英國文學的種子。返國後，他十四歲就從中學畢業，卻因年齡太小及家道中落，無法就讀大學，乃在居家四年期間，自修英國文學與古代哲學。十九歲時立志成為作家，遂申請獎學金赴英國念比較文學。他於1991年以長篇小說《饑餓之路》贏得布克獎，之後又出版了逾十本書，包括《迷魂之歌》、《神靈為之驚異》和《無限的財富》，將廣義的非洲美學、新世紀靈學，以及拉丁美洲作家擅長的魔幻寫實技巧冶於一爐。曾多次獲得國際性文學獎，多年來也一直是諾貝爾文學獎的熱門人選。

佩爾・派特森（Per Petterson ，1952- ）

生於奧斯陸。挪威作家。年輕時雖從大學輟學，卻一直靠閱讀自修，曾在圖書館及書店工作，並宣稱：「書店就是我的

大學」。他於1987年出版第一本短篇小說集而踏入文壇。其作品深受美國「骯髒寫實主義」作家卡佛（Raymond Carver）影響，兩人的小說都有簡約風格，且都關懷日常生活的質地與特徵。他的小說《外出偷馬》推出後不僅大為暢銷，還贏得2006年的獨立外國小說獎，並勇奪2007年的國際IMPAC都柏林文學獎。

喬賽·薩拉馬戈（José Saramago，1922-2010）

生於葡萄牙。葡萄牙作家。出身於一個文盲的農人家庭。雖然25歲左右即出版小說，但為了謀生而不得不放棄文學志業。先後擔任過技工、譯者和記者等工作，直到五十幾歲才又提筆寫小說，並於1982年推出《巴達薩與布莉穆妲》後，引起國際文壇的注意。他是一位無神論者，而且曾在1969年加入葡萄牙共產黨，反抗當時的薩拉薩爾獨裁政權。1992年，中間偏右的葡萄牙政府禁止國內某歐洲文學獎提名他的異端小說《耶穌基督的福音》，他憤而移居西班牙以示抗議。1998年，他獲頒諾貝爾文學獎，成為第一位獲此殊榮的葡萄牙文作家。

格雷安·史威夫特（Graham Swift，1949-）

生於倫敦。英國小說家。畢業於劍橋大學，並擁有約克大

學英國文學博士學位。然而就讀博士班期間，他就意識到自己對學術研究毫無興趣，因此花在寫短篇小說的時間比寫論文的時間多。往後十年為了謀生，他當過中學英文老師、警衛以及農場雇工。歷經一段飽受冷落、作品得不到出版的寫作生涯，他終於在1980年出版第一部長篇小說，但直到1983年推出第三本小說《窪地》後，才開始有了名氣。他的作品雖沒有華麗的情節或炫奇的語言，卻能從平實的場面營造出迷人的戲劇效果，用日常用語創造出抒情詩般的畫面。1996年的《天堂酒吧》，堪稱是他最重要的作品，不僅贏得英國歷史最久的「布萊克小說紀念獎」，更榮獲英國文壇最高榮譽的「布克獎」。

托比亞斯‧伍爾夫（Tobias Wolff，1945-）

生於阿拉巴馬州。美國作家。他在早期的寫作生涯中，主要以短篇小說知名，並與理查‧福特、瑞蒙‧卡佛等人，一齊被貼上「骯髒寫實主義」先驅的標籤。他筆下的故事，經常在探討人們為了自我包裝或達成目的所編織的謊言，而他本人其實就是個說謊高手。他14歲時，曾以偽造成績單及杜撰推薦信的方式，申請到美國東岸的貴族學校「希爾高中」的獎學金與入學許可。或許這種杜撰的能力，也正是小說家想像力的來源。他於1989年出版的《這個男孩的生活》，就是根據自己少年時代的故事所寫的，推出後不但獲得主流成功，並於1993年改編成電影。

亞伯拉罕‧約書亞（A. B. Yehoshua ,1936-）

生於耶路撒冷。以色列作家及大學教授。他出身於西班牙系的猶太人家庭，年輕時曾於以色列的傘兵部隊服役。後來在耶路撒冷的希伯來大學主修文學與哲學，畢業後即開始在大學任教。雖然其政治信念屬於鴿派，長期支持巴勒斯坦建國，但他卻支持前總理夏隆在西岸地區豎起安全圍牆，有人批評此舉形同「把巴勒斯坦人集中隔離起來」。他在2001年出版的小說《被解放的新娘》，即充分反映他的政治信念，認為無論在父子、夫妻、師生，乃至不同種族之間，都有必要豎立一道安全防線加以區隔。諷刺的是，他在小說裡所描述的，以色列與佔領區之間曾經可以自由出入的邊界，如今看起來已彷如烏托邦的世界。

第二部分：非文學類

伊恩‧布魯瑪（Ian Buruma ,1951-）

生於海牙。英裔荷蘭作家。從小成長於荷、英的雙語家庭，在文化同質性高的海牙，雙語能力使他在同儕間特別突出。他曾在荷蘭的萊頓大學修習中文，24歲時，因迷上日本的電影和戲劇，靠著一筆獎學金赴東京學電影，並透過恩師李奇（Donald Richie）的介紹，為英文的《日本時報》寫影評。後

來他體會到自己缺乏拍電影的耐性，遂一心投入報導寫作，於
1983年出版第一本書《鏡像下的日本人》。之後他到香港擔任
四年的《遠東經濟評論》文化版編輯，然後在1990年前往倫
敦，接下《旁觀者》週刊的國際新聞版編務。此外，他也在
《衛報》寫專欄，並長期為《紐約書評》撰稿逾二十年。他是
位多產作家，針對亞洲與歐洲發表過多種歷史、報導和文化評
論著作。豐富的閱歷與淵博的學識，讓他廣受尊敬，並且名列
《外交政策》與《展望》雜誌於2008年所選的「世界百大公共
知識分子」之一。

諾姆・喬姆斯基（Noam Chomsky，1928-）

　　生於費城。猶太裔美國作家、語言學家和思想家。他的父
親移民自烏克蘭，是一位希伯來文學者與中世紀文法專家；母
親則移民自白俄羅斯，擔任猶太小學教師。多種語言與多元文
化的薰陶，加上童年時每逢週末，他就前往紐約幫忙姨丈經營
書報攤，傾聽眾人在攤子旁討論時事，甚至泡在無政府主義者
開的書店閱讀小型政治刊物，與歐洲來的難民聊天，使得他早
就對語言和政治有深入的思考。1957年，他出版第一本書《句
法結構》，即受到學界的重視。他一反「結構主義者」的正統
說法，主張人的造句能力是與生俱來，而非純粹經由學習獲
得。一九六○年代時值越戰爆發，他的重心轉向政治運動。他
第一本政論著作《美國強權與新官僚》出版於1969年，雖是討
論越南的文章，但日後他批判美國對外軍事干預的若干論

點，已在此書中形成。根據「藝術人文類期刊引文索引」統
計，他是史上文章最常被引用的十大思想家之一，還曾被
《外交政策》與《展望》雜誌選為世界最佳的公共知識分子之
一。

安伯托・艾可（Umberto Eco，1932-）

生於亞歷山卓亞（Alessandria）。義大利記號語言學家和
知名作家。他生長於皮德蒙地區的一個中下階級家庭，10歲那
年贏得一場「義大利法西斯青年」作文比賽後，就此熱愛寫
作。他取得博士學位後，除了長期在波隆納大學執教，還花了
許多年為剛成立的義大利國家電視台製作文化性節目，並與友
人成立「六三社」，呼籲全面改革傳統文學技巧，成為一九六
〇年代研究大眾文化的先驅。出版界一般認為，深奧難懂的知
識性書籍是無法獲利的，但艾可公然挑戰這種看法。1980年他
出版第一部小説《玫瑰的名字》，表面上是以十四世紀一座修
道院為背景的偵探故事，然而書中到處可見神秘古奧、未經翻
譯的拉丁文段落，還穿插了神秘的語彙，結果不但榮獲義大利
和法國的文學獎，還暢銷五千萬冊。其他知名的小説還包括
《傅科擺》、《作日之島》，以及《倒退的年代》、《醜的歷
史》等論著。

羅伯特・費斯克（Robert Fisk ,1946-）

　　生於肯特郡。英國記者及作家。他在12歲時看了希區考克的電影《海外特派員》後，即燃起成為記者的欲望。29歲時，他已有多年報導北愛爾蘭衝突的經驗，此時，《紐約時報》聘他擔任中東特派員，1988年起，他轉任《獨立報》的特派員。他在貝魯特已居住三十幾年，是唯一整個一九八○年代都待在貝魯特的西方男記者。不像許多中東評論者只會根據官方資料或媒體報導來發表意見，他總是親臨現場採訪，並為那些深受西方政策所苦的人民發聲。他曾報導過中東十一場重大的戰爭，以及不可勝數的大小動亂和屠殺，七度獲選為英國年度最佳國際新聞記者。2005年出版《為文明而大戰：佔領中東》，厚達一千三百頁，是他擔任中東特派員逾三十年的回憶錄。

湯瑪斯・佛里曼（Thomas Friedman ,1953-）

　　生於明尼蘇達州的明尼亞波利市。猶太裔美國記者和作家。15歲時，他隨著父母到以色列探視在那裡當交換學生的姊姊，從此對中東產生興趣。他在布蘭德斯大學念阿拉伯語文學，畢業後又到牛津取得「中東研究」碩士學位，精通希伯來語和阿拉伯語。1982年，他當上《紐約時報》貝魯特分社社長，兩年後轉調耶路撒冷分社。雖然他曾三度獲得普立茲新聞獎，而且在《紐約時報》的專欄文章，同步於全球七百多個媒體刊登，但其實他的報導和評論常常頗具爭議。反而是他的著

作往往能掌握一些時事脈動，並以一貫通俗而夾雜諸多軼聞趣事的筆法，配合鏗鏘有力的廣告詞，總是能很快掀起話題，成為吸引大眾想一探究竟的暢銷書。主要著作有《瞭解全球化：凌志汽車與橄欖樹》、《世界是平的》以及《世界又熱、又平、又擠》。

約翰・葛雷（John Gray ，1948- ）

生於英格蘭。英國作家、哲學家及教授。他生長於英格蘭北海岸的南希爾茲的貧窮家庭，父親是船廠的裝配工人。1968年，他獲得一筆獎學金，在牛津大學求學，並於此時認識了以撒・柏林（Isaiah Berlin）。後來，他的研究工作即混合了哲學、政治學、歷史學與神學，反映出他從自由主義哲學家柏林師承而來的一種折衷方法。雖然他出身於工人階級的家庭，早期卻擁護柴契爾主義，並提倡新自由派的意識形態，但是他在1998年出版的《虛幻曙光》，則又對新自由派的思想加以譴責。他在《超越新右派》中寫道：「回歸傳統保守主義中樸實無華的真理，我們才能獲得最佳保障。」但在《賽局末段》又說：「保守黨的政治主張已走到死胡同。」有人遂批評他的意識形態反反覆覆。作為一個好持異論者，他的著作往往帶給讀者心神不寧，好像腦筋被重新改造，然而也在閱讀過程中，進行了一場思想史之旅。英國知名作家塞爾夫（Will Self）因此稱讚他為：「目前活在世上最重要的哲學家。」

亨卓克・赫茲伯格（Hendrik Hertzberg ，1943-）

　　美國記者、《紐約客》雜誌主筆。他出身於民主黨支持者的家庭，從小受到雙親政治傾向的影響，年僅9歲時，就幫民主黨總統候選人史蒂芬森發送競選紀念鈕釦。他也很早就嚮往新聞工作，就讀哈佛大學時便擔任《哈佛深紅報》的執行主編且負責撰稿，後來受到《紐約客》總編輯的賞識，進入該雜誌工作。雖然他的職業生涯大多服務於新聞界，但也短暫擔任過紐約州州長凱瑞的撰稿幕僚，後來又被總統候選人卡特網羅，並在白宮擔任四年的總統講稿撰寫幕僚。他也曾兩度擔任《新共和》雜誌的主編，後來又重返《紐約客》擔任主筆。他的文風穩健，與政論界典型的尖銳好戰之風截然不同，被譽為該傳媒集團最優秀的政治評論家。2004年，他推出《赫茲伯格的政治觀察與議論》一書，是他將近四十年的新聞寫作輯要。

東尼・賈德（Tony Judt ，1948-2010）

　　生於英國倫敦。猶太裔歷史學家、作家及大學教授。15歲時，父母送他到以色列參加猶太復國運動夏令營，當時的他滿腦子都是左傾與民族主義思想。然而19歲那年，他前往以色列擔任志工時，聽見以色列軍官對阿拉伯人充滿歧視與蠻橫的言談後，對猶太復國運動的熱情便被澆熄了。他後來開始主張以和平的方式解決以、巴衝突，甚至認為由單一猶太人組成的以

色列，應改成猶太人和巴勒斯坦人合組的雙民族國家，並在
2003年的《紐約書評》提出此論點，結果引來死亡恐嚇的威
脅。他曾在劍橋、牛津、柏克萊等大學任教，1987年遷居美
國，在紐約大學擔任歐洲史教授。身為法國思想史專家，他著
有幾部法國左派歷史的學術鉅著，而2005年出版的《戰後：
1945年以來的歐洲史》，厚達九百頁，更被視為權威性的著
作。

羅伯特·卡根（Robert Kagan，1958-）

　　生於希臘雅典。美國作家及外交政策的推手。長期以
來，他一直是共和黨的支持者，且被視為新保守運動陣營中最
能言善辯的旗手。自耶魯大學歷史系畢業後，一九八〇年代的
他，大多在國務院工作。他是典型的新保守份子，堅信美國應
隨時做好作戰的準備，以維繫美國價值。因此他曾長期向柯林
頓政府施壓，敦促美國以武力改變伊拉克政權，且一向鼓吹增
加國防預算。面對中國與俄羅斯兩大專制強權的崛起，他在其
2003年的國際暢銷書《樂園與力量》中主張，歐洲人與美國人
應再次緊密地合作；在2008年出版的《歷史之回歸與夢想之終
結》更提出，全世界的民主國家應組織一個全球性的民主政體
聯盟，以推展共同的價值觀念。目前，他是《華盛頓郵報》的
專欄作家，也是卡內基國際和平基金會智庫的資深研究員。

保羅・克魯曼（Paul Krugman ，1953-）

　　美國經濟學家、政治評論家及大學教授。青少年時期家住長島，大學時選擇經濟學為志業，獲得耶魯大學學士後，赴麻省理工學院攻讀博士，並在那裡鞏固了其令人耳目一新的經濟學方法。1979年，他發展出第一個用於解釋貨幣危機的模型；尤其他在經濟學家之間最負盛名的，是發明了所謂的「新貿易理論」。卓越的學術貢獻，讓他在1991年獲得克拉克獎，並在2008年獲頒諾貝爾經濟學獎。除了學術成就，他在政論界也以敢言知名。自2001年起，他每週在《紐約時報》寫二次專欄，原本他想寫的是金融議題，卻因看不慣政治人物在若干政策方面的欺瞞，而漸漸捲入政治議題。在美國後九一一時期的狂熱氣氛中，他的直言作風使他成為孤鳥，並一度惹來死亡恐嚇，但事過境遷，他的論點一一獲得了證實。例如：亞洲的經濟榮景確如他所預言的崩盤了；而小布希入侵伊拉克的理由，如今也廣泛被承認是訛詐之言。他因此不僅是經濟學界的明星，也已被視為美國最具影響力的政治評論家。

貝爾納－亨利・李維（Bernard-Henri Lévy ，1948-）

　　生於阿爾及利亞。猶太裔的法國名人。他身兼哲學家、電影導演、記者、社交名流等多重身分，在法國擁有電影明星般的高知名度，卻也經常成為被挖苦嘲諷的對象。他的父親是一位富有的木材商，他在26歲時獲得父親的財務支持，創立了

《意外報》，但僅出了11期便停刊，比此更慘的是，他在1997年執導的電影處女作《白晝與黑夜》，被強烈批評是一部大爛片，反倒是他所拍攝的記錄片《塞拉耶弗之死：一日體驗》及《波士尼亞！》，贏得正面的評價。他最成功的，或許是1977年出版的《戴著人面的野蠻主義》，不但暢銷數百萬冊，還讓他登上美國《時代》雜誌的封面人物專訪。此外，他也去過許多遭受戰火蹂躪的國家採訪，而且很難想像哪個作家能像他一樣，在祖國以外的許多國家裡接觸到該國的高官。身為公共知識分子，他經常為世界各地的受壓迫者發聲，但由於他奢華的生活方式，故常引來不食人間煙火、只是假裝關心弱勢的罵名。

珍納·馬爾肯（Janet Malcolm，1934-）

生於布拉格。美國記者、作家。她的父親是一位捷克的心理醫生，1939年帶著家人逃出布拉格，後來定居紐約。她於1965年在《紐約客》展開記者生涯，負責寫關於居家裝潢與設計的專欄。一九七〇年代，她開始嘗試跨入專題深入報導。如今，她執筆《紐約客》的長篇「人物側寫」單元，以其個人意見強烈著稱。她曾經有幾年接受過精神分析的治療，因而開始閱讀佛洛伊德的著作，並與其他的分析師有所交流，後來她據此材料寫成《難以觸探的心：精神分析的不可能任務》，竟成為許多分析師訓練班的指定讀物之一。另著有《沉默的女人》和《閱讀契訶夫》。

凱薩琳・米雷（Catherine Millet ，1948-）

法國作家。原本在人們眼中，她只是一位衣著端裝、體型矮胖的藝術評論家和展覽策劃人，然而自從2002年她出版回憶錄《凱薩琳・M的性愛生活》後，便開始以放蕩者的形象和「凱薩琳・M」的名號為人所熟知。她在書中大膽揭露年輕時驚世駭俗的性經驗，被外國觀察者視為具備了源自於薩德侯爵、巴塔耶、雷阿吉的典型法國傳統，光在法國就銷售了四十萬冊，並被譯成四十種語言。另著有兩本藝術評論的書：《法國當代藝術》及《達利與我》。

亞當・菲利普（Adam Phillips ，1954-）

英國猶太裔的精神治療師。他的父母是從俄國和波蘭的集中營逃出來的猶太難民。17歲時，他讀到容格的《回憶、夢、省思》後，立刻被精神分析迷得神魂顛倒。他原本在牛津大學念英國文學，還打算寫一篇美國詩人傑瑞爾（Randall Jarrell）的博士論文，但不久旋即放棄，改以四年時間受訓成為兒童精神分析師。1993年，他出版他的第一本精神分析論文集《吻、搔癢與煩悶：亞當・菲利普論隱藏的人性》，許多知名刊物都找他做專訪，一時被吹捧為能夠為佛洛伊德學派振衰起蔽的新希望。然而他其實並不認同佛洛伊德的理論，而是把佛洛伊德視為文學巨匠，並將其作品當成文學著作而非科學論述。後來他還陸續寫了十本書，批判那些從事精神分析的相關機構，是

拒絕適應科學發展的狂熱教派。此外，他也擔任企鵝出版社新的英譯版佛洛伊德選集的主編。

凱蒂・羅依菲（Katie Roiphe，1968-）

美國作家和記者。她出身於強烈的自由派家庭，母親安・羅依菲是一位著名的「第二波」女性主義者，曾著有知名暢銷小說《主婦狂想曲》。她在就讀普林斯頓大學博士班時，原想成為一名學者，卻因在當時出版了《翌日早晨：性愛、恐懼與女性主義》，引發極大爭議，她認定將來沒有大學敢聘用她，遂轉而投入新聞業。相隔四年後，她出版《欲仙欲死的昨夜：二十世紀末的性愛道德》，招致更猛烈的抨擊。離婚後，他於2007年推出新作《不平凡的安排》，文風變得較為溫和持重，但仍保有她一貫厭惡把女人視為受害者的想法。

渥雷・索因卡（Wole Soyinka，1934-）

奈及利亞劇作家、詩人、評論家和政治運動者。他於一九五〇年代赴英國留學，在里茲大學念英國文學，後任職倫敦皇家宮庭學院，學會創作戲劇。在留英期間，他發現定期訪問英國的第一代非洲民族主義者，不但恣意揮霍、縱情聲色，並以高傲的兇惡嘴臉向非洲族人說話，讓他對解放非洲的期待隨之暗淡。他於1960年返國後，並未受到新執政者青睞，

而他也對掌權者的改革決心抱持懷疑態度。他曾因數度反抗獨裁政權而被捕下獄，但即使在獄中，他仍努力創作，並出版《此人已死：獄中筆記》。1986年，他獲得諾貝爾文學獎，成為第一位獲此榮耀的非洲人。

詹姆士・伍德（James Wood ，1960-）

　　生於英格蘭。英國作家、記者。他在英國德拉謨郡，一個原教旨主義派的基督教家庭長大，他覺得虔誠信教的父母太過教條主義，於是15歲時，他與上帝分手，轉而將熱情投入於文學。他在劍橋大學念英國文學時，認識了他現在的妻子，也就是小說家梅蘇德（Claire Messud），並在婚後搬到倫敦，打算以搖筆桿養家活口。他在26歲時，已成為《衛報》的主要書評作者，以學識淵博且毫不留情的批判性評鑑而馳名英國。後來，他們遷到美國，在《新共和》寫了12年後，於2007年成為《紐約客》的特約書評作者。2003年，他並開始在哈佛大學兼課。目前著有三本論文集：《破敗的遺產：論文學與信念》、《不負責任的自我：論笑與小說》及《小說如何運作》，另著有小說《反上帝之書》。

國家圖書館出版品預行編目資料

與大師對話 / 班·納帕斯堤克(Ben Naparstek);黃建功譯. -- 初版.
-- 臺北市:允晨文化, 2012.01
面; 公分. --(經典文學;16)
譯自:In conversation
ISBN 978-986-6274-60-2(平裝)
1.言論集 2.對話
078   100026298

經典文學—016

與大師對話
(In Conversation)

作者:班·納帕斯堤克(Ben Naparstek)
譯者:黃建功
發行人:廖志峰
責任編輯:楊家興
美術編輯:劉寶榮
法律顧問:邱賢德律師
出　　版:允晨文化實業股份有限公司
地　　址:台北市南京東路三段21號6樓
網　　址:http://www.asianculture.com.tw
e - mail:asian.culture@msa.hinet.net
服務電話:(02)2507-2606 傳真專線:(02)2507-4260
劃撥帳號:0554566-1
登 記 證:行政院新聞局局版臺字第2523號
印　　刷:欣佑彩色製版印刷股份有限公司
裝　　訂:聿成裝訂股份有限公司
初版日期:2012年1月
版權所有·翻印必究

定價:新台幣**350**元
ISBN:978-986-6274-60-2
本書如有缺頁、破損、倒裝、請寄回更換